A AMENDOEIRA

MICHELLE COHEN CORASANTI
A AMENDOEIRA

Tradução de
Júlian Fuks

1ª edição

EDITORA RECORD
RIO DE JANEIRO • SÃO PAULO
2024

CIP-BRASIL. CATALOGAÇÃO NA PUBLICAÇÃO
SINDICATO NACIONAL DOS EDITORES DE LIVROS, RJ

C628a   Cohen Corasanti, Michelle, 1966-
         A amendoeira / Michelle Cohen Corasanti ; tradução Julián Fuks. - 1. ed. -
        Rio de Janeiro : Record, 2024.

            Tradução de: The almond tree
            ISBN 978-85-01-92263-2

            1. Romance americano. I. Fuks, Julián. II. Título.

                            CDD: 813
24-93538   CDU: 82-31(73)

Meri Gleice Rodrigues de Souza - Bibliotecária - CRB-7/6439

Título original:
The Almond Tree

Copyright *The Almond Tree* © by Michelle Cohen Corasanti, 2012

Publicado mediante acordo com Pontas Literary & Film Agency.

Texto revisado segundo o Acordo Ortográfico da Língua Portuguesa de 1990.

Todos os direitos reservados. Proibida a reprodução, no todo ou em parte, através de quaisquer meios. Os direitos morais da autora foram assegurados.

Direitos exclusivos de publicação em língua portuguesa somente para o Brasil adquiridos pela
EDITORA RECORD LTDA.
Rua Argentina, 171 – Rio de Janeiro, RJ – 20921-380 – Tel.: (21) 2585-2000, que se reserva a propriedade literária desta tradução.

Impresso no Brasil

ISBN 978-85-01-92263-2

Seja um leitor preferencial Record.
Cadastre-se no site www.record.com.br
e receba informações sobre nossos
lançamentos e nossas promoções.

Atendimento e venda direta ao leitor:
sac@record.com.br

Para Sarah e Jon-Robert

"O que é odioso para você, não faça contra o outro: isso é toda a Torá. O resto é comentário — [e agora] vá estudar." Rabino Hillel (30 a.C. – 10 d.C.), um dos maiores rabinos da era talmúdica.

Para Joe, que me deu a coragem de abraçar aquilo que eu teria preferido enterrar.

Agradecimentos

As sementes para esta história foram plantadas em 1982. Enquanto eu ainda estava na escola, fui morar no exterior em busca de diversão, aventura e liberdade. A princípio, eu queria ir para Paris, mas meus pais rejeitaram a ideia e me mandaram, em vez disso, para Israel, a fim de passar o verão com a filha do rabino. Desinformada sobre a situação que lá se vivia na época, eu pensava que Palestina era sinônimo de Israel. Em 1989 voltei aos Estados Unidos, com mais conhecimento do que gostaria.

Idealista, eu queria ajudar a construir a paz no Oriente Médio. Depois de alguns anos de colegial e faculdade de direito nos Estados Unidos, decidi que só queria salvar a mim mesma. Quando conheci meu marido, contei a ele minhas experiências. Ele disse que eu tinha uma história. Despreparada, eu a enterrei. Mas o passado encontra um jeito de ressurgir. Quero acreditar que eu precisava da perspectiva que esses anos me deram para escrever este livro.

Quero agradecer ao meu marido, Joe, por me ajudar na pesquisa e na escrita desta obra, e aos meus filhos, Jon-Robert e Sarah, por me fazerem querer tornar este mundo um lugar melhor. Prezo também meus grandes editores, que me ensinaram como colocar minha história em palavras: o diligente Mark Spencer, a sábia Masha Hamilton, a talentosa Marcy Dermansky, minha sogra Connie, que corrigiu todas as versões, a eficiente Teresa Merritt e a habilidosa Pamela Lane.

Um agradecimento especial ao meu editor Les Edgerton, que realmente ajudou este livro a acontecer. Minha gratidão a Caitlin Dosch e Christopher Greco, pela ajuda com os problemas de ciência e matemática. Muito crédito vai também para Nathan Stock, do Carter Center, pela ajuda e pelo conhecimento, em especial sobre Gaza. Muito obrigada à minha agente Marina Penalva e à Pontas Literary and Film Agency, assim como à Garnet Publishing, em especial a Sam Barden e Stephen Grantham, que facilitaram tudo, e aos editores Felicity Radford e Nick Fawcett pelo trabalho minucioso que fizeram no manuscrito. Meus agradecimentos a Paddy O'Callaghan, Abdullah Khan e Yawar Khan pelo apoio constante.

PARTE 1
1955

Capítulo 1

Mama sempre disse que Amal era uma menina travessa. Era uma piada familiar nossa que minha irmã, com poucos anos de idade e instável em suas pernas rechonchudas, tinha mais energia do que eu e meu irmão mais novo, Abbas, juntos. Assim, quando fui ver se ela estava bem e não a encontrei no berço, senti um medo no coração que me tomou e não queria me soltar.

Era verão e toda a casa respirava devagar por causa do calor. Fiquei parado no quarto dela, sozinho, torcendo para que o silêncio me indicasse em que direção ela tinha ido cambalear. Uma cortina branca tremulava na brisa. A janela estava aberta, bem aberta. Corri até o peitoril, rezando para que ela não estivesse lá quando eu olhasse para baixo, para que não estivesse machucada. Tive medo, mas olhei assim mesmo, porque não saber era pior. *Por favor, Deus, por favor, Deus, por favor, Deus...*

Ali embaixo não havia nada além do jardim de Mama: flores coloridas balançando pelo mesmo vento.

No andar de baixo, o ar estava tomado por cheiros deliciosos, a grande mesa, repleta de comidas apetitosas. Como Baba e eu adorávamos doces, Mama estava preparando vários para a nossa festa naquela noite.

— Cadê a Amal? — Enfiei um biscoito de tâmara em cada bolso quando ela virou as costas. Um para mim e outro para Abbas.

— Está cochilando. — Mama despejou a calda em cima da baclavá.

— Não, Mama, ela não está no berço.

— Então está onde? — Mama apoiou a panela quente na pia e a resfriou com água que se fez vapor.

— Será que está escondida?

O vestido preto de Mama varreu minhas pernas quando ela passou correndo em direção à escada. Eu a segui de perto, me mantendo em silêncio, pronto para encontrá-la primeiro e assim merecer os doces que levava no bolso.

— Preciso de ajuda — Abbas falou do topo da escada com sua camisa desabotoada.

Olhei feio para ele. Precisava fazê-lo entender que estava ajudando Mama com um problema sério.

Abbas e eu seguimos Mama até o quarto dela e de Baba. Amal não estava embaixo da cama grande. Abri a cortina que cobria o canto onde eles guardavam as roupas, esperando encontrar Amal agachada com um grande sorriso, mas ela também não estava lá. Dava para ver que Mama estava ficando bem assustada. Seus olhos escuros brilhavam de um jeito que me assustava também.

— Não se preocupe, Mama — disse Abbas. — Ahmed e eu vamos ajudar você a encontrar Amal.

Mama levou os dedos aos lábios para indicar que não falássemos nada ao cruzar o hall que levava ao quarto dos nossos irmãos mais novos. Como eles ainda estavam dormindo, ela entrou na ponta dos pés e pediu que ficássemos do lado de fora. Ela sabia ser mais silenciosa que Abbas e eu. Mas Amal não estava lá.

Abbas me olhou assustado e eu tentei tranquilizá-lo com um toque suave em suas costas.

Lá embaixo, Mama gritava por Amal sem parar. Na procura, desarrumou a sala de estar e a de jantar, arruinando todo o trabalho que vinha fazendo para a ceia com a família do tio Kamal.

Quando correu para o solário, Abbas e eu a seguimos. A porta para o pátio estava aberta. Mama arfava.

Pela grande janela vimos Amal correndo montanha abaixo, de camisola, em direção ao campo.

Em segundos Mama estava no pátio, atravessando às pressas o jardim, destruindo as rosas, rasgando o vestido nos espinhos. Abbas e eu íamos logo atrás.

— Amal! — ela gritou. — Pare!

Minha respiração doía pela corrida, mas eu continuava. Mama parou tão de súbito junto à "placa" que Abbas e eu acabamos trombando com ela. Amal estava *no campo*. Eu não tinha mais fôlego.

— Pare! — Mama gritou. — Não se mexa!

Amal perseguia uma grande borboleta vermelha, com os cachos pretos de seus cabelos a balançar. Ela se virou e olhou para nós:

— Vou pegar. — Ela ria, apontando para a borboleta.

— Não, Amal! — Mama usou seu tom mais severo. — Não se mexa.

Amal ficou completamente parada e Mama soltou o ar pela boca.

Abbas caiu de joelhos, aliviado. Nunca, nunca podíamos ultrapassar "a placa". Aquele era o campo do diabo.

A bela borboleta pousou uns quatro metros à frente de Amal.

— Não! — Mama gritou.

Abbas e eu olhamos para cima.

Amal lançou um olhar travesso para Mama e correu em direção à borboleta.

O que se seguiu pareceu acontecer em câmera lenta. Foi como se alguém a arremessasse no ar. Fumaça e fogo surgiram embaixo dela e seu sorriso desapareceu. O som nos atingiu — nos atingiu de verdade — e nos lançou para trás. E, quando olhei para onde Amal estava, ela havia desaparecido. Simplesmente desaparecido. Eu não conseguia ouvir nada.

E então vieram os gritos. Era a voz de Mama, e depois a voz de Baba de algum lugar distante atrás de nós. Então percebi que Amal não havia sumido. Dava para ver alguma coisa. Dava para ver seu braço. Era o braço dela, mas o corpo não estava mais ligado a ele. Limpei meus olhos. Amal estava despedaçada como sua boneca depois que nosso cachorro a destruiu. Abri a boca e gritei tão alto que senti que ia me partir em dois.

Baba e o tio Kamal vieram correndo, ofegantes, até a placa. Mama não olhou para eles, mas quando chegaram ela começou a se lamuriar:

— Meu bebê, meu bebê...

Então Baba viu Amal, logo depois da placa — a placa que dizia *Área fechada*. Disparou em direção a ela, com lágrimas escorrendo pelo rosto, mas o tio Kamal o agarrou forte com as duas mãos.

— Não! — ele afirmou.

Baba tentou se desvencilhar, mas o tio Kamal segurou firme. Ainda se debatendo, Baba virou-se para o irmão e gritou:

— Eu não posso deixá-la ali!

— É tarde demais. — A voz do tio Kamal soou firme.

Falei a Baba:

— Eu sei onde eles enterraram as minas.

Ele não me olhou, mas disse:

— Então me guie, Ahmed.

— Você vai confiar a sua vida a uma criança de sete anos? — O rosto do tio Kamal se contorcia como se ele tivesse mordido um limão.

— Ele não é um menino de sete anos comum — disse Baba.

Dei um passo adiante para me juntar a eles, deixando Abbas com Mama. Os dois choravam.

— Eu fiz um mapa quando eles plantaram as minas.

— Vá buscar — pediu Baba, acrescentando algo que eu não entendi porque ele se virou para o campo do diabo e para Amal.

Corri tão rápido quanto pude, peguei o mapa no meu esconderijo da varanda, busquei também a bengala de Baba e corri de volta para a minha família. Mama sempre havia me dito que não corresse com a bengala porque eu podia me machucar, mas era uma emergência.

Baba pegou a bengala e cutucou o chão enquanto eu tentava recuperar o fôlego.

— Siga reto a partir da placa — falei.

Minhas lágrimas me cegavam, o sal fazia meus olhos arderem, mas eu não podia desviar o olhar.

Baba cutucava o solo diante dele a cada mínimo passo e, quando já havia percorrido três metros, parou. A cabeça de Amal estava quase um metro à sua frente. Seus cabelos encaracolados não existiam mais. Uma substância branca surgia de lugares em que a pele estava queimada. Como os braços dele não eram compridos o suficiente para pegá-la, Baba se agachou e tentou de novo. Mama arfava. Eu torcia para que ele usasse a bengala, mas tinha medo de lhe dizer, caso ele não quisesse tratar Amal daquele jeito.

— Volte — tio Amal implorava. — É perigoso demais.

— As crianças — Mama gritou. Baba quase caiu, mas voltou a se equilibrar. — Elas estão sozinhas em casa.

— Eu vou ficar com elas. — Tio Kamal saiu e eu fiquei aliviado, porque ele só estava piorando as coisas.

— Não traga as crianças para cá! — Baba gritou para ele. — Elas não podem ver Amal assim. E também não deixe que Nadia venha.

— Nadia! — Era como se Mama acabasse de ouvir o nome de sua filha mais velha pela primeira vez. — Nadia está na sua casa, Kamal, com os seus filhos.

O tio Kamal assentiu e seguiu para nossa casa.

Mama estava no chão ao lado de Abbas. Lágrimas escorriam por seu rosto. Como alguém amaldiçoado e paralisado, Abbas contemplava o que havia restado de Amal.

— Para que lado agora, Ahmed? — Baba perguntou.

De acordo com o meu mapa, havia uma mina a cerca de dois metros da cabeça de Amal. O sol estava quente, mas eu sentia frio. *Por favor, Deus, que meu mapa seja preciso.* O que eu sabia ao certo era que não havia padrão, porque eu sempre procurava padrões e não tinha encontrado nenhum ali. Era aleatório, para que sem um mapa ninguém conseguisse saber onde estavam as minas.

— Ande um metro para a esquerda e tente de novo.

Sem nem perceber, eu estava segurando a respiração. Quando Baba ergueu a cabeça de Amal, o ar vazou pela minha boca. Ele tirou seu *keffiyeh* e com ele envolveu a cabeça pequenina, que estava bastante destruída.

Baba tentou alcançar o braço, mas estava longe demais. Era difícil saber se a mão ainda estava presa ao braço.

De acordo com meu mapa, havia mais uma mina entre ele e o braço, e eu tinha de guiá-lo para que ele a contornasse. Ele fez exatamente o que eu disse, porque confiava em mim. Chegou aonde queria e delicadamente recolheu o braço e o envolveu em seu *keffiyeh*. Só o que restava era o tronco, e era o mais distante.

— Não dê um passo à frente. Tem uma mina. Dê um passo para a esquerda.

Baba abraçou Amal junto ao peito. Antes de dar um passo, cutucou o solo com a bengala. Eu o guiei o caminho todo, que tinha no mínimo vinte metros. Depois, tive de guiá-lo de volta.

— A partir da placa, em linha reta, não tem nenhuma mina — falei.
— Mas tem duas entre você e essa linha reta.

Indiquei que ele fosse reto, depois virasse. O suor escorria pelo meu rosto, mas, quando fui limpá-lo com a mão, vi que era sangue. Eu sabia que era o sangue de Amal. Limpei de novo e de novo, mas não saía.

O vento erguia os cachos pretos na cabeça de Baba. O *keffiyeh* branco, que já não os cobria, estava encharcado de sangue. O vermelho floria sua roupa branca. Ele segurava Amal nos braços exatamente como quando ela dormia em seu colo e ele a levava para o quarto. Baba parecia um anjo de alguma história fictícia, trazendo Amal de volta do campo. Os ombros largos erguidos, os cílios molhados.

Mama ainda estava caída, chorando. Abbas a segurava, já sem lágrimas. Era como se fosse um homenzinho, cuidando dela:

— Baba vai montar ela de novo — ele prometia. — Ele conserta qualquer coisa. Baba vai cuidar dela.

Pousei a mão no ombro de Abbas. Baba se ajoelhou no chão ao lado de Mama e, erguendo o ombro até a orelha, suavemente ninou Amal. Mama se apoiou nele.

— Não se assuste — Baba disse a Amal. — Deus vai proteger você.

Nós ficamos assim, confortando Amal, por um longo tempo.

— O toque de recolher começa em cinco minutos — anunciou em seu megafone um soldado que passava num jipe militar. — Qualquer pessoa que estiver fora será presa ou alvejada.

Baba disse que era tarde demais para pedir permissão para enterrar Amal, por isso voltamos com ela para casa.

Capítulo 2

Abbas e eu ouvimos os gritos antes de Baba. Ele estava ocupado examinando as laranjas. Ele era assim. Sua família era dona daquela plantação havia gerações, e ele dizia que estava em seu sangue.

— Baba. — Puxei seu manto, liberando-o de seu transe.

Ele deixou as laranjas caírem de seus braços e correu na direção dos gritos. Abbas e eu o seguimos de perto.

— Abu Ahmed! — Os gritos de Mama ecoavam entre as árvores. Quando eu nasci, eles mudaram seus nomes para Abu Ahmed e Umm Ahmed — pai de Ahmed e mãe de Ahmed —, de modo que incluíssem o meu nome: o nome de seu primeiro filho. Era a tradição de nosso povo. Mama correu em direção a nós, com nossa irmã bebê, Sara, nos braços. — Venham! — Mama lutava para respirar. — Eles estão na casa.

Fiquei assustado. Ao longo dos últimos dois anos, quando pensavam que Abbas e eu estávamos dormindo, meus pais conversavam sobre a vinda deles para tomar a nossa terra. A primeira vez que ouvi dizerem isso foi na noite em que Amal morreu. Eles estavam brigando porque Mama queria enterrar Amal em nossa terra para que ficasse perto de nós e não tivesse medo, mas Baba disse que não, que eles viriam e tomariam nossa terra e aí teríamos de cavar para tirá-la de lá ou deixá-la com eles.

Baba pegou Sara dos braços de Mama e nós corremos de volta a casa.

Mais de uma dezena de soldados cercava com arame farpado nossa terra e nossa casa. Minha irmã Nadia estava ajoelhada debaixo da oliveira, abraçando meus irmãozinhos Fadi e Hani enquanto eles choravam. Ela era mais nova que Abbas e eu, e mais velha que os outros. Mama sempre dizia que ela daria uma boa mãe porque era muito acolhedora.

— Posso ajudar? — Baba perguntou a um soldado, tragando o ar.

— Mahmud Hamid?

— Sou eu — disse Baba.

O soldado lhe entregou um documento.

O rosto de Baba ficou branco como leite. Ele começou a sacudir a cabeça. Soldados com rifles, capacetes metálicos, fardas militares verdes e botas pretas o rodeavam.

Mama puxou Abbas e a mim para perto, e senti seu coração batendo através do vestido.

— Vocês têm trinta minutos para empacotar as coisas e sair — ordenou o soldado de rosto coberto por espinhas.

— Por favor — suplicou Baba. — Esta é a nossa casa.

— Você me ouviu — respondeu o Espinhento. — Agora!

— Fique aqui com os pequenos — Baba pediu a Mama, que explodiu em lágrimas.

— Silêncio — disse o Espinhento.

Abbas e eu ajudamos Baba a retirar todos os cento e quatro retratos que ele havia desenhado nos últimos quinze anos; seus livros de arte dos grandes mestres, Monet, Van Gogh, Picasso, Rembrandt; o dinheiro que ele guardava na fronha; o alaúde que seu pai fizera para ele; o jogo de chá de prata que os pais de Mama tinham dado; os pratos, talheres, panelas e frigideiras; as roupas e o vestido de noiva de Mama.

— Acabou o tempo — disse o soldado. — Vamos realocar vocês.

— Uma aventura. — Os olhos de Baba estavam molhados quando ele abraçou Mama, que ainda soluçava.

Carregamos a van com nossas posses. Os soldados abriram um buraco no arame farpado para que pudéssemos sair, e Baba conduzia o cavalo à nossa frente enquanto seguíamos os soldados montanha acima. Os aldeões desapareciam à medida que passávamos. Olhei para trás; eles haviam cercado completamente nossa casa e o laranjal, e eu os via também na casa do tio Kamal, fazendo a mesma coisa. Cravaram uma placa: *Mantenha distância! Área fechada.* Eram as mesmas palavras que constavam em frente ao campo minado onde minha irmã Amal morrera.

O tempo todo, mantive o braço em volta de Abbas porque ele chorava muito, como Mama. Eu também chorava. Baba não merecia aquilo. Ele era uma boa pessoa, valia dez deles. Mais: cem. Mil. Todos eles.

Eles nos guiaram montanha acima através de um bosque cerrado que machucava minhas pernas, até que finalmente chegamos a uma cabana de tijolos de barro menor que a nossa cozinha. O jardim da frente era tomado de ervas daninhas, o que deve ter perturbado Mama, porque ela odiava ervas daninhas. As janelas estavam sujas e fechadas. O soldado cortou o cadeado com um alicate e empurrou a porta de lata. Tinha só um cômodo, com chão de terra. Descarregamos nossas coisas, e os soldados partiram com nosso cavalo e nossa carroça.

Dentro da casa havia esteiras de palha empilhadas num canto, com peles de cabra dobradas por cima. Havia uma chaleira no fogão a lenha, pratos na estante, roupas no armário. Tudo estava coberto de uma grossa camada de poeira.

Na parede havia o retrato de um marido e uma mulher e seus seis filhos, todos sorrindo. Eles estavam em nosso pátio, em frente ao jardim da Mama.

— Foi você que os desenhou — eu disse a Baba.

— Eram Abu Ali e sua família — ele respondeu.

— Onde eles estão agora?

— Com minha mãe, meus irmãos e a família da Mama. Com a vontade de Deus, um dia eles voltam, mas até lá vamos ter de guardar as coisas deles nas nossas caixas.

— Quem é este? — Apontei para o retrato de um garoto da minha idade com uma cicatriz grossa na testa.

— É o Ali. Ele adorava cavalos. Na primeira vez que andou em um, o animal empinou e Ali caiu no chão. Ficou inconsciente por dias, mas, quando acordou, logo subiu de novo no bicho.

Baba, Abbas e eu organizamos nossos retratos de aniversário na parede dos fundos, numa sequência lógica. Em cima de cada um, Baba anotou os anos, de 1948 até aquele ano, 1957. O meu era o único retrato de 1948. Continuamos ano a ano, acrescentando as crianças que vieram. Eu estava no topo, seguido de Abbas em 1949, Nadia em 1950, Fadi em 1951, Hani em 1953, Amal em 1954 e Sara em 1955. Mas só havia dois retratos de Amal.

Nas paredes laterais, Baba, Abbas e eu ordenamos os retratos dos familiares que sabíamos estarem mortos: o pai e os avós de Baba. Ao lado deles, penduramos a parte exilada da família: a mãe de Baba, abraçando seus dez filhos diante do magnífico jardim que Mama havia construído na casa da família de Baba antes de eles se casarem, quando os pais dela eram imigrantes que trabalhavam nas plantações da família dele. Quando Baba voltou da escola de artes de Nazaré e viu Mama cuidando do jardim, decidiu se casar com ela. Baba pendurou os retratos dele e de seus irmãos — vendo as laranjas serem carregadas num navio no porto de Haifa, comendo num restaurante em Acre, no mercado de Jerusalém, experimentando laranjas em Jafa, de férias num resort praiano em Gaza.

A parede da frente nós reservamos para a família imediata. Baba desenhou muitos autorretratos quando estudou em Nazaré. Além desses, havia: a família fazendo um piquenique em nosso pomar de laranjeiras; meu primeiro dia na escola; Abbas e eu na praça do vilarejo olhando pelos buracos de uma caixa em que passava um desenho animado enquanto Abu Hussein girava a manivela; e Mama no jardim — esse, Baba havia pintado com aquarela, diferentemente dos outros, que desenhara a carvão.

— Onde ficam os nossos quartos? — Abbas examinou o espaço.

— Temos sorte de conseguir uma casa com uma vista tão bonita — disse Baba. — Ahmed, leve o seu irmão lá fora, para ele ver. — Baba me passou o telescópio que eu tinha construído com duas lentes de aumento e um tubo de papelão. Era o mesmo que usei para ver os soldados plantando as minas no campo do diabo. Atrás da casa, Abbas e eu subimos numa bela amendoeira com vista para o vilarejo.

Pelo telescópio, nos revezamos olhando as novas pessoas, vestidas com shorts e regatas, que já colhiam laranjas das nossas árvores. Da janela do nosso antigo quarto, Abbas e eu havíamos assistido à terra deles se expandir e engolir o nosso vilarejo. Eles traziam árvores estranhas e as plantavam no pântano. Diante dos nossos olhos, as árvores engordavam, drenando seivas fétidas. O pântano desaparecia e em seu lugar surgia um solo preto.

Vi a piscina deles. Apontei meu telescópio para a esquerda e pude ver além da fronteira da Jordânia. Milhares de barracas com a sigla ONU se amontoavam no deserto antes vazio. Passei o telescópio para Abbas a fim de que ele também visse. Algum dia eu esperava ter uma lente mais potente, para ver os rostos dos refugiados. Mas eu teria de esperar. Ao longo dos últimos nove anos, Baba não pôde vender suas laranjas fora do vilarejo, de modo que nosso mercado se encolheu do Oriente Médio inteiro e da Europa para 5.024 aldeões agora empobrecidos. Já tínhamos sido muito ricos, mas não éramos mais. Baba teria de conseguir um emprego, o que era bem difícil. Eu me perguntava se aquilo o preocuparia.

* * *

Nos dois anos em que vivemos em nossa nova casa com a amendoeira, Abbas e eu passamos muitas horas na árvore observando o *moshav*, o assentamento judeu. Víamos coisas que nunca tínhamos visto. Meninos e meninas, mais velhos e mais novos do que eu, davam-se as mãos, formavam círculos, dançavam e cantavam juntos, de braços e pernas à mostra. Eles tinham eletricidade e gramados verdes, e quintais com balanços e escorregadores. E tinham uma piscina em que meninos e meninas e homens e mulheres de todas as idades nadavam, aparentemente trajando suas roupas íntimas.

Os aldeões reclamavam porque os novos habitantes desviavam a água do vilarejo cavando poços mais profundos. Nós não tínhamos autorização para cavar poços fundos como os deles. Dava raiva porque, enquanto nós mal tínhamos água para beber, aqueles novos habitantes nadavam. Mas a piscina me fascinava. Da amendoeira, eu olhava alguém na borda prestes a mergulhar e pensava como aquela pessoa tinha energia potencial enquanto estava ali e como aquela energia se convertia em cinética durante o mergulho. Eu sabia que a energia do calor e das ondas da piscina não era capaz de devolver o mergulhador de volta à borda e tentava pensar quais leis da física o impediam. As ondas me intrigavam na mesma proporção em que as crianças brincando entre elas fascinavam Abbas.

Desde muito cedo eu soube que não era como os outros meninos do meu vilarejo. Abbas era sociável e tinha muitos amigos. Quando eles se reuniam em nossa casa, falavam de seu herói Gamal Abdel Nasser, o presidente do Egito, que se erguera contra Israel em 1956, na Crise do Canal de Suez, e liderava o nacionalismo árabe e a causa palestina. Eu idolatrava Albert Einstein.

Como os israelenses controlavam o nosso currículo, sempre nos forneciam livros sobre as realizações de judeus famosos. Li cada livro sobre Einstein que pude encontrar e, depois de entender plenamente o brilhantismo de sua equação $E=mc^2$, fiquei impressionado com o modo como a equação lhe ocorreu. Eu me perguntava se ele de fato teria visto um homem caindo de um prédio ou se apenas o imaginara, sentado no escritório oficial onde trabalhava.

* * *

Hoje era o dia em que eu mediria a amendoeira. Na véspera, finquei um graveto no chão e o cortei na altura dos meus olhos. Deitado no chão com os pés encostados no graveto, eu podia ver o topo da árvore justo em cima de sua ponta. O graveto e eu formávamos um triângulo com um ângulo reto. Eu era a base, o graveto era a perpendicular e a linha da visão era a hipotenusa do triângulo. Antes que eu pudesse calcular as medidas, ouvi passos.

— Filho — chamou meu pai. — Você está bem?

Eu me levantei. Baba tinha chegado depois de trabalhar construindo casas para os colonos judeus. Nenhum dos outros pais trabalhava na construção, em parte porque se recusava a construir casas para os judeus em cima de vilarejos palestinos destruídos, em parte pela política israelita de "mão de obra hebraica": judeus só contratavam judeus. Muitos dos garotos mais velhos da escola diziam coisas ruins sobre o fato de Baba trabalhar para os judeus.

— Venha comigo até o quintal. Ouvi umas piadas boas hoje — disse Baba, antes de se virar e andar de volta para a frente da casa.

Voltei a subir na amendoeira e olhei a terra estéril entre nosso vilarejo e o assentamento. Apenas cinco anos antes, estava cheia de oliveiras. Agora estava cheia de minas. Minas como aquela que matou minha irmãzinha.

— Ahmed, desça daí — Baba chamou.

Eu desci me segurando nos galhos.

Ele tirou uma rosca açucarada do pacote de papel amassado que trazia na mão.

— Foi Gadi, um colega de trabalho, quem me deu. — Ele sorriu. — Guardei o dia inteiro para lhe dar.

Um gel vermelho escorria pela lateral. Apertei os olhos para observar melhor.

— É veneno que está vazando daí?

— Por quê? Porque ele é judeu? Gadi é meu amigo. Existem israelenses de todo tipo.

Meu estômago se contraiu:

— Todo mundo diz que os israelenses querem nos ver mortos.

— Quando eu torci meu tornozelo no trabalho, foi Gadi quem me trouxe para casa. Ele perdeu metade do salário de um dia para me ajudar. — E estendeu a rosca em direção à minha boca. — Foi a mulher dele que fez.

Eu cruzei os braços.

— Não, obrigado.

Baba deu de ombros e mordeu, fechando os olhos, mastigando lentamente. Depois lambeu as partículas de açúcar que se acumulavam no lábio superior. Abrindo uma fresta apenas num dos olhos, me olhou de cima. Depois deu outra mordida, saboreando da mesma maneira.

Meu estômago rosnou e ele riu. Mais uma vez ele me ofereceu, acrescentando:

— Não se pode viver de raiva, meu filho.

Eu abri a boca e permiti que ele me alimentasse. Era uma delícia. A imagem de Amal surgiu, espontânea, na minha mente, e de repente me deixei tomar pela culpa do sabor na minha boca. Mas continuei comendo.

Capítulo 3

Uma bandeja de bronze com xícaras coloridas de chá refletia como um prisma a luz do sol que entrava pela janela aberta. Azuis, dourados, verdes e vermelhos oscilavam sobre um grupo de senhores vestidos com mantos surrados e *keffiyehs* amarrados na cabeça com corda preta. Os homens do clã de Abu Ibrahim estavam sentados de pernas cruzadas em almofadas no chão, cuidadosamente posicionadas ao redor de uma mesa baixa que agora sustentava suas bebidas fumegantes. Em outra época, haviam sido proprietários de todas as oliveiras do vilarejo. A cada sábado encontravam-se aqui, apenas ocasionalmente trocando uma palavra ou um cumprimento através da sala cheia. Vinham para ouvir Umm Kulthum, conhecida como a "Estrela do Oriente", no rádio da casa de chá.

Abbas e eu esperávamos a semana inteira para ouvi-la cantar. Umm Kulthum era conhecida pela amplitude de sua voz de contralto, pela capacidade de produzir cerca de 14 mil vibrações por segundo com suas cordas vocais, por sua capacidade de cantar cada uma das escalas árabes e pela grande importância que dava à interpretação dos significados sutis das canções. Muitas de suas músicas duravam horas. Por causa de seu talento, os homens se amontoavam em volta do único rádio do vilarejo para ouvi-la.

O professor Mohammad limpou o suor que escorria de seu nariz e parava ali, prestes a pingar no tabuleiro. Nós dois sabíamos que ele jamais ganharia, mas ele não desistia e eu o admirava por isso. Os homens aglomerados em volta do tabuleiro de gamão não paravam de provocar: "É, professor Mohammad, parece que o aluno derrotou você de novo!", "Desista de uma vez!", "Dê a outra pessoa a chance de enfrentar o campeão do vilarejo."

— Um homem só desiste quando termina. — O professor guardou uma peça.

Eu tirei um 6-6 e levantei minha última peça do tabuleiro. Pelo canto do olho, vi que Abbas assistia ao jogo.

Um sorriso varreu o rosto de Baba e ele logo tomou um gole de seu chá de menta — ele não gostava de se gabar. Abbas não ligava, não tentava esconder o sorriso.

O professor Mohammad me estendeu sua mão suada:

— Eu soube que não seria fácil quando você começou com aquele 5-6.

Seu aperto de mão era firme. Depois de minha sorte inicial, usei uma estratégia defensiva para derrotá-lo.

— Meu pai me ensinou tudo o que sei. — Eu olhei para Baba.

— O professor é importante, mas é a velocidade de raciocínio que faz de você um campeão aos onze anos de idade. — O professor Mohammad sorriu.

— Quase doze — falei. — Faço amanhã.

— Deem cinco minutos ao menino — pediu Baba aos homens que se reuniam ao nosso redor querendo jogar contra mim. — Ele ainda nem tomou o chá.

As palavras de Baba me aqueceram por dentro. Eu adorava vê-lo orgulhoso de mim.

— Grande jogo, Ahmed — Abbas me parabenizou com um tapa no ombro.

Homens sentados em almofadas, reunidos em volta de mesas baixas, formavam linhas ao longo da sala em cima de tapetes que se sobrepunham. A voz de Umm Kulthum impunha-se sobre a miscelânea de vozes masculinas.

O garçom surgiu da sala dos fundos com um cachimbo em cada mão — hastes longas e coloridas penduradas por cima de seus braços, o carvão brilhando em cima do tabaco — e os deixou diante dos homens remanescentes no grupo de Abu Ibrahim. Eles adensavam o ar com a fumaça de cheiro doce, que se misturava à fumaça das lâmpadas a óleo que pendiam do teto. Um deles contou a história de como se curvara e rasgara as calças. Abbas e eu rimos.

O mukhtar entrou, erguendo os braços à porta como se fosse abraçar de uma vez toda a casa de chá. Embora o governo militar não reconhecesse o mukhtar como nosso líder eleito, era isso o que ele era, de modo que quem tivesse uma queixa se dirigia a ele. Todo dia ele se reunia com as pessoas na casa de chá. O mukhtar estava abrindo caminho em direção ao seu lugar ao fundo, mas parou para saudar Baba com um toque nas costas:

— Que Deus traga paz para você e seus filhos.

E curvou-se diante de nós, apertando a mão de Baba.

— Que Deus também lhe dê paz — respondeu Baba. — Ficou sabendo que Ahmed vai pular três séries no ano que vem?

O mukhtar sorriu:

— Um dia ele dará muito orgulho ao nosso povo.

À medida que os homens entravam, vinham até Baba para cumprimentá-lo e se apresentar para Abbas e para mim. Quando comecei a frequentar o lugar com Baba, achava estranho, porque aquele era um domínio de homens adultos que me olhavam intrigados. Só uns poucos aceitavam jogar gamão comigo; mas, depois que eu provei que era bom, me tornei convidado de honra. Ganhei minha posição. Agora eu era algo como uma lenda, o mais jovem campeão de gamão da história do vilarejo.

Quando Abbas ficou sabendo das minhas vitórias, começou a nos acompanhar. Queria aprender a jogar como eu. Enquanto eu jogava, ele passava a maior parte do tempo socializando com os homens. Todo mundo gostava de Abbas; desde muito cedo ele já tinha carisma.

À minha direita havia um grupo de jovens de uns vinte anos trajando roupas ocidentais: calças de zíper e camisas de botão. Liam jornais, fumavam cigarros e tomavam café árabe. Muitos ainda eram solteiros. Abbas e eu estaríamos com eles algum dia.

Um deles ajeitou os óculos com o dedo indicador:

— Como vou conseguir entrar na faculdade de medicina aqui?

— Você vai dar um jeito — disse o filho do fabricante de sandálias.

— É fácil para você falar — retrucou o jovem de óculos. — Você tem um negócio para tocar.

— Pelo menos você não é o terceiro filho. Eu nem posso me casar — disse outro. — Meu pai já não tem terras para me dar. Onde minha mulher e eu viveríamos? Tanto meus irmãos quanto as famílias deles já moram com os meus pais e comigo numa casa de um quarto só. Agora, Jerusalém...

A bateria do rádio fraquejou no meio de *Com quem devo ir?*, música de Umm Kulthum. Os homens se sobressaltaram, erguendo as vozes. O proprietário correu até o grande aparelho de rádio. Mexeu nos botões, mas não conseguiu recuperar o som.

— Por favor, me perdoem — ele disse. — A bateria precisa ser recarregada. Não tem nada que eu possa fazer.

Alguns começaram a se levantar para ir embora.

— Por favor, esperem. — O proprietário abriu caminho até Baba. — Você se importaria de tocar algumas músicas?

Baba se curvou discretamente:

— Seria um prazer.

— Senhores, por favor, esperem. Abu Ahmed aceitou nos entreter com sua música magnífica.

Os homens voltaram aos seus lugares, e Baba se pôs a tocar seu alaúde, cantando músicas de Abdel Halim Hafez, Mohammad Abdel Wahab e Farid al-Atrash. Alguns cantavam junto com ele, outros fechavam os olhos e ouviam, enquanto outros ainda fumavam seus cachimbos e tomavam chá. Baba cantou por mais de uma hora antes de pôr o instrumento de lado.

— Não pare! — eles gritaram.

Baba voltou a empunhar o alaúde e recomeçou. Detestava decepcioná-los, mas, como a hora do jantar se aproximava, ele não tinha escolha.

— Minha mulher vai se chatear se a comida esfriar — ele disse. — Convido todos para se juntarem a nós amanhã, depois do jantar, para celebrar o décimo segundo aniversário de Ahmed.

Enquanto saímos, os aldeões nos agradeciam e vinham apertar a mão de Baba.

Mesmo sendo tão tarde, a praça do vilarejo ainda estava agitada. No mercado a céu aberto no meio da praça, vendedores ambulantes espalhavam pelo chão potes de barro cheios de pentes, espelhos, amuletos para afastar os maus espíritos, botões, fios, agulhas e alfinetes, rolos de tecidos brilhantes e coloridos, montes de sapatos e roupas novas e usadas, pilhas de livros e revistas, panelas e frigideiras, facas e tesouras, ferramentas diversas. Pastores se mantinham ao lado de ovelhas e bodes. Gaiolas prendiam galinhas. Damascos, laranjas, maçãs, abacates e romãs se acumulavam ao lado de batatas, abóboras, berinjelas e cebolas. Havia vegetais em conserva em jarros de vidro, potes de barro cheios de azeitonas, pistaches e sementes de girassol. Um homem atrás de uma grande câmera de madeira, meio coberto por um tecido preto, tirava fotos de uma família diante da mesquita.

Passamos pelo homem que vendia a parafina que usávamos como combustível de nossas lamparinas e para cozinhar, depois pelo ervanário, cujas fragrâncias disfarçavam o cheiro de petróleo do vizinho. Ali eram oferecidas plantas para diabetes, prisão de ventre, problemas de pele e de fígado; camomila para indigestão e para distúrbios inflamatórios; tomilho para problemas respiratórios e eucalipto para tosse. Do outro lado, víamos mulheres reunidas em torno dos fornos comunais, papeando enquanto a massa não terminava de assar.

Passamos pelo agora vago Kahn, o albergue de dois quartos em que se hospedavam os visitantes quando vinham vender seus bens no nosso vilarejo, ou durante os festivais, ou para a colheita, ou a caminho de Amã, Beirute ou Cairo. Baba me contou que, quando estava aberto, os viajantes chegavam a camelo ou a cavalo, mas isso era antes de haver barreiras e toques de recolher.

O rugido de jipes militares que aceleravam na entrada do vilarejo silenciou o falatório. Pedras voaram e os atingiram, os motores pararam de súbito. Um amigo meu da minha classe, Muhammad Ibn Abd, correu à nossa frente atravessando a praça, perseguido por dois soldados com capacetes de aço e Uzis na mão. Eles o derrubaram em cima de um tapete de tomates e encostaram a ponta das armas em seu crânio. Abbas e eu tentamos correr até ele, mas Baba nos impediu.

— Não se metam nisso — ele disse, puxando-nos para casa.

Os punhos de Abbas estavam cerrados. A raiva borbulhava também dentro de mim. Baba nos silenciou com um olhar. *Não na frente dos soldados nem dos outros aldeões.*

Abrimos caminho pela colina onde vivíamos, passando por vários conjuntos de casas semelhantes à nossa. Eu conhecia todos os clãs que viviam nesses grupos familiares — como os pais dividiam suas terras entre os filhos, geração após geração, os clãs permaneciam unidos. Minha família já não tinha terras. A maioria dos irmãos do meu pai tinha ido parar nos campos de refugiados do outro lado da fronteira da Jordânia doze anos antes, no dia do meu nascimento. Agora, meus irmãos, meus primos e eu não teríamos laranjais nem casas próprias. Enquanto passávamos pelas últimas casas de barro, minha cabeça latejava de raiva.

— Por que você me impediu? — As palavras escaparam da minha boca assim que nos vimos a sós.

Baba deu mais alguns passos e parou:

— Você só teria conseguido arrumar encrenca.

— Precisamos lutar de volta. Eles não vão parar sozinhos.

— Ahmed tem razão — Abbas se intrometeu.

Baba nos calou com o olhar.

Passamos por uma pilha de entulho onde costumava existir uma casa. Em seu lugar havia uma barraca baixa. Três crianças pequenas se seguravam no vestido da mãe enquanto ela cozinhava numa fogueira. Quando olhei, ela baixou a cabeça, ergueu a frigideira e se enfiou na barraca.

— Por doze anos, vi muitos soldados entrando no nosso vilarejo — disse Baba. — Os corações deles são tão diferentes uns dos outros quanto são diferentes dos nossos. Eles são maus, bons, assustados, gananciosos, morais, imorais, gentis, malévolos, são seres humanos como nós. Quem sabe o que poderiam ser se não fossem soldados? Isto é política.

Apertei os dentes tão forte que meu maxilar doeu. Baba não via as coisas como Abbas e eu. Lixo não coletado, estrume de burro e moscas sujavam o caminho. Nós pagávamos impostos, mas não recebíamos serviços porque éramos classificados como um vilarejo. Eles haviam roubado a maior parte da nossa terra e nos deixado com meio quilômetro quadrado para mais de seis mil palestinos.

— Pessoas não tratam seres humanos como eles nos tratam — argumentei.

— Ahmed tem razão — insistiu Abbas.

— Isso é o que me entristece. — Baba balançou a cabeça. — Ao longo da história, os conquistadores sempre trataram os conquistados assim. Os maus precisam acreditar que somos inferiores para justificar o modo como nos tratam. Se conseguissem perceber que somos todos iguais...

Eu não conseguia continuar ouvindo e corri para casa, gritando:

— Eu odeio esses caras. Só queria que eles voltassem para o lugar de onde vieram e deixassem a gente em paz!

Abbas me seguiu de perto. Baba gritou de trás:

— Um dia você vai entender. Não é tão simples quanto você pensa. Temos de nos manter íntegros.

Ele não tinha ideia do que falava.

Consegui sentir o cheiro de flores quando estava na metade da colina. Eu gostava do fato de morarmos a apenas cinco minutos da praça. Eu não era como Abbas, que gostava de ficar ali fora o tempo todo correndo e brincando com os amigos; eu era um leitor, um pensador, e correr me provocava uma ardência nas pernas. Abbas era capaz de correr o dia inteiro sem nem transpirar. Eu não chegava nem aos pés da capacidade atlética dele.

Buganvílias em tons de roxo e fúcsia subiam pelas treliças que Baba, Abbas e eu havíamos instalado na parede externa da nossa casinha. Mama e Nadia estavam levando mais bandejas de doces para a despensa improvisada debaixo de uma lona perto da amendoeira. Elas haviam cozinhado a semana inteira.

— Entrem — disse Baba, arrastando-se atrás de Abbas e de mim. — O toque de recolher é mais cedo hoje.

* * *

Eu não conseguia dormir. Minha raiva me tornava invisível e, quando o sono visitava minha família, não me encontrava. Por isso eu fui o único que ouviu o barulho lá fora. Passos. No começo pensei que era o vento na amendoeira, mas, quando ele se tornou mais forte, mais próximo, soube que não. Ninguém ficava lá fora depois do anoitecer a não ser os soldados. Podíamos levar um tiro se saíssemos de casa por qualquer motivo. Só podiam ser os soldados. Ouvi com atenção para decifrar um padrão, tentando discernir quantos pés eram. Era uma pessoa e não calçava botas pesadas. Devia ser um ladrão. Nossa casa era tão pequena que, para que todos se deitassem, precisávamos deixar muitas coisas do lado de fora. A comida da minha festa de aniversário estava lá. Alguém se aproximava para roubá-la. Eu me esgueirei entre os corpos dormentes da minha família, com medo de ser visto ao ar livre, mas com mais medo ainda de que alguém roubasse a comida que Mama e Nadia tanto haviam trabalhado para preparar, e que Baba economizara o ano inteiro para comprar.

O frio me pegou de surpresa e eu envolvi o peito com os braços para seguir, descalço. Não havia lua. Eu não o vi, mas uma mão suada cobriu minha boca. Um metal frio pressionou minha nuca, o cano de uma arma.

— Fique calado — ele disse, falando no dialeto do vilarejo e perguntando em seguida num sussurro. — Qual é seu nome?

Eu fechei os olhos e vi as tumbas do nosso cemitério:

— Ahmed Mahmud Mohammad Othman Omar Ali Hussein Hamid — grunhi, querendo soar másculo, mas parecendo uma garotinha.

— Vou cortar a sua língua se você mentir. — Ele me virou e me jogou de costas no chão. — O que um garoto rico como você está fazendo na minha casa?

A cicatriz em sua testa era inconfundível: era Ali.

— Os israelenses tomaram a nossa terra.

Ele me sacudiu com tanta violência que eu temi que fosse vomitar.

— Cadê seu pai?

Ele me empurrou ainda mais para o chão. Eu me segurei em seus braços com toda a força e pensei na minha família adormecida nas esteiras da nossa casa, da casa de Ali.

— Está dormindo, doutor — falei, acrescentando o título como demonstração de respeito para que ele não cortasse minha garganta ali, ao lado dos meus doces de aniversário.

Ele aproximou o rosto do meu. E se perguntasse o que Baba fazia?

— Neste exato minuto, meus camaradas estão enterrando armas por todo o vilarejo.

— Por favor, doutor. Eu prestaria muito mais atenção se estivesse na vertical.

Ele me bateu contra o chão antes de me erguer. Olhei a bolsa ao lado de seus pés. Estava cheia de armas. Virei o rosto, mas era tarde demais.

— Está vendo esta arma? — Ele pressionou a pistola contra o meu rosto. — Se alguma coisa acontecer comigo ou com as minhas armas, meus camaradas vão picar a sua família em pedaços.

Assenti, emudecido pela visão terrível.

— Onde é o lugar mais seguro para escondê-las? — Ele virou o olhar para a casa. — E, lembre, a vida da sua família depende disso. Não conte nem ao seu pai.

— Eu nunca contaria. Ele não iria entender. Não temos escolha. Pode esconder na terra embaixo da amendoeira.

Ele me guiou até lá com a pistola na minha nuca.

— Não precisa da arma. — Ergui as mãos. — Estou bastante disposto a ajudar. Todos queremos liberdade para nós e para os nossos irmãos nos campos.

— O que tem embaixo da lona? — ele perguntou.

— Comida para a minha comemoração.

— Comemoração?

— Do meu aniversário de doze anos.
Eu já não sentia a arma contra a pele.
— Você tem uma pá?
Ele me seguiu.

* * *

Quando terminamos de cavar, Ali entrou na trincheira e deitou a bolsa de armas com o cuidado que uma mãe teria ao deitar seu bebê no berço. Em silêncio, devolvemos a terra à trincheira até que a bolsa estivesse coberta.

Ali pegou uma boa mão de biscoitos de tâmara que estavam debaixo da lona e encheu os bolsos e a boca.

— Vão aparecer palestinos treinados para usar essas armas. — Partículas brancas escapavam de sua boca. — Você vai protegê-las até chegar a hora certa, senão sua família vai morrer.

— Claro. — Eu não conseguia acreditar na minha sorte por me tornar um herói do meu povo.

Eu já estava voltando para casa, mas Ali me segurou pelo ombro:

— Se você contar para alguém, eu mato todos vocês.

Eu me virei para encará-lo:

— Você não entende. Eu quero ajudar.

— Israel construiu uma casa de vidro, e nós vamos estilhaçar essa casa. — Ele cortou o ar com seu punho e me entregou a pá.

Eu estava quase saltitante quando entrei em casa. Deitei-me na escuridão ao lado de Abbas, com o corpo e a mente eletrizados pela excitação do que eu havia participado. Até que me ocorreu: e se os israelenses descobrissem? Eles me prenderiam. Destruiriam nossa casa. Minha família teria de viver numa barraca. Ou talvez nos mandassem para o exílio. Eu queria falar com Baba ou até com Abbas, mas sabia que assim Ali e seus camaradas nos matariam. Eu estava preso entre o diabo e as chamas do inferno. Eu precisava tirar as armas de lá. Eu diria a Ali que elas não estavam num lugar seguro. Mas não podia tirá-las agora, onde as deixaria? Durante o dia, alguém poderia me ver. Eu teria de esperar o toque de recolher. O vilarejo inteiro estaria em nossa casa esta noite. E se os soldados viessem? E se minha família ou algum convidado da festa percebesse? O cemitério do vilarejo. Quase todo dia se cavava um novo buraco ali. Depois da escola eu iria lá para achar um lugar apropriado.

Capítulo 4

Eu tinha de sair para ter certeza de que nada parecia suspeito. Estava me levantando quando Mama posicionou o bolo no chão à minha frente, me empurrou para trás e beijou minha bochecha.

— Por que seus olhos estão tão vermelhos? — ela perguntou.

Dei de ombros. Meus irmãos se amontoaram ao meu redor.

— O seu parto durou quinze horas — Mama começou.

— Você pode recontar essa história depois? — pedi.

Podemos todos estar mortos a qualquer momento e ela quer contar a história do meu nascimento?

Mama apontou para o retrato que Baba fizera dela, grávida, deitada na terra entre as laranjeiras. Cestas cheias de laranjas a cobriam por todos os lados. Sequei o suor da testa.

— Enquanto eu dava à luz, tanques israelenses entravam no vilarejo e se espalhavam com um bombardeio mortal. — Os olhos dela não se afastavam de mim. — Os israelenses separavam homens e mulheres. Com armas apontadas para a cabeça, os homens marchavam para a Jordânia a mando dos soldados. As mulheres resgatavam de buracos no chão seus jarros com dinheiro, recolhiam joias e roupas. Com uma trouxa de coisas de valor equilibrada sobre a cabeça, a chave de casa em volta do pescoço e as crianças nos braços, as mulheres também marchavam. Quando você apareceu, os soldados haviam partido. — Mama sorriu para mim. — Graças a você, não somos refugiados.

Ela se voltou para minha irmã Nadia:

— Traga o café para o aniversariante.

Eu mal conseguia respirar. Nadia colocou na minha frente a xícara branca cheia de café árabe. Tomei tudo de um gole, deixando só um pouquinho.

— Assim você vai engasgar — Mama falou.

Eu lhe entreguei a xícara. Ela a girou três vezes, cobriu-a com um pires, virou ambos para baixo e os mostrou para mim. Os restos de café se assentavam no fundo. Com cuidado, Mama vasculhou na xícara os símbolos que contariam o meu futuro.

Seu rosto escureceu, seu corpo se fez mais tenso. Ela pegou o jarro de barro e despejou água em cima do café precipitado. Baba riu. Abbas cobriu a boca com a mão.

— O que foi? — perguntei.

— Nada, meu querido. Não é um bom dia para ler seu futuro.

Uma onda de medo me atingiu. Seria por causa das armas? Eu ia morrer?

Mama passaria o dia preparando meus doces de aniversário. Eu tinha de garantir que ela não visse nada.

— Estou com vontade de comer um biscoito de tâmara — falei, me levantando.

Mama me empurrou para trás:

— Nadia, vá buscar um biscoito para Ahmed.

De repente me lembrei dos biscoitos que Ali havia comido.

— Não precisa — falei.

Mama apertou os olhos, como se tentasse decifrar meu comportamento estranho.

— Tem certeza?

— Comi vários ontem à noite.

Baba levou a mão ao bolso do casaco, tirou um saquinho marrom e o estendeu para mim. Seu rosto reluzia. Nossos olhos se encontraram quando eu peguei o presente de sua mão.

— São as duas lentes de aumento que você queria — ele disse. — Para o seu telescópio.

— Como você conseguiu o dinheiro? — perguntei, e ele sorriu.
— Venho pagando por elas desde o ano passado.
Beijei sua mão. Ele me puxou para perto e me abraçou.
— O que você está esperando? — Abbas perguntou.
Baba me entregou um livro:
— *Einstein e a física*.
Eu posicionei a lente de três centímetros entre meus olhos e o livro aberto. Com a outra mão, segurei a lente de dois centímetros e meio acima da outra.
— Por que suas mãos estão tremendo? — Mama perguntou.
— De emoção.
Movi a lente até que a impressão ganhasse um foco exato. Abbas me entregou uma régua.
— Três centímetros — falei.
Eu me senti como uma mosca tsé-tsé observada num microscópio.
— Aqui. — Abbas me passou meu telescópio caseiro e uma faca.
Medi com cuidado, cortei duas fendas no tubo de papelão, inseri as lentes e as prendi com tecido. Pelo telescópio, meu livro era imenso.
— O dobro de potência.
Voltei a abraçar Baba. O que eu tinha feito?
Soou o sino da escola.
— Não quero me atrasar. — Eu me esgueiraria até a amendoeira antes de ir para a escola.
— Eu acompanho você até lá — disse Baba. — Tirei o dia de folga para ajudar a preparar as coisas.

* * *

Depois da escola parei no cemitério, encontrei o lugar adequado e fui direto para a amendoeira.
— Venha ficar comigo. — Baba surgiu ao meu lado. — Ouvi umas piadas novas.

Meu coração batia tão rápido que eu não conseguia pensar direito. Mostrei então meu telescópio.

— Ela está me chamando.

— Como eu posso competir? — Baba se conformou.

Subi na amendoeira. Abbas e eu tínhamos dado à árvore o nome de Shahida, "testemunha", porque passávamos tantas horas nela assistindo a árabes e judeus que ela merecia um nome. A oliveira à esquerda de Shahida nós chamávamos de Amal, "esperança", e a da direita era Sa'adah, "felicidade".

Baba se encostou na parede de barro da casa e ficou me olhando. Eu apontei a lente do telescópio para a piscina do assentamento.

— Será que Einstein fez seu próprio telescópio? Seria bom você seguir o exemplo dele — sugeriu Baba.

— Abu Ahmed — Mama chamou. — Preciso da sua ajuda aqui dentro.

Baba andou até a entrada da casa.

Apontei o telescópio para o oeste do vilarejo. Nossa casa era o ponto mais alto. Todas as demais eram cubos de um só cômodo, paredes de barro com um teto plano e quadrado. O suor escorria para dentro dos meus olhos. Será que esse dia não acabaria nunca?

Baba reapareceu.

— O jantar está pronto.

Um livro acertou a amendoeira e desabou no chão. Eu saltei do galho.

— Odeio matemática — Abbas esbravejou, chutando a terra. — Nunca vou conseguir.

— Um homem que precisa de fogo é capaz de segurá-lo em sua mão — disse Baba.

— Eu tento, mas sempre me queimo.

— Ahmed vai ajudar você. — Baba pôs seu braço em volta do meu ombro. — Por alguma razão, Deus abençoou esse menino com uma mente matemática extraordinária.

Abbas revirou os olhos:

— Eu sei, eu sei...

— Talvez, se você passasse menos tempo com seus amigos e mais tempo com livros, como o Ahmed, não tivesse tanta dificuldade com matemática. — Baba ergueu as sobrancelhas e acariciou a cabeça de Abbas.

— Jantar. — A voz de Mama era suave; ela só estava lembrando Baba do motivo pelo qual o mandara lá.

— Já estamos chegando, Umm Ahmed — disse Baba. — Vamos, meninos.

Andamos até a casa, Baba no meio, seus braços envolvendo os dois filhos.

Lá dentro, minha irmãzinha Sara correu para Baba, chegando quase a derrubá-lo. Os olhos de Mama e Baba se encontraram, e ela sorriu:

— Deixem Baba respirar.

— Aqui está. — Baba apontou para o novo retrato que havia feito de mim, pendurado na sessão de aniversários da parede.

— Você é a cara do seu pai. — Ela apertou minhas bochechas. — Esses olhos de esmeralda, o cabelo exuberante, os cílios grossos e pretos. — Mama ergueu as sobrancelhas. — Você é minha obra-prima.

Abbas e meus irmãos se pareciam com Mama, com sua pele cor de canela queimada, os cabelos pretos indomáveis e os braços longos.

— Pegue isto. — Mama entregou a Nadia pequenos pratos com homus e tabule, e Nadia os colocou no chão de terra.

— Venham, Mama preparou um banquete — Baba nos chamou, sentando-se de pernas cruzadas ao lado dos pratos. — Juro para vocês que ela é a melhor cozinheira do mundo.

Ele olhou para Mama. Os cantos dos lábios dele se ergueram e ela baixou a cabeça.

Abbas e eu nos sentamos um de frente para o outro, como fazíamos a cada refeição. O restante dos irmãos se juntou a nós no chão ao redor dos pratos.

— É sua comida favorita — anunciou Mama. — *Sheikh el mahshi*, berinjelas recheadas com carne temperada.

Não consegui encontrar seu olhar.

— Não, obrigado.

— Alguma coisa errada? — Ela olhou para Baba.

— Estou empolgado demais com a festa.

Mama sorriu para mim.

— Estas são suas — ela disse para Baba, apontando um prato com pequenas berinjelas recheadas com arroz e pinhas.

Baba era vegetariano; ninguém mataria em seu nome, sequer um animal para comer.

* * *

Baba sentou-se com seu alaúde no muro de pedras ao lado de Abu Sayeed, o violonista. Eu estava começando a andar de volta até a amendoeira quando senti a mão de Baba em meu ombro.

— Fique parado do lado do seu retrato — ele pediu.

Abbas foi para trás da casa com alguns amigos. Meu estômago embrulhou. Parei ao lado de Baba junto ao cavalete que continha meu retrato.

Homens se alinharam, com os braços apoiados uns nos ombros dos outros, e começaram a dançar a *dabke* no meio do pátio. Outros também foram para trás da casa. Eu sentia o suor nas minhas axilas. Os convidados usavam suas melhores roupas. Os mais velhos trajavam vestes tradicionais.

Crianças gritavam, bebês choravam, e todos riam enquanto Baba cantava com emoção. Abu Sayeed bateu com autoridade na lateral de seu violino, encaixou-o com cuidado sob o queixo e agitou o arco no ar num floreio elaborado. Manobrava o arco como se fosse uma varinha mágica. Mais e mais crianças se dirigiam ao pátio dos fundos.

— Vamos! — Abbas voltou para me buscar.

Olhei para Baba, que assentiu com a cabeça. Passei correndo por Abbas em direção aos fundos da casa, onde um grupo de garotos estava sentado no chão.

Abbas me deu um punhado de areia, que mergulhei no balde de água. Todos se reuniram em volta. Depois de agitar a água, tirei a areia do balde, que estava seca.

O público aplaudiu com entusiasmo. Notei que meus irmãos Fadi e Hani caminhavam, com gravetos nas mãos, em direção ao lugar onde as armas estavam enterradas. Eles passavam o dia inteiro juntos, procurando pistas para resolver mistérios imaginados.

O suor parecia efervescer em meu rosto:

— Juntem-se a nós, meninos.

— Queremos mais — as crianças cantavam.

— Não, obrigado — disse Fadi.

— Estamos perto de descobrir uma coisa grande — alertou Hani, com as mesmas palavras que dizia toda vez que Abbas ou eu lhes perguntávamos o que estavam fazendo.

Esfreguei as cerdas de uma escova de cabelo contra um suéter de lã enquanto os observava remexer a terra por cima das armas. Aproximei a escova da cabeça de Abbas, e seus cabelos logo se arrepiaram.

— Por ordem do governador militar, o toque de recolher de hoje começará em quinze minutos. Qualquer um que seja pego fora de sua casa será preso ou alvejado — anunciou a voz amplificada num sotaque árabe pesado.

Soldados enxamearam como gafanhotos na minha festa de aniversário. Ficaram olhando os cabelos de Abbas. Sem nenhuma explicação, o toque de recolher começaria uma hora antes esta noite.

— A festa acabou — anunciou um soldado. — Todo mundo para casa.

Apontaram as armas para nós. Eu me virei à procura de Fadi e Hani.

— Vamos, mexa-se — ordenou o soldado.

Corri para a frente da casa, mas alguns soldados permaneceram diante da amendoeira. Era difícil respirar. Os convidados se dispersaram, e Baba ofereceu doces aos soldados.

— Não fique tão triste — disse Baba. — Conseguimos nos divertir bastante. No ano que vem tem mais.

— Rápido. Me ajudem com as esteiras — Mama chamou minhas irmãs.

Nadia e Sara posicionaram dez esteiras no chão de terra onde havíamos jantado. Os soldados partiram e Mama apagou as lanternas.

Fiquei deitado no escuro tentando afastar os pensamentos terríveis com a lembrança do próximo problema do livro de física que eu estava lendo. Mesmo assim, continuei ouvindo os sons que vinham de fora, temendo que os soldados descobrissem o esconderijo.

Uma pedra é puxada em um estilingue por uma distância de 2 metros e, então, lançada. Ela deixa o estilingue a uma velocidade de 200 metros por segundo. Qual foi a aceleração média imposta à pedra pelo elástico do estilingue?

A pedra havia acelerado a partir do repouso. Sua velocidade final é de 200 m/s; ela acelerou por uma distância conhecida, 2 metros; $v^2=2ad$; $(200\ m/s)^2=2a(2m)$; então $a=40.000/4=10.000\ m/s^2$.

Estava começando outro problema quando ouvi um barulho vindo de fora. Levantei-me e espremi os olhos, tentando ver na escuridão e decidir o que fazer. Seriam os guerreiros da liberdade? Ou os soldados?

Capítulo 5

Bum! Nossa porta de lata foi ao chão. Mama gritou. Luzes explodiram na sala como fogos de artifício. Meus irmãos correram para um canto. Mama pegou a chorosa Sara no colo e os seguiu. Baba me empurrou também para o canto. Ficamos tão próximos, encolhidos ali, que nos fundimos numa coisa só.

Sete soldados armados com metralhadoras, de rosto rígido e peito inflado, bloquearam a porta.

— O que vocês querem? — Mama perguntou com voz trêmula.

Um sentimento de horror tomou meu coração sob a luz áspera que incidia em nós, encurralados no canto. Um soldado, de pescoço tão largo que seria capaz de suportar um burro, veio em nossa direção com a metralhadora apoiada no ombro. Com o dedo no gatilho, ele apontou a arma para Baba.

— Capturamos seu cúmplice. Ele confessou tudo. Vá buscar as armas.

— Por favor — Baba gaguejou. — Eu não sei do que você está falando.

Tentei abrir a boca para falar, mas nenhum som saiu. Eu sentia que meu coração ia escapar do peito.

— Seu mentiroso de merda. — O corpo do soldado tremeu. — Vou esmagar você contra a parede como uma barata.

Meus irmãos se penduraram em Baba. O soldado chegou mais perto dele, com rigidez ameaçadora, enquanto meu pai tentava nos empurrar para atrás de si, abrindo os braços para nos proteger. Mama entrou na nossa frente com os braços abertos também, formando um muro de duas camadas entre eles e nós.

— Nós não sabemos de nada. — As palavras de Mama soaram tão instáveis e agudas que aquela nem parecia sua voz, mas a de alguma velha louca do vilarejo.

— Calada! — o soldado grunhiu.

Eu não conseguia recuperar o fôlego. Estava prestes a desmaiar.

— Você acha que consegue se safar depois de ajudar um terrorista a infiltrar armas neste país? — o soldado perguntou a Baba num árabe mal falado.

— Eu juro por Deus — implorou Baba com voz abalada. — Eu não sei de nada.

— Você é muito burro se achou que nós não íamos descobrir.

O soldado pegou Baba pelo pijama, como se fosse uma galinha, e o empurrou para o meio da sala. Sua pele morena ficou branca sob o holofote dos israelenses.

— Deixem meu pai em paz! — gritei enquanto corria em direção ao soldado.

Ele me derrubou no chão e me chutou com sua bota com ponta de aço.

— Fique no canto! — Baba falou num tom que eu nunca tinha ouvido.

Com os olhos, Baba ordenava que eu voltasse para o canto, e me senti compelido a obedecer.

— Algum terrorista veio aqui na noite passada?

O soldado ergueu os braços no ar e cravou o cabo da metralhadora no rosto enrugado de Baba. Sangue jorrou, e ele se debateu no chão, arfando para recuperar o ar.

Mama começou a balbuciar uma prece.

— Não machuquem meu Baba! — Abbas agarrou o braço do soldado.

O soldado o afastou com um tapa como se fosse uma mosca. Abbas foi parar no chão, sendo então puxado de volta por Mama.

Como Baba continuava em posição fetal, o soldado golpeou suas costelas com a arma.

— Parem — disse Mama. — Vocês estão matando meu marido.

— Calada. — O soldado se virou para olhar Mama nos olhos. — Ou então você vai ser a próxima.

Ela cobriu a boca com as mãos.

— Vou te dar uma chance, seu terrorista. Seu destino está nas minhas mãos.

O soldado bateu nele de novo com o cabo da arma.

— Vocês estão machucando Baba — Abbas esbravejou de novo com o soldado.

Mama cobriu a boca dele com a barra de sua camisola.

Em voz baixa e hesitante, um soldado disse:

— Já chega, comandante.

— Sou eu que vou dizer quando chega.

Baba estava imóvel. Observei seu peito, tentando enxergar algum movimento. O comandante ergueu a arma e acertou as costas frágeis de Baba. O ar parou de circular, eu congelei.

Pensei em Baba sentado no pátio, tomando chá e rindo com os amigos. Como eu havia sido bobo. Deveria ter dado ouvidos a ele e não me envolvido em política. Agora, eu tinha matado meu pai. Um tremor feroz se apoderou do meu corpo.

De fora alguém gritou:

— Comandante, achamos armas e granadas enterradas no fundo da casa.

Cada palavra penetrou meu coração como uma bala.

— Arrastem esse pedaço de merda para fora daqui. Joguem morro abaixo. Terroristas não merecem ser carregados.

— Não levem Baba! — Abbas implorou enquanto Mama tentava segurá-lo pelo pescoço.

Hani se desvencilhou dela e correu até o soldado, que agarrou Hani e prendeu suas mãos minúsculas atrás das costas. Alguns soldados riram.

— Seu messias chegou — disse um soldado. — Defensor da honra do seu pai.

Hani batalhou, tentando desesperadamente se libertar das garras dele, mas sem sucesso. Fadi agarrou as pernas de Hani e tentou liberá-lo.

Mama teve ânsia e quase vomitou.

Um soldado cuspiu nela.

Baba permaneceu caído no chão, seus lábios inocentemente abertos, seus olhos fechados como se ele dormisse, exceto pelo sangue que escorria do nariz e embaixo da cabeça. Meus olhos não se desprenderam dele enquanto os dois soldados arrastavam seu corpo frouxo para dentro da escuridão.

— Aguente firme, Baba! — Abbas gritou. — Aguente firme!

De fora, ouvi três tiros a uma distância curta. Meu peito estava convulsionando. Tentei olhar para Mama, caída no chão, os braços em volta dos joelhos, balançando para a frente e para trás. Ninguém poderia nos salvar. Meus músculos estavam tensos. Como poderíamos continuar?

Os lamentos da minha família, quando nos encolhemos juntos, penetraram meus ossos. Eu queria estar morto no lugar de Baba e sabia, com a simplicidade e a certeza com que um garoto de doze anos pode saber alguma coisa, que nunca mais voltaria a ser feliz.

Capítulo 6

O rugido dos tanques e jipes militares foi se tornando mais alto à medida que uma náusea se apoderava da minha garganta. Eu já não conseguia engolir o queijo de cabra que tinha na boca. Mama dava goles em seu chá do lado do forno, sem perceber coisa alguma. Desde que haviam levado Baba duas semanas antes, seu olhar era vago; ela parecia se afastar de nós um pouco mais a cada dia.

Agora, os militares estavam vindo me buscar. Senti um nó no estômago.

Pensei em Marwan Ibn Sayyid. Ele tinha doze anos quando viu um soldado batendo em seu pai na rua. Marwan saltou sobre ele. Foi mantido por dois anos numa prisão para adultos com criminosos israelenses, antes que seu caso fosse parar na corte militar. Marwan tentou se matar duas vezes na cela. Foi enfim sentenciado a seis meses e, quando solto, correu para a estrada apontando uma arma de plástico para os soldados. Foi morto de imediato.

Abbas sentou-se ao meu lado, no chão, junto com nossos outros irmãos, em volta de pratos de pita, zatar, azeite, coalhada e queijo de cabra. Eles continuavam comendo, ignorantes do meu destino. A janela me chamava, mas eu resistia à urgência de olhar para fora. Queria dar à minha família aqueles últimos momentos de paz.

O som de pneus no início do morro me devolveu à realidade. Minha família parou. Como eu podia protegê-los? Abbas segurou minha mão.

Estudei o espaço — talvez pela última vez. As esteiras e as mantas de couro de cabra que se empilhavam num canto, a prateleira que sustentava meus livros de química, física, matemática e história. Em cima deles, os livros de arte que Baba adorava. Os potes de barro com arroz, feijão, lentilha e farinha. A chaleira de prata de Mama sobre o fogão. Os retratos de Baba na parede. E seu amado alaúde, feito para ele por seu pai, intocado desde que fora levado.

Botas se encravavam no morro, destruindo o terreno.

— Todos para fora da casa! — Do jardim, a voz sem rosto do exército nos convocava pelo megafone.

Eles me dariam uma surra diante da minha família e dos vizinhos? Fariam de mim um exemplo, algo para que todos pensassem enquanto meu sangue secava na terra partida? Aquele seria o meu fim? Temeroso como estava, eu quase o julgava bem-vindo. Tudo estaria terminado finalmente.

Os olhos de Mama se arregalaram de terror. Abri a porta de lata que eu tinha acabado de consertar. Uma dezena de soldados com máscaras de gás estavam parados em nosso jardim como insetos gigantes.

Um soldado ergueu a máscara:

— Fora! Agora!

Era um adolescente de bochechas gordas, um boneco grotesco que ganhara vida. Outro soldado apontou um rifle para a porta aberta e atirou uma cápsula de gás lacrimogêneo dentro da casa. Passou por mim por uns poucos centímetros e foi parar na parede dos fundos.

— Rápido! — Mama gritou quando o gás começou a se dispersar.

Meus olhos pegavam fogo. Deixei-me cair no chão — quando a fumaça sobe, você tem de se manter por baixo — e rastejei até o alaúde de Baba enquanto os outros tentavam sair. Eu não conseguia conter o ar por mais tempo, e o alaúde de Baba ainda estava fora do meu alcance.

— Ahmed, Sara! — Mama gritou.

Sara? Com o braço estendido à minha frente, procurei-a tão rápido quanto pude através da fumaça. Ela não estava em lugar nenhum. Eu não podia deixá-la ali, mas logo teria de respirar. Meus dedos se enredaram em algo, seus cabelos longos. Seu rosto estava quente e molhado. Eu a levantei, ainda sem respirar, meus olhos jorrando de lágrimas e de dor, meu peito prestes a explodir. Cego, segui em frente com seu corpo frouxo em meus braços. Lá fora, devorei enfim algum ar fresco.

A fumaça saía pela porta aberta. Estávamos descalços e de pijama. Os olhos de Nadia eram fendas avermelhadas. Mama resfolegava. O rosto de Sara estava coberto de sangue, que jorrava de um grande corte em sua testa — ela devia ter tropeçado naquele caos. Deixei seu corpo no chão, ignorando a dor em meus olhos, e soprei ar em sua boca. Dando tapas suaves em seu rosto, eu implorava:

— Acorde, Sara, acorde. — E soprava de novo. — Respire!

Mama soluçava de tanto chorar. Eu soprava ar na boca de Sara sem parar.

— Tragam água! — gritei para qualquer um.

Mama estava frenética:

— A jarra foi destruída!

Ela olhava para os soldados, que pareciam não nos ver em volta de Sara, não viam a menina de cinco anos ficando azul na frente deles. Mesmo o vizinho mais próximo era distante demais.

Abbas agarrou o braço de Sara e o esfregou com rispidez, como se assim pudesse acordá-la. Mama se inclinou por cima do meu ombro:

— Salve a menina, Ahmed.

Sara não se mexeu. Seus olhos não abriram. Eu continuava soprando em sua boca e dando tapas na bochecha. Nada funcionava. Ela estava azul e rígida, minha irmãzinha linda e inocente. Eu queria chorar, mas minhas lágrimas haviam secado. Senti uma tristeza profunda que me cobria como um manto pesado, me envolvendo em suas dobras rudes.

— Por favor, Ahmed — Mama chorava.

Ergui Sara sobre meu ombro e lhe dei tapas nas costas. Talvez ela tivesse engasgado com alguma coisa durante o ataque. Eu insistia:

— Acorde, Sara, por favor, acorde.

Mas nada funcionava.

Foi Mama quem disse, enfim:

— Ela se foi, filho.

Gemendo, Nadia puxou Sara das minhas mãos e a apertou forte.

— Vocês mataram minha irmã — Abbas gritou. — O que vocês querem?

Eles apontaram suas Uzis para a casa.

— Todo mundo saiu? — A voz de Mama indicava seu pânico.

Enquanto os soldados cravejavam a casa de balas, meus olhos varriam o jardim. Abbas, Nadia. Fadi. Hani. O corpo mínimo de Sara. Todos estavam fora.

— Afastem-se da casa! — gritou o soldado de rosto infantil. Nós já estávamos fora, o que mais eles queriam?

A ausência de tratores me enganara. Os soldados entraram na casa com barras de dinamite. Nós permanecemos fora enquanto eles depositavam a carga.

— Meu pai é inocente — falei.

Os soldados me olharam com fúria e eu baixei a cabeça.

— É claro que é — ironizou o Cara de Bebê.

Eu queria lhe contar a verdade. Tudo havia acontecido no meio da noite. Eu não pensara direito. Não queria que nada daquilo acontecesse.

— Podem ir se despedindo da casa, terroristas! — disse outro soldado.

Minhas pernas se enfraqueceram.

— Onde vamos morar? Por favor — eu implorei, uma criança chorosa, nada parecida com o homem que eu queria ser.

— Cale-se! — gritou o soldado.

Abbas parou ao meu lado.

— Me prenda, em vez disso — supliquei. — Não puna mais essas crianças.

— Não queremos você — disse o Cara de Bebê.

Abbas encarou os soldados com ódio em seus olhos. Nadia apertou o corpo de Sara ainda mais forte, como se pudesse protegê-la. Eu segurava Hani enquanto ele chorava. Fadi pegou uma pedra do chão e recuou a mão para lançá-la. Segurei seu braço e o juntei ao meu abraço em Hani.

Lembranças vívidas perpassaram minha mente. O precioso conjunto de bandeja e chaleira de prata da Mama — presentes de casamento de seus pais. Os retratos de Baba — seu pai falecido, seu irmão Kamal em cima de uma escada colhendo laranjas e juntando-as em cestas que havíamos confeccionado com galhos de romã. Os retratos de Baba e seus irmãos — boiando no mar Morto com o carrinho de laranjas e o burrico parado na beira, sorrindo numa praia em Haifa com as ondas explodindo atrás deles. E o retrato mais precioso de Baba, aquele de seus pais fazendo um piquenique num campo de girassóis. Estariam perdidos os retratos dos familiares exilados de Mama e Baba, de minhas irmãs falecidas Amal e Sara, e do meu Baba aprisionado. Estaria perdido, também, o vestido de noiva de Mama, bordado à mão, que ela sempre dissera que guardaria para minha esposa. O alaúde de Baba. E, mais que tudo, Sara. Uma menininha que nunca fizera mal a ninguém.

Mama caiu aos pés do soldado e agarrou seus tornozelos:

— Por favor, não temos para onde ir.

Seu desespero partiu meu coração. Não tínhamos para onde ir. O que eu havia feito? Soltei os meninos por um instante e fui até ela, tentando levantá-la pelos ombros.

— Mama, por favor, tente se levantar. — Seu corpo estava quente. — Você não precisa fazer isso. A gente vai conseguir outro lugar para morar. — Cerrei os dentes para não gritar. — Não temos de implorar.

Senti como se um lençol grosso me sufocasse na escuridão densa. Não haveria um salvador. Nenhum tio, irmão ou pai viria nos resgatar. Dependia de mim proteger minha família.

Tremendo, Mama levou os olhos ao céu.

Quatro soldados surgiram de nossa casa.

— Tudo pronto — disse o último enquanto se apressava para fora.

A terra tremeu sob meus pés. Fumaça e as partículas espalhadas do que haviam sido gerações de retratos, a roupa branca que Mama fizera para meu aniversário, suas rosas, a hortelã, a salsa, os tomates, nosso tabuleiro de gamão, roupas, esteiras e jarros ocuparam o ar. Todos tossiam, exceto os soldados.

Chamas se ergueram, queimando as paredes, que se desfizeram em cinzas diante dos nossos olhos. Nossa casa já não existia. Em seu lugar, um entulho reluzente e vermelho. Quando o inferno começava a amenizar, vi que Amal e Sa'adah, nossas duas oliveiras, estavam pegando fogo. Um desespero total amoleceu meus joelhos. Então notei nossa amendoeira, intocada; apenas suas flores haviam partido.

Os soldados tiraram suas máscaras de gás:

— Terroristas não merecem casas — expeliu o Cara de Bebê.

* * *

Por cinco horas esperei de pijama sob o sol quente, diante do posto militar, para pedir uma autorização para enterrar Sara, mas não consegui ser atendido. O que faríamos com o corpo dela? Se a enterrássemos sem permissão, os soldados cavariam e a tirariam da terra.

De volta à amendoeira, Nadia sentou-se no chão e se pôs a ninar Sara suavemente. Mama segurou Hani e Fadi em seus braços. Abbas e eu começamos a varrer o entulho quente com as mãos, à procura de qualquer coisa que pudesse ser salva.

Naquela noite, Nadia embrulhou Sara no meu *keffiyeh*.

— Deus me livre que algum inseto a ataque.

Mama e Nadia seguraram o corpo morto de Sara a madrugada inteira para que ela não ficasse sozinha. Quando Abbas finalmente caiu no sono, rangeu os dentes com tanta força que o da frente rachou. Eu fiquei acordado a noite inteira. Quando o toque de recolher terminou, corri ao posto e esperei seis horas debaixo de um sol brutal, até que me deram enfim a autorização para enterrar minha irmã.

* * *

Abbas e eu fomos ao cemitério e cavamos um buraco próximo ao túmulo de Amal. O sol parecia fogo em nossas costas, mas não paramos até que o buraco tivesse dois metros de profundidade. Abbas e eu estávamos tão secos que já não transpirávamos.

— Os israelenses vão pagar por isso — Abbas murmurava sem parar. — Eles só entendem violência. É a única língua que eles falam. — E parou de cavar. — Olho por olho.

Mama carregou o corpo franzino até o túmulo. Nadia não queria soltar a mão dela. Nós beijamos suas bochechas. Fadi e Hani estavam de punhos cerrados. Os olhos de Abbas pareciam pedra. Mama colocou Sara no chão, mas se recusava a soltá-la. Nadia chorava.

— Não — disse Mama. — Isto é um erro.

Por fim, tirei Sara de suas mãos. Dentro do buraco, mordendo meus próprios lábios, deitei o corpo dela. Quando saí, Abbas e eu nos pusemos a cobri-la de terra. Enquanto preenchia o túmulo, eu via Baba no fundo de um buraco como aquele, sendo coberto pela terra de alguma escavadora israelense. Não restava qualquer esperança.

Onde iríamos morar? O que faríamos? Precisávamos de uma casa que nos protegesse daquele calor brutal de verão e das chuvas torrenciais de inverno. Não podíamos construir uma. Não tínhamos dinheiro sequer para comprar uma barraca.

Capítulo 7

O tio Kamal nos comprou uma barraca no mercado da vila. Nas duas semanas anteriores, todos nós dormimos a céu aberto, sob a amendoeira, trajando roupas que mal nos serviam, roupas que Mama havia feito com os trapos que o tio Kamal conseguira. Abbas e eu usávamos pedras para cravar gravetos de cedro embaixo da amendoeira e, quando começava o toque de recolher, nós seis nos espremíamos juntos na barraca, os menores em cima dos maiores. As altas temperaturas, o calor corporal, o suor, a falta de ar e a impossibilidade de nos movermos tornavam o sono impossível.

* * *

No instante em que o toque de recolher terminava, eu corria de novo até o posto militar, determinado a descobrir o que acontecera com Baba. Ao longo das últimas quatro semanas, todo dia eu esperava na fila junto com centenas de outros aldeões que pediam autorização para se casar, enterrar os familiares ou construir uma casa; ou para sair da vila e ir para o hospital, o trabalho, as aulas. Alguns aldeões queriam obter, como eu, notícias de pessoas queridas que tinham sido presas ou levadas do vilarejo a lugares desconhecidos. A cada noite, eu retornava para casa sem saber se Baba estava vivo. Hoje seria diferente, eu disse a mim mesmo quando cheguei.

Abu Yossef entrou na fila logo atrás de mim:

— Você não está querendo autorização para reconstruir a casa, está?

O calor era sufocante. O ar estava pesado pelo cheiro de esgoto aberto, de esterco e de lixo não coletado.

— Eu não seria tão bobo assim — respondi.

Ele balançou a cabeça:

— Ainda não teve notícias do seu pai?

— Ele não fez nada.

— Estão dizendo que ele foi brutalizado.

Olhei para as trinta pessoas à minha frente. Provavelmente moravam mais perto do que eu. Se não houvesse toque de recolher, eu dormiria ali no posto mesmo.

— Por que você está aqui? — perguntei.

— Permissão para comprar damascos e laranjas das minhas próprias árvores, as que meu pai plantou e eu mantive vivas durante secas e guerras.

— Espero que meu pai esteja bem. — Olhei em volta.

— Ele vai ficar bem — disse Abu Yossef.

— Ele não é forte.

— Não subestime seu pai. Ele pode ser mais lutador do que você imagina.

— Ahmed — Abbas chamou. — Venha aqui, preciso falar com você.

— Eu guardo seu lugar. — Abu Yossef fez um gesto para que eu fosse.

O suor pingava das sobrancelhas e do queixo de Abbas.

— Prenderam o tio Kamal ontem à noite.

— Por quê?

— Por ajudar um terrorista.

Será que Ali tinha ido à casa dele também?

— Que terrorista? — perguntei.

— Baba — disse Abbas, com sangue nos olhos.

Agora estávamos por nossa conta.

* * *

Cinco minutos antes do toque de recolher, voltei à barraca exausto, sem saber nada sobre o paradeiro de Baba. Nas seis semanas seguintes, continuei naquela fila o dia inteiro, todos os dias, sem sorte alguma. Eu já não ia mais à escola.

* * *

Eu estava cozinhando arroz com amêndoas numa fogueira que eu tinha acendido perto da amendoeira quando apareceu o filho do barbeiro. Cumprimentamo-nos rapidamente.

— Meu pai foi solto ontem — ele disse. — Você sabe onde está o seu?

— Não ficamos sabendo de nada — respondi. — Já faz dois meses.

— Meu pai quer ver você. — Ele não me olhava nos olhos. — É sobre seu pai.

Temi que pudesse me tornar um alvo se fosse pego me encontrando com um preso político recém-libertado. Mas era para falar de Baba. Como eu podia deixar de ir?

* * *

O barbeiro estava sentado no canto de sua barraca, com um curativo no olho esquerdo. Queimaduras de cigarro cobriam suas mãos.

— Desculpe, mas não posso me levantar. — A voz do barbeiro tremeu quando ele falou.

— Você tem notícias do meu pai?

— Ele está no Centro de Detenção de Dror. No deserto de Neguev.

Um alívio correu por minhas veias:

— Ele está vivo?

— Na medida do possível. — O barbeiro baixou os olhos. — Ele quer que você vá visitá-lo. Você precisa tirar o seu pai de lá.

Pela primeira vez, comecei a me perguntar o que seria pior: que Baba tivesse sido morto ou que sobrevivesse apenas para ser submetido a uma longa tortura. Se não haviam matado Baba, as cobras e os escorpiões do deserto podiam matá-lo.

Passei a ir todos os dias ao posto militar a fim de implorar por uma permissão para viajar até o Centro de Detenção de Dror. Um mês depois, o governador militar me deu a permissão. Eu sabia que tinha de ir e confessar tudo ao meu pai. Eu insistiria que trocássemos de lugar. Pensar nele na prisão por um crime meu era terrível demais.

Com o pouco dinheiro que Abbas e eu conseguimos vendendo amêndoas da nossa árvore, comprei os seis bilhetes de ônibus de que eu precisava para a viagem. Abbas nem se importunou em perguntar se podia ir, já sabendo que não teríamos dinheiro suficiente para isso.

Capítulo 8

Eu só tinha ouvido rumores daquele lugar, tão flagelado pelo sol que nada era capaz de viver ali. O Neguev. A areia me fustigava através da janela, atingindo minha pele e meus olhos, e se fixando nos cantos secos da minha boca.

O ônibus finalmente parou ao lado de uma grade alta de arame farpado, com uma torre de guarda de cada lado. Pensei que tudo o que eu queria era descer daquele ônibus fedido e sufocante, mas, quando vi o que me esperava, me perguntei se não estaria diante do inferno. No arame farpado, uma placa com uma caveira preta avisava em árabe e em hebraico: *Cuidado! Perigo de morte.* O hebraico era só protocolar — não havia nenhum preso político judeu detido ali. Minhas pernas resistiam depois de tanto tempo no banco de vinil, mas eu tentei me apressar, de cabeça baixa, cruzando as caras fechadas dos guardas, parados com seus rifles e pastores-alemães.

Havia talvez uns mil prisioneiros trabalhando, de macacão preto, naquele pátio que era uma fornalha. Nenhum ergueu os olhos quando o ônibus chegou. Eu, sim, tinha de olhar: Baba estaria ali? E se eu não o reconhecesse? Estudei rapidamente cada homem, comparando sua altura com a mediana, eliminando aqueles que estavam a mais de dois desvios padrão da média — só os de estatura média podiam ser Baba. Alguns usavam pás para encher grandes sacos de areia ou arrastavam blocos de concreto até uma estrutura de três andares que estavam construindo, os macacões pretos atraindo a punição daquele sol. Procurei Baba no andaime, misturando cimento, levantando os blocos de concreto.

Um preso magro, quase esquelético, fincou sua pá no monte de areia, mas, quando tentou retirá-la, seu corpo tremeu, a areia se espalhou antes de chegar ao carrinho e ele caiu. Ficou deitado ali, ignorado, como um pássaro esmagado.

Perto da zona de trabalho, do lado de dentro do arame farpado, havia outro gradil cercando tendas enormes sem laterais que cobriam placas de madeira alinhadas com colchões.

Corri para uma área fora do portão, onde centenas de palestinos estavam sentados no chão ouvindo um soldado chamar os nomes dos prisioneiros. Havia mulheres e crianças, velhos e outros filhos, como eu, sozinhos. Estavam listando os nomes de todos os prisioneiros, em ordem, enquanto todos esperavam. Não havia sombra, nem água.

Duas horas depois, o soldado anunciou:

— Mahmud Hamid.

Guardas se apressaram na minha direção quando entrei no centro de detenção. Um deles perguntou:

— Quem você está vindo ver?

— Meu pai, Mahmud Hamid.

Tentei parecer mais alto do que meus doze anos permitiam. Tentei ser um homem, destemido.

— Ele é seu — disse o guarda em hebraico para alguém atrás de mim, me conduzindo em seguida por um detector de metais.

Outro guarda, que portava uma Uzi, me escoltou até a porta. O medo derretia os músculos das minhas pernas enquanto meus olhos se adaptavam à luz fraca. Ali dentro, guardas apalpavam homens nus parados contra a parede.

— Tire a roupa — ordenou meu guarda.

Meu corpo trêmulo se recusou a obedecer.

— Tire a roupa!

Forcei o movimento dos braços. Mecanicamente removi a camisa que Mama havia feito para mim, no dia anterior, a partir de um lençol usado. Durante horas ela procurou nas jarras da praça do mercado até achar botões que combinassem. O restante do dia ela passou costurando tudo a mão, usando um fio escuro para cada buraco. O guarda estendeu a mão com luva de plástico, pegou a camisa e a atirou no chão sujo.

— Tire tudo.

Despi as sandálias, as calças e a cueca, deixei tudo ao lado da camisa e parei nu diante do guarda, com os olhos colados no chão.

— Contra a parede.

Tremendo, me inclinei para a frente.

— Sacuda a cabeça.

Sacudi a cabeça.

O guarda correu os dedos enluvados pelo meu cabelo, e o cheiro de cigarro em seu hálito embrulhou meu estômago. Ele puxou minha cabeça para trás e apontou uma luz dentro do nariz e da boca. Fechei os olhos. Depois que ele enfiou uma sonda de metal no meu nariz e nos buracos dos meus ouvidos, senti um gosto de sangue. O que ele estava procurando?

Eu não ia gritar, chorar ou implorar. As mãos enluvadas seguiram pelo meu corpo até as nádegas e as pernas, que o guarda chutou para que eu abrisse. Apertei os olhos mais forte ainda e pensei em Baba. Baba, que estava ali por minha culpa. Eu aguentaria qualquer coisa para voltar a vê-lo. Para dizer o quanto eu lamentava aquilo.

— Agache-se.

O guarda separou minhas nádegas e eu arfei de dor quando o instrumento penetrou meu reto. Prendi a respiração. Quando o instrumento arranhou a parte interna, meus olhos lacrimejaram. Precisei me segurar para não choramingar. O instrumento serpenteou para chegar ainda mais fundo. Meus ouvidos estalaram quando o guarda enfim o removeu.

Humilhado e nu, fiquei parado diante do guarda, não muito mais velho que eu, enquanto ele examinava cada milímetro das minhas roupas.

— Vista-se — jogou as roupas aos meus pés.

Na sala de espera de cem metros quadrados lotada de outros visitantes, ninguém estabelecia contato visual. Todos sabíamos o que os outros haviam enfrentado ali e sentíamos vergonha. Véus cobriam o rosto enrugado das mulheres agachadas no chão de concreto. Homens de pele curtida com roupas e turbantes esfarrapados encostavam-se nas paredes. Pais tentavam em vão distrair os filhos, que choravam e gritavam e empurravam uns aos outros. Parado num canto, contei as pessoas: duzentas e vinte e quatro. Estimei que quarenta e quatro tinham menos de cinco anos; sessenta e oito estavam entre seis e dezoito; sessenta, entre dezenove e cinquenta e nove; e cinquenta e dois passavam dos sessenta. Era o verão desértico e aquela quantidade de gente roubava o ar da sala.

Horas depois, um guarda me levou a uma cabine de vidro com um telefone. Dois guardas ajudaram um homem algemado de macacão preto a entrar na sala. Minha alma se esvaziou. Baba penava para vir em minha direção. Quando os soldados invadiram a nossa casa e bateram nele, um buraco se abriu em meu estômago. Agora aquele buraco dobrava de tamanho.

Seu nariz estava mais grosso e torcido para a esquerda. A sobrancelha esquerda e a maçã do rosto eram mais altas do que no lado direito. Eu queria fugir, eu ia desmaiar. Mas, quando Baba se sentou na cadeira do outro lado do vidro e pegou o telefone, repeti seu gesto. Ele nunca ergueu os olhos do chão. Cicatrizes cobriam seu couro cabeludo. Seus cabelos antes sedosos já não estavam lá.

— Não dói — ele disse.

— Como você está?

O nó na minha garganta dificultava a fala. Meus olhos varriam a sala observando as outras famílias reunidas nas janelas de vidro.

— *Alhamdulillah* — Baba respondeu em voz baixa. Alá seja louvado.

O que eu podia dizer?

— Como está sua mãe? — perguntou Baba ainda de cabeça baixa.

— Ela queria vir, mas era muito caro.

— Fico feliz que ela não me veja assim.

Esfreguei os olhos.

— Alguém descobriu o que aconteceu? Juro pela vida de Alá que não fiz nada. — A voz de Baba falhou e ele respirou fundo. — Isto é um grande engano. — Ele teve dificuldade de continuar. — Mas receio que os israelenses vão demorar um tempo para descobrir a verdade. Meu colega de cela está aqui há quatro anos sem acusação formal. Talvez você e sua mãe tenham de sustentar a família por um ano ou mais. Se Deus quiser eu vou ser libertado antes, mas nós precisamos nos preparar para o pior. — Ele penava para respirar.

— Um ano?

— Eles podem me manter preso por muito tempo, mesmo eu não sendo culpado. Não precisam me acusar de nada.

O fone escorregou da minha mão suada. Quando voltei a colocá-lo no ouvido, Baba dizia:

— Eu...

À minha esquerda, uma mulher começou a gemer, com cinco crianças ainda novas agarradas às suas pernas.

— É tudo culpa minha — interrompi Baba, minha voz quase um sussurro.

Baba me olhou pela primeira vez.

— Não entendo.

Hesitante, comecei a história que eu viajara de tão longe para contar. A vergonha que eu sentia me impedia de olhar para ele enquanto falava.

Baba se aproximou do vidro. Eu estava sem fôlego.

— Ahmed, meu filho, você só tem doze anos. Me prometa que nunca mais vai contar para ninguém que foi você, e não eu. Não conte nem para a sua mãe.

Nossos olhos se encontraram pela primeira vez desde que eu começara a confissão. Ele estava branco como uma pomba.

— Por que você deveria ser punido por um crime meu?

— Eles prenderiam você. — Os músculos do rosto de Baba se enrijeceram. — Se não prendessem, outros fariam com que seus filhos perpetrassem esses atos de libertação. Eles não são bobos. Eu seria mais punido se você estivesse aqui.

— Mas eu preciso assumir a minha responsabilidade.

— É meu dever como pai proteger você. — Ele bateu no peito. Queimaduras de cigarro manchavam suas mãos. — Um homem não é nada se não defende sua família. Me prometa que você vai fazer algo da sua vida. Não se deixe engolir nesta batalha. Me faça orgulhoso. Não deixe a minha prisão arruinar a sua vida. Você precisa encontrar a melhor maneira de ajudar a sua mãe. Ela não tem experiência em viver por conta própria. Você é o homem da família agora.

— Por favor não diga essas coisas. Você vai voltar para casa logo.

Senti como se estivesse caindo num poço, sem ter em que me segurar.

— Não, não vou. — Ele fixou os olhos em mim. — Prometa que vai assumir meu papel.

— Não sei se consigo.

— Quando você tiver um filho, vai perceber o que significa amar alguém mais que a si mesmo. — A voz de Baba fraquejou. — Prefiro levar uma punhalada no peito a ver você sofrer. Quem sabe o que os soldados fariam com você? — Ele pigarreou. — Não desperdice dinheiro me visitando. Você vai precisar de tudo o que conseguir ganhar para sustentar a família. Conte a todos as minhas vontades. Podemos nos escrever. Eu vou ficar bem. Não deixe que a culpa entre no seu coração, porque é uma doença, é um câncer que vai corroer você até que não sobre nada.

— O que vamos fazer sem você?

— Sua mãe e seus irmãos vão precisar de você. Só me prometa que vai fazer alguma coisa da sua vida. Eu tenho tantas coisas a lhe dizer. — Sua voz sufocou. — Só nos restam alguns minutos. — Disse então rapidamente: — Vá ao túmulo do meu pai, e regue as plantas toda sexta-feira.

O telefone ficou mudo. Colei a mão ao vidro e ele fez o mesmo. Nós nos olhamos por um momento, até que o guarda veio e o ergueu com um puxão. Baba estava tão magro que foi como se o homem chacoalhasse um uniforme vazio. Ele acenou, e o homem o escoltou para fora. Sem olhar para trás, ele desapareceu através da porta.

Fiquei ali, torcendo para que alguma coisa acontecesse. Que o guarda voltasse com ele, me dissesse que havia acontecido um erro, que ele estava sendo solto. Todos ao meu redor choravam. As cinco crianças chorosas à minha esquerda se despediam do pai. As roupas delas estavam rasgadas, as barrigas, inchadas.

Eu prometera a Mama que não contaria a Baba sobre Sara ou sobre a casa até que ele fosse solto.

— Não há nada que ele possa fazer sobre isso enquanto estiver preso — ela dissera, inflexível.

Agora eu percebia que ela estava certa; como Baba seria capaz de suportar a notícia de que Sara estava morta?

Coragem, eu percebi, não era a ausência de medo: era a ausência de egoísmo, colocar os interesses de outro acima dos próprios. Eu estava errado sobre Baba, ele não era um covarde. Como sobreviveríamos sem ele?

Capítulo 9

Depois da escola, Abbas e eu fomos à praça com uma incumbência de Mama. Passamos por charretes puxadas por burros e por mulheres com cestas na cabeça, mas, quando os aldeões nos viam, acabavam se afastando, como faziam quando os soldados desfilavam pela vila.

Na praça, maçãs e damascos frescos resplandeciam à luz do sol. Carneiros e cordeiros baliam. Duas crianças espiavam a caixa de desenho animado.

Viramos em direção à casa de chá e eu me lembrei do dia em que ganhei o campeonato de gamão da vila. Baba comprara chá para todos ali — levou um ano para pagar essa gentileza. O rádio anunciava estridente as últimas notícias da Jordânia, mas eu não fiquei para ouvir.

Dentro do armazém geral, Abbas e eu examinamos as prateleiras de madeira atrás do balcão. Café árabe, chá, latas de sardinha, frascos de azeite. No chão, embaixo das prateleiras, havia grandes potes de barro com placas anunciando trigo, sêmola e arroz. Três soldados entraram na loja atrás de nós.

— Por favor, senhor, eu queria um saco de arroz — pedi. — E pode colocar na conta do meu pai.

— A conta dele foi cancelada — disse o dono do armazém, espiando os soldados. Depois se curvou e cochichou para Abbas e para mim: — Me desculpem, meninos.

Eu não quis discutir com ele, mas como podia ser o homem da casa se não conseguia sequer comprar um pouco de arroz? Abbas e eu saímos da loja de mãos vazias, sabendo que, na noite anterior, havíamos comido o que restava do arroz. Não tínhamos mais nada.

Eu via pais e filhos aonde quer que fosse. Para não me perder em pensamentos insistentes sobre Baba, elaborava jogos matemáticos. Estimava o número de aldeões que vinham à praça a cada dia. Pensava nos fatores que influenciavam a equação, como quantas pessoas iam à mesquita diariamente, o número de horas que a casa de chá e o armazém ficavam abertos, o número de vezes que as pessoas vinham para usar o poço da vila.

* * *

A barraca, para mim, simbolizava a ruína. Enchia-se constantemente de moscas, mosquitos, formigas e ratos. Os insetos entravam na nossa boca enquanto dormíamos. Puxei a abertura e me agachei para entrar, mas Mama me empurrou de volta. Ela tinha uma carta nas mãos.

— O que diz aí?

Ela jogou a carta na minha mão. Abbas, que estava do meu lado, começou a ler junto comigo. As palavras se desprendiam do papel como ondas de calor. Pela primeira vez na vida, eu agradecia a Deus pelo fato de Mama ser analfabeta. Era uma carta em árabe com uma única frase escrita à mão. *O prisioneiro Mahmud Hamid foi sentenciado a catorze anos.* Olhei Abbas de relance. Ele estava branco como coalhada seca.

Amassei o papel e o espremi com a mão esquerda. O canto dobrado cortou minha pele.

— É sobre o seu pai?
— É.
— Ele está ferido?
— Não. — Levei o papel amassado ao peito.
— Diz na carta quando ele volta para casa?
— Não.

Abbas e eu nos olhamos. Ele sabia que não devia falar nada.

— É sobre a sentença dele?

Minhas têmporas latejavam.

— É sobre a sentença, não é? — Como não respondi de imediato, ela agarrou a carta, desamassou e cravou os olhos nela como se pudesse se forçar a ler. Olhou direto para Abbas: — Me conte o que a carta diz.

Ele continuou em silêncio.

Catorze anos. Eram 730 semanas, arredondando para baixo; 5.113 dias; 122.712 horas; 7.362.720 minutos; 441.763.200 segundos. Qual número fazia parecer menos tempo? Inspirei longa e profundamente, e tentei firmar a voz:

— Catorze anos.

— Catorze anos? — ela repetiu.

Seu rosto estava pálido.

— Isso.

— Como ele pôde fazer isso conosco? Ele esqueceu que tinha uma família? Todos aqueles discursos sobre não se envolver em política para depois arriscar assim as nossas vidas?

— Não, você não entende. — As palavras ficaram presas na minha garganta. — Ele pode ser condenado mesmo não sendo culpado.

Ela respirou fundo.

— As armas se enterraram sozinhas ali?

— Eles mesmos podem ter enterrado aquelas armas — rebateu Abbas.

Com o dorso da mão, limpei o suor da minha testa. As imagens de Baba de macacão preto na prisão, acorrentado como um animal, enchiam minha mente. Pensei nele do lado de fora forçado a mover terra sob o sol escaldante. E se ele não sobrevivesse? Aquilo não era como a morte, tentei dizer para mim mesmo. Eram só catorze anos. Minha mente começou a imaginar cenários horríveis: Baba pendurado de ponta-cabeça enquanto era queimado com cigarros, ou com as costas presas a uma cadeira e algemado por baixo até que o aleijassem. Todas as histórias que eu sabia serem verdadeiras.

— Vocês têm razão — Mama balançou a cabeça. — Seu pai nunca faria uma coisa dessas.

Então suas pernas cederam. Abbas e eu a seguramos e a ajudamos a se sentar. Chorando, ela enterrou o rosto enrugado nas mãos pesadas. A dor dela me feria.

— O que vamos fazer? Me diga!

— Eu vou sustentar vocês — falei.

— Fazendo o quê? — Sua voz saiu abafada porque ela cobria o rosto com as mãos.

Minha cabeça pesava.

— Vou construir casas para os judeus.

O que mais poderia fazer? Eu estava preso, de novo, entre o diabo e os fogos do inferno.

— Como posso deixar você fazer uma coisa dessas? — ela indagou. — Você é só uma criança.

— Coisas boas dificultam as escolhas. Coisas ruins não deixam opção. — Repeti o que Baba respondia quando eu perguntava por que ele trabalhava para os judeus. — Você vai ver. Vou aprender a tirar dinheiro da boca do leão.

Os olhos dela ficaram molhados.

— Que Alá abençoe cada passo e cada sopro seu.

— Eu também vou trabalhar — anunciou Abbas.

Mama balançou a cabeça:

— Você é novo demais.

— Vai ser mais fácil se estivermos juntos. — Abbas sorriu para mim.

— Amanhã eu começo a trabalhar — falei em tom definitivo.

Percebi que ainda não havia lhe contado do arroz: esta noite não comeríamos. Ser homem era mais difícil do que parecia.

— Eu também — disse Abbas.

— Você tem só onze anos — Mama o lembrou.

— Coisas boas dificultam as escolhas. Coisas ruins não deixam opção. — Abbas repetiu, forçando um riso.

* * *

Na manhã seguinte, Mama saiu para ferver água e encontrou um saco de arroz junto à barraca. Abu Khalil, o dono do armazém, devia ter se arriscado e o levado até ali enquanto dormíamos. Mama nos fez chá com a água do poço e as mesmas folhas que vinha usando na última semana. Peguei o jarro e despejei água fria em nosso chá para que não tivéssemos de esperar que esfriasse. Abbas e eu demos um grande gole e nos apressamos morro abaixo.

Éramos os únicos na entrada do vilarejo. Lembrei que Baba me contara ter começado a trabalhar para os judeus por acidente. Uma manhã ele acordara cedo para ir trabalhar no *moshav* colhendo laranjas. Era o primeiro esperando na entrada quando um caminhão de trabalhadores judeus passou. Ele estendeu a mão, pensando que fosse o do *moshav*. Quando o caminhão parou, o motorista explicou que eles eram operários de construção, e que um árabe forte e barato podia ser útil. Ele decidiu tentar.

Abbas e eu nos posicionamos no meio da estrada quando ouvimos o motor. O caminhão veio direto para cima de nós, mas eu não liguei. Faria qualquer coisa para que ele parasse. A poucos metros de distância, o motorista pisou no freio com força e o caminhão deslizou para a lateral da estrada. Corri à janela do motorista enquanto Abbas se posicionava em frente ao caminhão com os braços estendidos.

— Por favor, nos contrate. — Eu ensaiara a noite inteira como diria essa frase em hebraico.

— Vocês são crianças. — O motorista nos olhava de cima a baixo.

— Somos fortes.

— Saiam da minha frente. — O motorista apertou a buzina.

— Hoje trabalhamos de graça. Se não formos bons, não precisa pagar. Por favor, dê ao menos uma chance.

— De graça? — O motorista ergueu as sobrancelhas. — Qual é a pegadinha?

— Meu pai não pode trabalhar. Temos uma família grande. — Respirei fundo. — Precisamos de dinheiro.

— Se não forem bons, vocês vão voltar a pé.

— Você não vai se arrepender.

— Eu já me arrependo agora. — O motorista indicou que entrássemos atrás, junto com os outros trabalhadores.

Abbas e eu subimos na boleia. Os trabalhadores de pele escura se sentavam à esquerda, ao passo que os de pele clara, à direita.

— O que vocês acham que estão fazendo? — um trabalhador de pele escura nos perguntou em hebraico com sotaque árabe.

— Vamos trabalhar — respondi em árabe.

— Neste país nós falamos hebraico — disse o Pele Escura. — Árabes não são bem-vindos.

Abbas abriu a boca para responder. Ele não tinha medo de defender a si mesmo e aos outros, o que o levara a travar algumas brigas na escola. Apertei a mão dele tão forte quanto pude e cravei os olhos nele.

Abbas e eu nos sentamos num canto e o caminhão começou a se afastar da vila. Todos nos olhavam como se fôssemos bichos. No primeiro instante que tivemos a sós, fiz Abbas prometer que ele não responderia, não importava o que acontecesse. Eu sabia como aquilo ia ser difícil, mas ele também sabia que o bem-estar da nossa família dependia de nós. Ele me deu sua palavra e eu soube que não me decepcionaria.

Capítulo 10

Durante o intervalo do trabalho, os judeus asquenazes da Rússia, Polônia, Romênia, Transilvânia e Lituânia se sentaram juntos embaixo de algumas oliveiras e se puseram a conversar numa língua que eu não entendia. Nós aprendíamos hebraico na escola, mas aquilo não era hebraico. De modo geral tinham olhos claros, que clareavam ainda mais sob o sol, enquanto a pele branca ganhava um tom vermelho-vivo. Eram os nossos chefes. Davam instruções à sombra das árvores ou das estruturas que construíamos.

Embaixo de outras oliveiras, sentaram-se os judeus sefarditas do Iraque, Iêmen, Argélia, Líbia e Marrocos. Tomavam chá e café e conversavam em árabe. O iraquiano disse ao iemenita que os asquenazes falavam iídiche. Acho que os sefarditas só falavam árabe quando não queriam ser entendidos pelos asquenazes.

Os asquenazes riam dos sefarditas ao vê-los tomando aqueles líquidos fumegantes.

— Já não está quente o bastante? — O russo apontou para o café.

Os asquenazes não entendiam o calor.

Abbas e eu trabalhamos durante o intervalo.

— Irmãos robôs! — chamou-nos nosso chefe principal, Yossi, um judeu polonês.

Ele nos dera esse apelido ao ver que não parávamos para descansar. Abbas me olhou, com os olhos cheios de desconfiança.

— Tudo vai ficar bem — eu garanti.

Yossi nos encontrou na metade do caminho. Éramos tão pequenos que cabíamos juntos na sombra dele.

— Mudei de ideia. Vocês valem o pagamento inteiro de um árabe. Mas saibam de uma coisa: eu posso mudar de ideia novamente se vir que algum dos dois está fazendo corpo mole.

Eu me perguntava o que ele queria dizer com o pagamento inteiro de um árabe. Nós não estávamos ganhando nem uma pequena parte do que Baba ganhava.

— Não vamos decepcionar você — prometi.

Abbas e eu enchemos carrinhos e carrinhos de blocos de concreto que tirávamos de um caminhão na estrada, levando-os para a construção onde os descarregávamos. Trabalhávamos juntos para empurrar o carrinho porque tínhamos a metade do tamanho dos outros trabalhadores. Minhas costas doíam. Minhas roupas estavam encharcadas de suor e cobertas de terra. Estávamos construindo casarões a partir do nada. Na semana desde que Abbas e eu começamos, já havíamos construído um primeiro andar, e o segundo estava 2/3 concluído.

O sol fustigava. Abbas e eu estávamos posicionando os blocos no carrinho quando ele levou uma das mãos às costas e gemeu.

— Você está bem?

Eu via a dor em seu rosto. Ele parecia um velho, não um garoto de onze anos.

— Minhas costas estão duras de tanto eu me curvar.

— Fique ereto. Eu vou passando os blocos para você. Só vá colocando no carrinho.

Eu me curvei e fui passando os blocos para Abbas. Quando o carrinho estava carregado, começamos a empurrá-lo até a construção. Ao passar pelos sefarditas, meus olhos se encontraram com os do iraquiano.

— O que você está olhando? — ele me perguntou em hebraico com um sotaque árabe pesado.

Muitos anos de café e chá haviam manchado seus dentes. Ele lançou os braços em minha direção a uns dez metros de distância, como se quisesse me estrangular. Baixei os olhos e voltei a empurrar o carrinho.

— *Ben zonah.* — Filho da puta. O iraquiano me xingou em hebraico, ainda que os israelenses quase sempre praguejassem em árabe.

No almoço, todos pegávamos nossas sacolas de papel na parte de trás do caminhão e nos retirávamos para nossos lugares habituais. Abbas e eu comíamos sozinhos.

O iraquiano e o iemenita enrolavam o arroz fazendo bolinhos com os dedos antes de comer. Os asquenazes usavam garfos, facas e colheres. Mama preparava para nós um pão pita e uma sacola de arroz e amêndoas.

— Aqui — entreguei a Abbas seu pita. Ele o partiu no meio e me deu a metade maior. — Não, coma você esse pedaço. — Tentei lhe dar, mas ele se recusava a pegar. — Por favor, Abbas. Eu vou jogar fora se você não pegar.

Ergui o pão como se fosse jogar, mas ele o agarrou no último instante. Peguei o pedaço menor e posicionei o saco de arroz no chão entre nós, para que pudéssemos ir nos servindo com o pita. Quando terminavam de comer, os asquenazes e os sefarditas jogavam suas sacolas no lixo. Eu dobrava a nossa e guardava no bolso, para que Mama pudesse usá-la no dia seguinte.

Antes de partir a cada dia, Abbas e eu sempre passávamos no depósito de lixo. No dia anterior, havíamos encontrado uma camiseta velha e uma bateria de rádio. Alguns dias antes, um carrinho de plástico. Sentíamo-nos como catadores colhendo azeitonas depois de um enxame de gafanhotos, mas isso não nos impedia. Não ligávamos para o fato de os judeus rirem de nós durante todo o caminho de volta, tirando sarro porque nós nos agarrávamos ao lixo deles.

O iraquiano era o pior, não sei por quê. Quando parávamos na casa dele para deixá-lo, havia ao menos quinze crianças de todas as idades correndo por ali, sujas e desgrenhadas. Sua mulher aparecia grávida, com bobes nos cabelos e banguela de um dente da frente. Eles moravam num velho casarão árabe; antes branco, tinha agora cor de lama. Roupas penduradas no varal, lixo espalhado pelo quintal, jardins tomados de ervas daninhas.

Quando o sol começava a se pôr no horizonte, Yossi parava perto do nosso vilarejo e Abbas e eu saltávamos. Andávamos com pesar até a barraca. A tensão dos músculos das costas e do pescoço era tanta que eu caminhava como se arrastasse grilhões.

Mama me fez escrever uma carta a Baba contando que Abbas e eu havíamos conseguido trabalho. Disse que era importante deixá-lo pensar que estávamos bem. Baba escreveu de volta dizendo desejar que eu pudesse continuar frequentando a escola. Com grande tristeza, escrevi que era impossível.

Capítulo 11

O piche não saía das minhas mãos. Como não saía com água, passei a usar areia, um truque que Baba me ensinara. Senti como se estivesse esfolando a minha pele quando ouvi passos morro acima.

— Ahmed — chamou o professor Mohammad.

Envergonhado, escondi as mãos atrás das costas.

— Suas faltas na escola são imperdoáveis.

O que ele queria que eu fizesse?

Ele chegou até mim e parou a um metro de distância:

— Não abandone seus dons. Deixe que eles sejam a luz que vai guiá-lo ao longo da vida. Quando surgirem obstáculos, olhe para a sua luz. — Tocou meu queixo para que eu virasse o rosto para ele. — Você está destinado a coisas grandes.

Eu não conseguia escapar de seu olhar.

— Não tenho opção.

— Sempre existe uma opção.

— Tenho de trabalhar o dia inteiro.

Eu me virei só o bastante para fugir de seu olhar compassivo.

Lembrei o dia em que eu me formei na terceira série. Durante a pequena cerimônia na classe, o professor Mohammad entregou a cada aluno um diploma. Depois, me chamou lá na frente.

— Este certificado vai para o melhor aluno da turma. — Ele apertou a minha mão e me deu um beijo na bochecha. — Fiquem de olho neste garoto. Ele ainda vai encher nosso povo de orgulho.

Baba fez o V de vitória com os dedos.

***

— Gostaria de me tornar o seu tutor — disse o professor Mohammad. — Todo dia, depois do trabalho. Podemos começar hoje à noite. Você já comeu alguma coisa?

— Comi — eu menti.

Estava morrendo de fome.

— Venha à minha casa agora. Ainda temos duas horas até o toque de recolher.

As feridas abertas nos meus pés ardiam a cada passo que eu dava em direção à casa dele. Nós nos sentamos à mesa da cozinha.

— Você quer alguma coisa para comer? — ele insistiu.

— Não, obrigado.

Eu não queria me tornar um fardo. Meu estômago roncou e eu o apertei com a mão.

Ele escreveu um problema de matemática numa telha de ardósia e passou para mim. Minha mão estava fraca e queimada de tanto carregar piche quente andaime acima, mas eu não liguei. Se alguém como o professor Mohammad acreditava em mim, eu faria o que fosse preciso.

Capítulo 12

Uma sombra apareceu em cima de mim. Só podia ser um soldado; ninguém mais nos visitava. Abbas se agachou do meu lado. Muito devagar, eu me virei.

— É o tio Kamal — falei.

Ele havia sido solto. Suas bochechas estavam chupadas e os ombros, caídos. Ele parecia mancar.

— O que aconteceu? — perguntou Abbas, e balançou a cabeça.

— Eu caí.

Foi quando notei a bengala.

— Torci o tornozelo.

Seus punhos estavam enfaixados.

Fadi e Hani estavam sentados na terra ao lado da barraca, comparando cápsulas de balas.

— O que você está fazendo aqui? — perguntei. — Podem mandar você de volta.

— Eu precisava ver vocês.

Nem Abbas nem eu jamais havíamos conversado de homem para homem com meu tio. Ao menos três vezes por semana, ele vinha jogar gamão ou fumar com Baba. Conversavam sobre os tempos anteriores à criação do Estado de Israel, quando tinham viajado pela Palestina.

Baba e o tio Kamal falavam das planícies costeiras ao longo do mar Mediterrâneo, com suas praias arenosas costeadas por grandes espaços de terra fértil. Cadeias de montanhas. As montanhas da Galileia com rios e muita chuva que mantinham tudo verde em volta. As colinas da Cisjordânia com seus cumes rochosos e vales férteis.

Abbas e eu havíamos marcado a viagem deles num mapa que desenhamos, com a Palestina dividida em distritos: Acre, Haifa, Jafa, Gaza, Tiberíades Baysan, Nazaré, Jenin, Nablus, Ramalá, Jerusalém, Hebron, Berseba, Tulkarm, Ramla e Safed. A cada vez que Baba e tio Kamal mencionavam algum dos mais de seiscentos povoados palestinos, ou alguma de suas numerosas cidades, nós marcávamos no mapa.

Jafa, a principal cidade da Palestina, ocupava a maior parte das conversas. Com elas, Abbas e eu aprendemos de que maneira, em meados do século XIX, os palestinos desenvolveram a laranja-charmute, também conhecida como laranja de Jafa. Um importante porto, Jafa foi construída em 1870 e já exportava trinta e oito milhões dessas laranjas por meio de redes de distribuição imperiais e globais, junto com outras commodities. Baba falava até sobre Tel Aviv, a cidade que os judeus construíram nas dunas de areia perto de Jafa. O único lugar de que Baba não falava com estima era o Neguev, que infelizmente era ainda um deserto.

O homem parado à nossa frente não se parecia nada com o tio Kamal, que adorava rir e contar suas grandes aventuras. Era difícil vê-lo assim. Como chefe de família, fiz o que Baba teria feito:

— Agradecemos tudo o que você fez por nós. — Despejei água do poço numa panela, e Abbas a pôs para ferver. — Mas você tem uma família de dez.

— Eu quero ajudar — ele disse.

Tentei soar adulto:

— Eles vão mandar você de volta para lá.

Os olhos do tio Kamal varreram os arredores, e ele baixou a voz:

— O que aconteceu com seu pai?

— Nas cartas ele diz que está bem. Disse que um dos guardas o ouviu cantando, e que lhe trouxeram um alaúde para que ele os entretivesse.

A água começou a ferver e Abbas jogou o arroz dentro.

— É, com certeza é difícil para os "coitados" dos guardas... Como você está?

— Abbas, leve Fadi e Hani para dentro.

Apontei a barraca e Abbas se encarregou de imediato. Nós trabalhávamos bem em equipe.

— Que Alá tenha piedade de você, tio Kamal — disse Hani, antes de desaparecer para dentro.

Fadi continuou do lado de fora, contemplando o tio Kamal.

— Entre! — Abbas o empurrou para dentro e voltou a se sentar do meu lado.

— Como vocês estão, garotos?

— Estou bem — Abbas e eu respondemos em uníssono.

— Isso é tão injusto — ele sussurrou. — Temo pelo seu pai. A prisão...

Levei o dedo aos lábios. E se, Deus me livre, Mama ou os irmãos ouvissem?

— Vamos conversar mais tarde.

— Eles não se importam nem um pouco com os direitos humanos — ele cochichou, arqueando o corpo. — O que eu posso fazer?

— Você tem a sua própria família — repeti.

— Você também mora numa barraca — Abbas acrescentou.

— Eles não vão libertar seu pai. De quem eram aquelas armas? Eles plantaram as armas ali para tomar este morro? Eles já têm suficientes torres de artilharia. — O tio Kamal balançava a cabeça.

Tirei o arroz do fogo:

— Vamos conversar depois.

— Eles fazem o que querem — ele continuou.

— Por favor, não agora. — Indiquei a barraca com a cabeça da maneira mais exagerada que consegui.

— Catorze anos. — Ele balançou a cabeça de um lado para o outro.

Mama saiu da barraca com os trapos molhados que vinha usando para conter a febre de Nadia. A noite inteira Nadia oscilara entre a consciência e a inconsciência, ardendo em febre. E se contagiasse Fadi e Hani ou, pior ainda, Abbas ou a mim? Nós não podíamos arcar com uma doença agora.

Abbas passou para ela a panela de arroz.

— Faltam poucos minutos para o toque de recolher — falei.

O tio Kamal olhou para o chão.

— Deve ser terrível para vocês.

Eu me levantei, como se assim me defendesse de sua compaixão.

— A gente está se virando.

— Mas, então — disse tio Kamal sem erguer os olhos —, o que seu pai disse que estavam fazendo com ele?

Por que ele não entendia que eu não queria falar sobre isso?

— Preciso ver como minha mãe está.

— Qual era a aparência dele?

Imagens de Baba acorrentado como um animal me arrebataram. O tio Kamal cobriu os olhos com as mãos.

— Eu quero ajudar. — Seus músculos faciais se fizeram tensos, e o corpo tremeu. — Por favor, me desculpem. De verdade. Estou tão chateado. Me desculpem. — Lágrimas se formaram em seus olhos.

— Estamos bem — eu o tranquilizei.

Mas não estávamos. Como eu poderia comprar sapatos para Hani? A fivela barata de sua sandália já apertada havia quebrado, e ele vinha passeando descalço fazia duas semanas. Nenhum de nós chegara a comer a ponto de se saciar desde que a casa fora destruída; a fome nos perseguia constantemente. Havia tardes em que eu cogitava me infiltrar no Moshav Dan e roubar frutas. Mas aí pensava no arame farpado, nos guardas armados, nas surras. Eu estava decepcionando a minha família.

A cada noite, depois do jantar, eu ia à casa do professor Mohammad e, por um breve instante, conseguia sair do meu purgatório. O tempo que eu passava com ele era o que eu mais prezava no dia. Em algum lugar dentro de mim, eu sabia que o professor Mohammad tinha a chave para o desejo de Baba.

Quando estava com ele, eu sentia como se não estivesse carregando o fardo sozinho, sentia que éramos um time. Quando estava com ele, conseguia ver possibilidades. Se a prisão de Baba havia sido algo como uma prova de fé, eu acreditava que a ciência o salvaria. Quando voltava para a barraca logo antes do toque de recolher, eu continuava estudando ao luar e às luzes do Moshav Dan. Também tinha começado a tutorar Abbas, mas muitas vezes ele estava cansado demais para estudar comigo.

Antes de dormir, eu me lavava atrás de um lençol que havia pendurado em Shahida, a amendoeira. Tinha comprado uma pequena banheira de lata, e durante o dia Mama levava a água morro acima para enchê-la. Eu era sempre o último a entrar nela e despejar a água no meu corpo todo.

Eu sabia que a única maneira de melhorar nossas condições era me esforçar ainda mais.

Capítulo 13

Abile subiu pelo meu esôfago enquanto eu empurrava o carrinho cheio de blocos de concreto até a base da casa. Dentro da estrutura, Abbas dava marteladas para unir duas vigas. Eu havia insistido que ele assumisse aquela função. Era difícil trabalhar no calor ao ar livre durante o jejum do Ramadã. O sol ardia, mas eu tinha calafrios. Minha pele estava gelada e úmida.

Mesmo com toda a sede que eu sentia, não me permitia sequer um gole d'água. De acordo com o imã, se eu jejuasse durante o Ramadã, Alá não apenas perdoaria meus pecados anteriores como responderia às minhas preces. O sol me oprimia. Minhas roupas esfarrapadas não me davam muita proteção.

Roguei para que naquela noite aparecesse a lua crescente, o que terminaria com o jejum de um mês. Depois comecei a me arrepender. Era o mês mais sagrado do ano, o mês em que o Corão havia sido revelado. Nos últimos vinte e nove dias, eu só tinha comido uma pequena porção de arroz e de água logo antes do amanhecer, jejuando pelo restante do dia. Às seis da manhã, já estávamos trabalhando, e agora o céu começava a escurecer.

As palmas das minhas mãos estavam em carne viva onde as bolhas haviam estourado. Os blocos de concreto entravam nas feridas e as faziam sangrar, mas eu continuava carregando-os no caminhão. Apesar da hora, o ar ainda parecia fogo. Eu tinha parado de transpirar. Minha visão havia ficado turva. O dia parecia não ter fim. Acontecesse o que acontecesse, eu continuaria. Ficava repetindo as palavras do imã: "Se você jejuar este mês, seus pecados serão perdoados."

Descarreguei tudo o mais rapidamente que pude e só usei a energia para erguer a cabeça quando o carrinho estava vazio. O ar parecia cheio de neblina, o que era impossível.

De repente o iraquiano me agarrou pela camisa e me deu um tapa na cabeça. Por instinto, ergui as mãos para proteger meu rosto. Tomado de surpresa, me acovardei.

— Avee! — gritou o russo. — Solte o menino.

— Ele está lento demais — disse o iraquiano. — Tenho de mantê-lo na linha.

O russo deu dois passos na direção do iraquiano:

— Saia daqui.

— Estou avisando você — respondeu o iraquiano. — Não me desonre na frente de um árabe. Ele nunca mais vai me ouvir se eu não mantiver tanto ele quanto o irmão bastardo na linha.

Ainda bem que Abbas não estava por perto.

O russo se opôs.

— Gentileza gera lealdade.

O rosto do iraquiano adquiriu uma perigosa cor vermelha.

— Deixe que ele tire o resto do dia de folga, então. — As veias do pescoço se fizeram salientes. — A casa vai se construir sozinha.

A última coisa de que me lembro foi de vomitar do lado do carrinho e depois tudo ficando preto. Água fria atingiu minha cabeça. Um rosto embaçado me olhava de cima. Era Abbas.

— Graças a Deus — disse Abbas com voz trêmula. — Você desmaiou.

— Eu bebi alguma água?

— Não. Devo buscar água para você?

— De jeito nenhum.

Ele estendeu os braços e me ergueu.

— O caminhão está aqui — disse Abbas.

Eu me levantei devagar e limpei a terra do cabelo e das roupas. Ele me ajudou a andar. No meio dos outros homens, nos espremíamos na boleia, um fedor de suor me fazendo passar mal.

* * *

Passamos por crianças que esperavam à entrada do vilarejo. Um caminhão do *moshav* parou logo atrás do nosso, e as crianças correram ao encontro de seus pais, abraçando-os e beijando-os, rindo de felicidade. Olhei para Abbas. Era raiva ou tristeza em seu rosto?

Enquanto subíamos o morro, os aromas de cordeiro grelhado, alho e ensopado de legumes emanavam de cada casa. Abbas andava de cabeça baixa. Todos preparavam suas celebrações de desjejum.

— Você acha que Mama fez uma refeição especial? — ele perguntou, com esperança na voz.

Pelo bem dele, eu torcia que sim. Vínhamos sobrevivendo de pão de amêndoas, manteiga de amêndoas, amêndoas cruas, amêndoas torradas, amêndoas com arroz e sopa de amêndoas. A amendoeira era uma bênção. Mas hoje era feriado. Todos os anos, no feriado, nós nos reuníamos e comíamos *katayef* em homenagem a Amal. Era a sobremesa favorita dela. Ainda conseguiríamos fazer isso este ano?

— Como Baba era capaz de nos sustentar? — Abbas perguntou.

— A gente vivia principalmente do dinheiro que ele economizou quando era dono do laranjal — esclareci. — E Baba ganhava mais que o dobro do que Yossi está pagando para nós dois juntos. A gente não consegue fazer o mesmo trabalho que um adulto. E a gente tem mais gastos. Não se esqueça de que tudo o que tínhamos foi destruído.

Minha fome era maior do que de costume. Meu estômago convulsionava como se estivesse tentando comer seu próprio forro. Com a mão, pressionei a barriga para amenizar a dor.

Comecei a calcular a quantidade de amêndoas que cresciam na árvore a cada ano. Primeiro contei o número de galhos.

— Ahmed — disse Abbas. — Vá se lavar.

— Mas e o chamado à prece do muezim?

— Você desmaiou. Apareceu a lua crescente. Pode ir, você é o mais velho.

Mama me passou o jarro e despejei água nas mãos antes de limpar a boca, o rosto e os pés. Talvez tenha apressado a limpeza. O imã disse que tínhamos de estar purificados para a prece. Era importante fazer tudo certo. Talvez isso pudesse ajudar Baba. Quando Nadia terminou de se limpar, lavei minhas mãos de novo.

— O que você está fazendo? — Abbas quis saber.

— Deixei passar alguns pontos.

— Anda logo! — ele pediu. — Estou morrendo de fome.

Notei círculos profundos em volta de seus olhos.

Fora da barraca, Abbas, Fadi, Hani e eu nos alinhamos ombro a ombro voltados para Meca, com Mama e Nadia logo atrás. Todos paramos eretos, de cabeça baixa e mãos ao lado.

— *Allahu Akbar* — começamos. Alá é Grande.

De olhos fechados, fingi estar comendo os ensopados, os legumes salteados e as carnes *halal* com que sempre rompíamos o jejum. Visões de pratos surgiram, um faláfel crocante, uma doce baclavá.

Nós só tínhamos um pote de arroz para cada um. Depois da refeição, Abbas e eu nos sentamos num canto e lemos o Corão à luz de uma lanterna. Nossas roupas estavam gastas demais para que as usássemos na mesquita. Secretamente, rezei para que os Guerreiros da Liberdade Palestina capturassem um israelense e Baba fosse solto numa troca de prisioneiros.

Naquela noite, na escuridão, ouvi Mama chorar. Ela devia ter pensado que eu estava dormindo. Meu estômago convulsionava de fome. Então me ocorreu: eu podia fazer armas para caçar animais.

* * *

Nas tardes de sexta, nós não trabalhávamos porque era o dia de descanso dos judeus, de modo que Abbas e eu nos dirigimos ao que restava de pasto no nosso vilarejo para dispor armadilhas e tentar pegar coelhos e pássaros. Andávamos com cuidado, à procura de ninhos ou de poças d'água. A sorte estava ao nosso lado, e conseguimos vislumbrar uma toca de coelho.

Nós nos deitamos no chão, um de cada lado do buraco, e em cima dele posicionamos a vara com um enlace, que eu preparara com um pau, e um pedaço de arame que eu encontrara no lixo do trabalho. Com o laço corrediço em cima do buraco, esperamos que o coelho saísse.

Deitado ali no chão, vi um rebanho de ovelhas vindo na minha direção. Eu conseguia vê-las através do pasto alto mesmo sem sair da minha posição. Suas patas pequenas levantavam poeira, seus gritos de bé-bé-bé eram como a ressonância de um instrumento musical, e a progressão em saltos laterais funcionava como uma divertida percussão.

No meio delas, apareceu uma pastora. Era uma garota delicada de cabelos pretos encaracolados que chegavam até as costas e olhos verdes cintilantes. Era tão pequena. Como era capaz de cuidar daquele rebanho sozinha? Com o bastão, ela dava um toque exato em cada ovelha que tentava escapar. Nossos olhos se encontraram. Ela era a coisa mais bonita que eu havia visto na vida. Sorri para ela e ela sorriu de volta, e, antes que eu me desse conta, tanto ela como as ovelhas já haviam passado.

* * *

Na manhã de sábado, corri de volta para a toca do coelho com uma lança, uma tábua, gravetos afiados e um arame enlaçado. Disse a Abbas que ele não precisava vir, que eu mesmo podia plantar as armadilhas. Secretamente, torcia para ver de novo a pastora. De cada lado da passagem do coelho, posicionei os gravetos afiados; diante deles dispus uma cruz com o enlace de arame pendurado e me pus a esperar.

O vento carregou até mim a voz da garota, que gritava: "Socorro!"

Com a lança e a tábua na mão, corri até a voz. A pastora estava encostada numa árvore, com um chacal desgrenhado avançando nela. Eu me coloquei na frente do chacal e tentei afugentá-lo com os braços, mas ele não fugiu. Foi quando vi a espuma em sua boca. Ele continuava vindo para cima, como se estivesse em transe.

Corri para cima do animal e enfiei a lança em seu pescoço. Com a outra mão, bati na cabeça dele com a tábua. Ele foi ao chão e começou a ter convulsões. Eu bati de novo e de novo até que ele já não se mexesse.

Talvez eu estivesse em choque. Fiquei parado em cima do bicho, sem conseguir acreditar naquilo que eu tinha feito sem pensar, sem temer. A pastora correu e lançou os braços sobre mim, mas deve ter percebido sua própria loucura porque, um segundo depois, me soltou e deu um passo atrás.

— Você foi mordida? — perguntei, numa tentativa de romper o silêncio constrangedor.

— Não, graças a você. — Seu rosto corou.

— E as suas ovelhas?

— Não que eu saiba — ela disse. — Os chacais sempre fogem. Esse aqui foi diferente.

Ela sorriu e recomeçou a conduzir as ovelhas. Em poucos segundos já havia partido.

O arbusto atrás de mim começou a farfalhar e me sobressaltou: e se houvesse mais chacais? Dei meia-volta, mas não havia nada. Minha armadilha! Preso no enlace, havia um grande coelho branco. Peguei o coelho pelas orelhas e o levei para casa. Talvez minha sorte estivesse mudando.

* * *

No dia seguinte, os judeus declararam "fechada" a área em que eu tinha avistado a pastora e barraram a nossa entrada. A notícia de eu ter matado o chacal circulou por todo o vilarejo. Quando eu passava, os aldeões me davam parabéns com o olhar. Abbas me pediu várias vezes que eu repetisse detalhes da história. Meus irmãos me consideravam um herói, mas eu me sentia vazio. Não tinha nada de heroico naquela morte. O animal estava doente, e eu o havia matado em defesa própria, por uma questão de sobrevivência, mas isso não me fazia sentir orgulho. A única pessoa a quem confessei meus sentimentos foi Baba. Ele me escreveu de volta dizendo que teria sentido a mesma coisa.

Capítulo 14

Um caminhão de boleia aberta parou do lado do canteiro para entregar árvores.

— Aonde vocês estão indo? — quis saber o iemenita.

— Comprar uma muda — respondi.

Abbas balançou a cabeça:

— Quê?

— Do Fundo Nacional Judeu? — A voz do iemenita expressava sua suspeita.

O motorista me mostrou as diferentes árvores disponíveis nesse dia: ciprestes, pinheiros, amendoeiras, figueiras, alfarrobeiras e oliveiras. Abbas parou um metro atrás de mim.

— Vou levar aquela. — Apontei para a muda de oliveira.

O motorista franziu a testa. Pela oliveira e por algum adubo mineral, eu lhe paguei meu salário do dia.

— Você está louco? — Os músculos faciais de Abbas estavam tensos.

— Vamos plantar a árvore em homenagem a Baba.

— Uma árvore do Fundo Nacional Judeu? Eles roubaram a nossa terra e nos proibiram de fazer uso dela. Eles não precisam do nosso dinheiro. Eles controlam noventa por cento da terra.

Eu dei de ombros:

— Onde mais eu poderia comprar uma muda?

* * *

Naquela noite, depois do trabalho, Abbas e eu reunimos a família em volta da amendoeira e eu mostrei a muda de oliveira.

— A cada ano vamos plantar uma oliveira em homenagem a Baba, até que ele seja solto.

Abbas e eu cavamos uma área suficiente para o tamanho da muda com as pás que eu havia usado com Ali, e também para enterrar Sara, e ali plantamos a árvore. Juntos, Abbas e eu espalhamos pela área o esterco de burro bem seco que Mama havia preparado. Quando terminamos, Mama espalhou o adubo mineral.

Mama e meus irmãos se sentaram ao redor da árvore e eu li a parte importante da carta de Baba:

Sua ideia de plantar uma oliveira em minha homenagem trouxe lágrimas aos meus olhos. Não me importa que você compre a muda do Fundo Nacional Judeu. Rezo para que um dia nosso povo e os judeus israelenses trabalhem juntos para construir o país, e não para destruí-lo.

Enquanto eu guardava a carta, meus olhos encontraram os de Fadi:

— Vocês dois são loucos. — Ele tentou se levantar, mas Mama o conteve.

— Pensem nas melhores lembranças que vocês têm de Baba — pedi.

— Ninguém construía coisas como ele — disse Abbas. — Vocês se lembram do carrinho?

Abbas e eu o havíamos ajudado a construir um de madeira, e foi ideia minha fazer as rodas com latas. Quando ele nos empurrou pelo centro do vilarejo no carrinho, todos olharam.

— E o lançador de foguetes? — recordou Fadi.

Baba tinha construído aquele lançador com pedaços de cano e uma garrafa d'água vazia. O foguete atingia os galhos mais altos da amendoeira.

— E a corda de pular? — disse Nadia.

Baba havia recolhido pedaços de corda no trabalho.

— E não dá para esquecer os arcos e flechas — comentou Abbas. — E o alvo de papelão.

Baba, Abbas e eu arrancamos alguns galhos da amendoeira para fazer as flechas. Pintamos um ponto preto com círculos em volta e penduramos na árvore. Abbas e eu passávamos horas tentando acertar o ponto central.

— E nada ganha do tabuleiro de gamão — falei. — Vocês lembram como ele pintava pedras para que servissem de peças?

Baba passava horas jogando comigo, até que eu me tornei imbatível.

— Vamos para o cemitério, para o túmulo do vovô — eu disse.

Toda sexta, antes de ir à mesquita, Baba parava no cemitério para regar as flores que ele plantara no túmulo do pai. Quando foi preso, eu assumi a função.

— Depois vamos para a mesquita — disse Mama. — Seu pai sempre ia às sextas.

Era importante para Mama, pensei comigo mesmo.

Na mesquita, Abbas, Fadi, Hani e eu ficamos de pé nos tapetes espalhados no piso de azulejos, com todos os pais e filhos. Mama e Nadia ficaram atrás, com as mulheres. O tio Kamal estava ali com seus filhos. Eu não conseguia deixar de perceber a pena que os outros sentiam de nós, e aquilo me entristecia. Olhei para o mirabe que apontava para Meca e me lembrei de quando Baba me mostrou onde Muhammad Pasha, um governante durante o domínio otomano, inscreveu seu nome junto com a data de 1663. As bochechas de Abbas estavam molhadas de lágrimas. Era muito doloroso, para mim, ver todos aqueles pais e filhos, ver o tio Kamal, e saber que Baba estava na prisão e Sara e Amal estavam mortas.

Nós nos sentamos nos tapetes de reza e o imã, atrás do *mimbar* de mármore branco, começou o sermão sobre a importância da relação entre pai e filho e como as crianças só eram jovens por um curto período; como os pais devem aproveitar o tempo para apreciar os filhos. Vi o barbeiro com seu filho num canto e lembrei que também Baba voltaria. Os blocos de pedra calcária e o teto abobadado da mesquita, que eu sempre observara com admiração, agora me diminuíam. Por minha causa, Baba não podia contemplar sua beleza conosco.

Ao voltar para a barraca, passamos pela fundação quadrada de tijolos de barro que havia sido a nossa casa. Eu me lembrava de cada retrato que Baba havia desenhado — em especial aquele em que Baba me segurava no dia do meu nascimento. Ele parecia o homem mais feliz do mundo. Ah, se soubesse todo o sofrimento que eu lhes traria...

Nós nos sentamos em volta da fogueira e eu contei aos meus irmãos sobre os laranjais de Baba e como ele era caridoso com os aldeões, como levava música às celebrações de todos. Queria que meus irmãos soubessem que tinham um pai, soubessem como ele era, se lembrassem dele. Era mais fácil para Abbas e para mim, que havíamos passado mais tempo com ele, mas Hani era jovem demais.

* * *

O tempo passou, distanciando-se dos dias em que minha família estava feliz e completa. Quando a chuva de inverno atingiu nossa barraca, fechei os olhos e pensei no casamento do meu primo Ibrahim. Lembrei-me de Baba comendo a baclavá doce e dançando a *dabke* com os outros homens. Pensei em todos os casamentos em que Baba tocara seu alaúde e desejei que ele pudesse tocar para mim alguma de suas melodias alegres. Baba amava a chuva. "É bom para a terra", ele dizia, "as árvores precisam de chuva". Mesmo cinco anos depois de ter perdido sua terra, ele ainda se alegrava quando chovia.

Agora a água vazava para dentro da barraca, fria e úmida. O chão embaixo da tenda virava lama. Eu fingia que estávamos de volta à casa, ouvindo, sob nossos cobertores de pele de carneiro, o tamborilar da chuva de inverno no telhado. Ainda assim sentia o frio nos meus ossos.

* * *

— Vocês não se lavam? — o iraquiano perguntou a Abbas e a mim.

— Elas estão manchadas — respondi, olhando para as minhas calças.

Ainda que Mama e Nadia lavassem todo dia as nossas roupas, nunca conseguiam tirar as manchas.

— Seus pés estão cheios de lama — disse o iemenita. — O que é isso que vocês levam nos pés?

Abbas e eu escondemos nossos pés embaixo do corpo para que deixassem de ver os sapatos que Mama fizera para nós com um pneu velho.

Naquela noite, Abbas e eu trouxemos para casa uma grande caixa de papelão que originalmente continha uma geladeira dos judeus e a cobrimos de plástico. Mama dormiu na caixa, fora da barraca, e acordou seca. Todo dia levávamos para casa uma nova caixa até que todos da família tivessem a sua.

A cada vez que Abbas e eu pegávamos o lixo dos judeus, passávamos por um tormento. Eu não sabia quanto mais Abbas aguentaria antes de estourar.

Capítulo 15

O frio de janeiro calava nos ossos. Mama havia costurado um suéter para mim, mas a chuva constante o encharcava. Abbas e eu estávamos prendendo um último pedaço de vergalhão, preparando o quinto andar de um prédio de apartamentos. Por sorte, os moldes de concreto no andar de cima nos protegiam do dilúvio naquele momento.

— Abbas? — Olhei para meu irmão e vi seus dentes batendo, os dedos trêmulos. Se pelo menos eu conseguisse para ele um casaco melhor. — Vá buscar o aplicador de cimento.

Eu queria terminar de preparar o piso.

— Filho da puta! — gritou o iraquiano.

Ele espremeu com tanta força a espátula que tinha na mão que seu punho ficou branco. Mais cedo, havia cuspido no meu pé. Sua saliva era quente e pegajosa. Quando me curvei para limpá-la, ele disse:

— Seu tempo acabou!

Yossi nos explicou que aquele era o dia do primeiro aniversário da morte do filho do iraquiano e que devíamos ignorá-lo porque ele não estava bem.

Ouvi a espátula cair, me virei e vi o iraquiano correndo para cima de Abbas. Erguendo-me de súbito, voei entre os blocos de concreto, mas era tarde demais. O iraquiano empurrou Abbas do andaime. Ele caiu de costas, balançando os braços e as pernas no ar. Um grito primitivo soou. Em seguida, um baque terrível.

— Abbas! — Em segundos, eu estava no térreo correndo até ele. Seu corpo estava espalhado na lama. Havia uma poça de sangue embaixo de sua cabeça. A chuva o atingia. — Abbas! — Curvei-me ao lado da cabeça dele, em pânico. — Levante!

Yossi ergueu o braço frouxo de Abbas. Saltei em cima dele e o derrubei para trás:

— Deixe meu irmão em paz! — As lágrimas se misturavam à chuva enquanto eu prendia meu chefe no chão. Yossi não tentou lutar.

— O pulso dele — falou.

Os outros trabalhadores me tiraram de cima de Yossi e me contiveram. Era meu irmãozinho. Meu melhor amigo. Minha responsabilidade. Meu fracasso se estivesse morto. A chuva turvava minha visão.

Yossi sentiu a pulsação de Abbas:

— Ele está vivo. — Os israelenses entraram em ação. — Vão buscar a maca. Eu levo o menino, não dá tempo de chamar uma ambulância.

— Aguente, Abbas. Aguente — eu gritava sem parar. Abbas não respondia. — Você vai ficar bem, Abbas.

Os trabalhadores me soltaram.

O lituano e o russo puseram a maca no chão ao lado dele. Juntos, deslizamos a maca para baixo do corpo de Abbas e o levamos até a boleia do caminhão de Yossi. Subi ao lado dele, me curvando por cima de sua cabeça para protegê-lo da chuva, me segurando à lateral do caminhão a fim de me manter vivo enquanto Yossi corria em ritmo ensandecido pela estrada de terra e depois pelas estradas asfaltadas. Os acontecimentos no prédio retornavam à minha mente. Eu daria a minha vida se pudesse impedir que aquilo acontecesse.

O caminhão voava, mas ainda assim a viagem parecia interminável. Meu corpo balançava para a frente e para trás como se fosse parte do caminhão. Passávamos por guindastes, edifícios inacabados e casas novas. Perto delas havia casas mais velhas construídas com tijolos de barro e pedras locais. Eu mantinha minha posição por cima de Abbas, mas, apesar dos meus esforços em protegê-lo da chuva, ele ainda se molhava.

— Estou aqui — eu dizia. — Não vou deixar que nada mais aconteça com você.

* * *

Paramos na entrada do pronto-socorro. Yossi correu para dentro e voltou com uma série de pessoas vestidas de azul empurrando uma maca alta. Transferiram Abbas e o levaram. Fiquei do lado dele até passarem por uma porta de vaivém. Quando tentei entrar, fui impedido por uma enfermeira.

— Precisamos de algumas informações.
— Já estou indo, Abbas — falei. — Por favor — pedi à enfermeira.
— Meu irmão só tem doze anos.
— Deixem o menino passar — disse Yossi. — O irmão precisa dele.

A enfermeira começou a me seguir, perguntando sobre o histórico médico de Abbas e o seguro:

— Ele é alérgico a alguma coisa? Já foi anestesiado alguma vez?

Comecei a correr, procurando pelos corredores até finalmente vê-lo.

— Para onde estão levando meu irmão? — perguntei a um homem de rosto redondo que empurrava a maca.

— Centro cirúrgico. — O Rosto Redondo não parou. — À sua esquerda fica a sala de espera. Chame seus pais. Quando a cirurgia tiver acabado, o doutor vai vir para conversar com eles.

Eu corri e segurei a mão de Abbas:
— Não posso deixá-lo sozinho.
— Não é permitido entrar — ele disse. — Vá chamar seus pais.

Uma enfermeira apareceu do nada.
— Venha, sente-se. Eles estão fazendo tudo o que podem. Vamos deixá-los começar.

Apertei a mão frouxa de Abbas e sussurrei:
— Aguente, Abbas. Aguente.

Entraram com ele no centro cirúrgico.

A enfermeira me guiou até a sala de espera cheia de gente sentada em cadeiras de plástico. Um casal jovem chorava num canto. O rosto da mulher estava encostado no peito do homem, que abafava seu lamento. Uma mulher com o rosto cheio de rugas e as costas curvadas estava parada na porta, a boca escancarada como se ela estivesse em transe. Um homem impassível de ombros curvados cruzava a sala de um lado para o outro em cinco passos. Crianças empurravam umas às outras, entediadas. Eu consegui uma cadeira vazia num canto, e Yossi se sentou ao meu lado.

— Você não precisa esperar comigo — eu disse, um pouco envergonhado por ter saltado em cima dele.

— Eu preciso saber como ele está. Sinto muito. — Ele balançou a cabeça. — Avee não estava bem hoje.

— Quem?

— O israelense do Iraque.

— Meu irmão não matou o filho dele.

— Não estou tentando justificar o que ele fez. Avee é um prisioneiro do próprio ódio. — Ele ergueu as sobrancelhas. — As pessoas têm de aprender.

Eu ensinaria a Avee uma lição que ele jamais esqueceria. Eu o feriria do mesmo jeito que ele feriu Abbas. Meus punhos se apertaram enquanto eu imaginava como ele pagaria pelo que fez. Então vi o homem preocupado andando de um lado para o outro e pensei em Baba, acorrentado como um animal. Pensei em Mama e em meus irmãos e em Nadia, minha única irmã viva, sozinhos enquanto eu apodreceria na prisão. Pensei na promessa que havia feito a Baba. Não, eu disse a mim mesmo. Eu não podia decepcionar minha família. Eu precisava me erguer acima daquilo.

Capítulo 16

— Cadê seus pais? — O médico perguntou quando enfim surgiu da sala de cirurgia.
— Eles não puderam vir. Estou aqui representando os dois.
Ele abriu a boca, mas pareceu repensar e parou.
— Tem algum jeito de eu ligar para eles?
Eu não conseguia esconder a preocupação na minha voz:
— Não, só me diga por favor como ele está.
O médico era alto e tinha a pele clara. Falava como o russo. Tinha uma máscara de papel pendurada na orelha esquerda.
— Certo, eu sou o Dr. Cohen. Neste momento, seu irmão está em coma. Temos de esperar para ver se ele recupera a consciência.
— Se? — perguntei.
— Quanto mais o coma durar, piores são as chances. Eu fundi duas vértebras quebradas com duas sadias e removi o baço, que havia rompido. Existia um sangramento interno significativo, mas acho que consegui conter. Você pode vê-lo agora, ele está na sala de recuperação. — O médico apontou a direção.

Abbas estava na terceira cama a partir da porta. Na primeira havia uma criança do tamanho de Hani envolta em gaze. Uma mulher com véu estava sentada ao lado da cama. Na segunda havia um garoto da idade de Abbas com tocos cobertos de bandagens no lugar onde deveriam estar as pernas. Um homem e uma mulher com véu estavam sentados junto à cama dele. Essa devia ser a ala árabe.

O corpo de Abbas parecia menor naquela cama de hospital grande. Tubos e monitores o cercavam por todos os lados. Curvando-me por cima do parapeito lateral de sua cama, com os dedos dos pés mal tocando o chão, sussurrei em seu ouvido:

— Estou aqui, Abbas. Estou aqui.

Segurei sua mão e a cânula colada nela. Era fria. Com cuidado para não tocar em nenhum dos tubos, puxei o cobertor até que cobrisse os ombros. Seus olhos estavam fechados, seus lábios, separados. Se eu tivesse corrido mais rápido, me levantado mais rápido, se eu mesmo tivesse ido buscar o aplicador de cimento...

Sua pele era escura contra os lençóis brancos.

— Está melhor assim? — perguntei sem esperar qualquer resposta, mas na expectativa de que por dentro ele conseguisse me ouvir, soubesse que eu estava ali.

Lutei contra a vontade de chacoalhá-lo suavemente e tentar acordá-lo.

Lembranças voltaram a me inundar: de como Abbas se agarrou à minha perna no meu primeiro dia de escola e não queria soltar. Baba teve de se meter para nos separar, pedindo que ele não se preocupasse, que também iria para a escola muito em breve.

Lembrei como Abbas e eu subíamos pela amendoeira e víamos os israelenses no *moshav* trabalhando a terra. O motor do trator rugia ao cortar o campo em faixas perfeitas, o arado percorrendo o solo preto tão rico. Depois das primeiras chuvas, assistíamos aos israelenses semeando a terra. Com meu telescópio, observávamos os primeiros galhos germinando e depois se transformando em abóboras, feijões e berinjelas. Em julho eles faziam a colheita desde o primeiro raio de sol até a noite, trajando cores vivas e camisetas sem manga. A parte mais difícil para nós era ver a colheita das laranjas-charmute. Eram as nossas favoritas, de casca grossa, suculentas e sem sementes. Quando o vento era forte, o aroma das frutas e das flores na primavera ainda nos alcançava ali.

Pensei em como Abbas havia saltitado sorrindo na primeira vez que eu joguei gamão na casa de chá e ganhei. Baba sorria de alegria. Baba. Como eu conseguiria contar uma coisa dessas para ele? Não, decidi, eu não contaria. Ao menos até que soubéssemos o que aconteceria com Abbas. Não havia nada que ele pudesse fazer. Como eu contaria a Mama?

Com a cadeira o mais perto possível da cama de Abbas, eu me encostava ao parapeito frio para que ele pudesse sentir minha respiração.

— Abbas, eu sei que é bom descansar aqui onde é quente e seco. Você tem trabalhado tão pesado. Mas agora é hora de ir para casa. Por favor, Abbas, abra os olhos. Mama está nos esperando. — Apertei o dedo dele e soprei seu rosto. Nada. — Você está me ouvindo? Você está dormindo. As coisas andam difíceis agora, mas vão melhorar. Logo Fadi vai começar a trabalhar também.

Abri a sacola que a enfermeira me dera com as sandálias e as roupas ensanguentadas de Abbas. Peguei a sandália esquerda, descobri seu pé, calcei a sandália nele e amarrei. Notei que a moça com véu à minha direita me olhava. Fiz o mesmo com o outro pé. Queria garantir que ele pudesse se levantar e partir quando acordasse.

Yossi entrou no quarto. Sua presença me perturbava. Eu queria ficar sozinho com o meu irmão.

— Você nos deu um susto e tanto hoje — Yossi disse a Abbas.

E se a presença de Yossi assustasse Abbas?

— Vamos para o hall — pedi. — Não quero que Abbas escute a gente.

Andamos juntos até o corredor.

— Deixe que eu leve você para casa. Seus pais devem estar preocupados.

Eu me encostei à parede.

— Preciso ficar aqui. Abbas vai se assustar quando acordar sozinho.

— Ele não vai acordar hoje. Eu trago você de volta de manhã, assim que o toque de recolher terminar.

— Não, não posso deixá-lo sozinho.

— Seus pais vão se preocupar.

— Só me dê um instante.

Andei de volta e me sentei na cadeira junto à cama de Abbas.

— Você se lembra da vez em que Mohammad e eu queríamos ir até a praça do vilarejo e você queria vir junto? — sussurrei em seu ouvido.

— Eu escondi seus sapatos para Mama não me obrigar a levar você. — Fechei os olhos. — E lembra o pião vermelho que Baba fez para você? Aquele que você não encontrava em nenhum lugar? Fui eu que roubei. — Abri os olhos e observei seu peito subindo e descendo. — E, quando você penava com os problemas de matemática, eu devia ter tomado mais tempo para explicar como resolvê-los em vez de resolver por você. Me desculpe. Mas esses erros são menores comparados a outros que cometi.

Forcei as palavras para que se desprendessem da garganta:

— Você está numa cama de hospital em vez de estar na escola por minha culpa. Se eu não tivesse saído da cama naquela noite, você estaria subindo na amendoeira, espiando os judeus ou treinando tiros de arco e flecha.

Abbas, que se mexia sempre, estava parado. E se ele nunca acordasse?

— Eu não queria isso para você. Acredite, com prazer eu trocaria de lugar com você. Queria poder voltar aos dias em que apostávamos corrida com os carrinhos que Baba construía para nós. Se você morrer ou não acordar, nós não vamos nos recuperar. Todos vamos morrer com você. — Eu me debrucei por cima do parapeito da cama e dei um beijo em cada uma de suas bochechas. — De manhã bem cedinho eu vou estar aqui.

Apertei a mão dele enquanto o estudava, a cicatriz que atravessava sua sobrancelha, de quando eu o fizera tropeçar no degrau da escola. Eu não podia levá-lo para casa, não podia deixá-lo ali. Não restava nenhuma boa opção.

Voltei ao corredor. Yossi me esperava do outro lado da porta:

— Vou conseguir permissões para você e para seus pais.

— Somos só minha mãe e eu.

Olhei de volta para a porta do quarto de Abbas enquanto Yossi me guiava até o caminhão.

Capítulo 17

A chuva caía sobre mim enquanto eu avançava com dificuldade entre minha preocupação e a lama. A trilha engolia minhas sandálias, testando as tiras a cada passo. Quando cheguei à barraca, pude ver o lençol pendurado na amendoeira. Atrás dele, Fadi se banhava com a água da chuva. Enfiei a cabeça dentro da barraca.

— Onde você estava? — Mama parecia frenética. — Cadê o arroz?

Ela havia pedido que eu comprasse arroz com meu pagamento. Eu me sentei virado para fora, descalcei as sandálias e deixei os pés sob a água da chuva. Quando estavam limpos, me arrastei para dentro e me sentei diante dela.

— Onde está Abbas? — Mama estava trabalhando pesado, tricotando gorros. — Eu acabei o dele. Agora estou trabalhando no seu. — Ela mostrou o gorro de Abbas. — Vão manter as orelhas de vocês aquecidas durante o trabalho.

Num canto, Nadia dava arroz para Hani.

— Ele está tomando banho? — Mama perguntou. Nossos olhos se encontraram. Ela baixou o tricô. — Aconteceu alguma coisa?

Eu baixei o olhar.

— Por favor, Ahmed, me diga.

Nadia se virou.

— Houve um acidente no trabalho.

Ela agarrou meu braço:

— O quê?

— Ele caiu. — Eu engoli a saliva. — Do andaime.

Ela também engoliu a saliva.

— Ele está morto?

Pensei em Abbas espatifado no chão, uma poça de sangue sob sua cabeça.

As mãos de Mama agarraram meu braço mais forte ainda.

As palavras não captavam o arrependimento que eu sentia. Isso não podia ter acontecido.

— Em coma — sussurrei, e olhei para as minhas mãos. — Está vivo. Eles só não têm certeza de que ele vai acordar.

Ergui os olhos para vê-la.

Ela levou as mãos à cabeça. Sua boca estava aberta como se ela gritasse, mas nenhum som saía.

— Preciso ir até ele — ela disse enfim.

— Meu chefe vai nos levar lá amanhã.

— Ele vai melhorar se eu for — ela disse com absoluta certeza.

Era como se o fato de dizer já o tornasse verdade.

— Os médicos não têm certeza.

— Seu irmão vai surpreender a todos. Você precisa trabalhar.

— Eu tenho de estar com Abbas.

Sua passagem do pavor à convicção foi absoluta.

— A gente não consegue sobreviver se você não trabalhar. E agora vamos ter de pagar as contas do hospital.

— Você não pode ir sozinha com Yossi.

— Eu vou com Umm Sayyid. O marido dela também está em coma. O filho dela a leva todos os dias. — E voltou às agulhas do tricô.

O mundo devia ter parado, mas continuava.

* * *

Assim que o toque de recolher terminou, acompanhei Mama até a barraca de Umm Sayyid. Ela estava sentada na parte de trás de uma carroça puxada por um burro, enquanto o filho, Sayyid, estava sentado na frente já empunhando as rédeas.

— Umm Sayyid! — Acenei com os braços no ar, e ela nos viu.

— Tudo bem? — ela perguntou a Mama.

— Abbas está no hospital. Posso ir com vocês?

— Minha carroça é sua carroça — ela disse.

Peguei a mão de Mama e a ajudei a subir no banco de trás, ao lado de Umm Sayyid. Elas partiram com as pernas balançando.

* * *

Yossi estava me esperando na entrada do vilarejo.

— Cadê a sua mãe? — perguntou.

— Ela foi visitar Abbas.

Yossi me passou a permissão de Mama para ir ao hospital. Sayyid parou a carroça ao nosso lado e eu entreguei a permissão a Mama.

* * *

Nesse dia o iraquiano não foi trabalhar. O russo se aproximou assim que cheguei.

— Como está Abbas?

— Está em coma.

Baixei o rosto e me apressei em direção às pilhas de blocos de cimento. Enchi de blocos carrinho após carrinho e os coloquei no grande contêiner que seria alçado até o quinto andar. A chuva lavara o sangue de Abbas.

No almoço, comi sozinho meu pita com amêndoas. Comecei a calcular qual era o peso da casa que havíamos construído no mês anterior. Isso era um bom indicador da energia utilizada em sua construção. Eu precisaria analisar os materiais de construção pesados e de energia intensiva.

Eu sabia que o cimento era uma forma processada de pedra calcária e cinzas. Para fazer o concreto, era necessário aquecer a pedra calcária em uma fornalha alimentada por combustível fóssil, que liberava CO_2. Para cada 1.000 kg de cimento produzido, 900 kg de CO_2 eram emitidos.

O aço, que usávamos para muitas coisas, das vergas para reforçar as fundações de concreto às vigas de sustentação para pisos e tetos, era produzido a partir de um minério. Para gerar uma tonelada de aço a partir do minério, eram precisos cerca de 3.000 kWh de energia. Em seguida analisei o restante dos materiais pesados. Pelos meus cálculos, estimei que a casa pesava 100 toneladas.

Antes que o intervalo de almoço acabasse, voltei ao carrinho. Trabalhei mais pesado do que nunca na minha vida. Fiz força por mim, por Abbas e por Baba, movi blocos de cimento, misturei argamassa, ergui vigas. O tempo todo, calculava quantos blocos de cimento eram necessários para construir o que faltava do prédio, o número de blocos em cada área e quanto cimento era necessário para fazer uma pequena casa para a minha família. Na casa haveria um quarto para cada criança, pias novas, banheiras brancas, água encanada e eletricidade.

Minhas costas doíam e era como se eu estivesse mergulhando em águas muito profundas. Cada movimento exigia mais energia do que antes de meu irmão ter se partido como um galho. Ao menos meus ouvidos estavam bem aquecidos, porque Mama me dera o gorro de Abbas para que eu usasse no trabalho.

**

Quando voltei para a barraca, Mama estava à espera.

— O inchaço precisa diminuir — ela disse. — Ele pode ficar paralítico, se acordar.

Nadia me olhou com olhos desolados enquanto acariciava Hani.

Eu saí e subi em Shahida, minha amendoeira. Desesperado para conversar com alguém, recorri a ela.

— Eu faço qualquer coisa. Eu te dou meus olhos, meus braços, minhas pernas, se você fizer Abbas ficar bem — roguei para a amendoeira como se ela tivesse o poder de curá-lo. — Vou trabalhar mais pesado do que qualquer um já trabalhou. Vou fazer alguma coisa da minha vida.

— Um vento passou e agitou as folhas da árvore. — Por favor, não deixe que ele morra. Abbas é tão bom. Ele nem tirava intervalos no trabalho. Ele devia estar na escola. Eu só o mandei pegar o aplicador de cimento porque eu conseguia prender o vergalhão mais rápido. Ele não era tão rápido quanto eu. Eu sinto muito, me perdoe. Eu devia ter ido sozinho.

A noite inteira, permaneci acordado calculando distâncias, pesos, qualquer coisa. Pelo menos Yossi tinha conseguido uma permissão para que Mama pudesse ver Abbas todos os dias enquanto ele estivesse no hospital.

Dia e noite se fundiram. Na minha cabeça, eu trabalhava em problemas lógicos de matemática, desenvolvia maneiras de fazer uma bateria termoelétrica, um motor elétrico, um rádio sem fio. Calculava a velocidade de um míssil atirado de um avião, a força de uma bala que saía de uma metralhadora.

Mama rezava a noite inteira. Depois de seu terceiro dia no hospital, voltou para casa sorrindo:

— Abbas acordou. — Duas palavras nunca haviam trazido tanta felicidade. — Os olhos dele se agitaram e ele me olhou. Vá buscar material para outra barraca; Abbas vai precisar ficar sozinho comigo.

Eu praticamente corri até a praça do vilarejo.

* * *

Uma semana depois, Mama trouxe Abbas para casa. Fadi, Hani e eu esperamos por eles no pé do morro. Abbas estava deitado num carrinho de madeira, com Mama de um lado e Umm Sayyid do outro. Sayyid puxou as rédeas do burro e a carroça parou. Percebi que apenas o fato de ele estar acordado não significava que ele estava bem.

Trazer Abbas para casa não era uma boa ideia. Não existiam médicos ou enfermeiros no vilarejo. Se houvesse uma emergência, precisaríamos de uma permissão dos militares para transportá-lo de volta ao hospital. E, **mesmo que tivéssemos sorte suficiente para conseguir a permissão, talvez não conseguíssemos passar pelos pontos de controle**. Mas que escolha tínhamos? Não havia dinheiro para pagar a internação no hospital por mais tempo.

— Aqui estamos — anunciou Mama.

Abbas abriu os olhos.

Eu saltei na parte de trás da carroça, me agachando e beijando suas bochechas e sua testa:

— Graças a Deus!

— Minhas costas estão me matando. — Abbas apertou os olhos, sua fala era lenta e quase incompreensível.

O som de sua voz me fez levar a mão à boca.

— Que Alá melhore sua saúde e acelere sua recuperação — disse Hani.

Fadi cerrou os dentes. Fadi, Hani e eu movemos Abbas para a maca que os aldeões usavam para carregar cadáveres até os túmulos. Ele gemeu de dor quando o pusemos sobre os nossos ombros, quando o carregamos morro acima e o posicionamos ao lado da nova barraca. Mama se ajoelhou ao lado dele.

Abbas era incapaz de qualquer atividade física. Mama cuidava dele como se fosse um recém-nascido. Dava banho nele com uma esponja e lhe dava arroz com uma colher. Tínhamos menos dinheiro do que nunca. Eu passava fome o tempo todo. Fadi, que agora tinha dez anos, largou a escola para me ajudar no trabalho. De noite, quando eu voltava da casa do professor Mohammad, tentava tutorar Fadi, mas ele estava cansado demais, e Abbas, mal demais.

Todo dia, Mama movia os membros de Abbas e os deixava em diferentes posições. Fazia com que se sentasse e dava pedras para ele levantar. À noite ela e eu nos sentávamos de cada lado dele e fazíamos com que ficasse de pé. No início apenas o segurávamos. Depois Mama fez com que ele começasse a colocar um pé na frente do outro, apoiando-se com força em nós. Em duas semanas ele começou a andar. Reclamava com amargura da dor, mas Mama era rigorosa. No começo ele só conseguia dar uns poucos passos, mas a cada dia Mama o empurrava mais e mais. Abbas andava curvado como se estivesse carregando um fardo enorme. Olheiras permanentes haviam se formado em volta de seus olhos. Suas mãos tremiam, mas ele estava melhorando.

Ainda assim, eu não conseguia dormir ouvindo seu sofrimento e seus gritos.

Capítulo 18

Joguei água na minha cara, limpando dos olhos a poeira de cimento.
— O *moshav* está construindo um matadouro — disse Mama quando saiu da barraca.

Eu me virei e notei os tufos de cabelos grisalhos que antes eram pretos.
— Onde?
— Na área onde você costumava caçar coelhos.
— Mas o *moshav* é no sul — respondi, secando as mãos. — Por que eles construiriam no norte?

Mama encolheu os ombros:
— Estão tomando uma parte maior do nosso leste também. Precisam de mais pasto para o gado. Vá procurar trabalho lá.

Abbas gritou de dentro da barraca:
— Eles roubam a nossa terra e nós os ajudamos.

* * *

Fadi e eu conseguimos emprego no canteiro de construção do matadouro. Eu tinha dezesseis anos, e Fadi, treze. Embora o matadouro estivesse sendo construído em nossa terra, a cerca de arame farpado que eles haviam armado ao redor fazia com que tivéssemos de passar por um só portão pequeno, nossa única saída, e esperar com os outros trabalhadores até que os guardas nos acompanhassem. Toda semana aumentava a quantidade de aldeões que procurava emprego com os israelenses; não havia terra suficiente para cultivar do lado de dentro da cerca, e a terra disponível já estava sendo superexplorada.

Depois de um ano, o matadouro e seu labirinto adjacente de fábricas com paredes de concreto estavam erguidos e funcionando. Eles nos ofereceram os trabalhos que os judeus não estavam dispostos a fazer, e nós ficamos contentes por conseguir o emprego.

Enquanto esperávamos que nos acompanhassem ao trabalho, eu ficava escutando o gado. Por todo o vilarejo se ouviam mugidos constantes. Várias vezes Mama perdia o chamado à prece por causa daquele barulho. Eu observava os israelenses, montados em cavalos, galopando pela passagem entre as duas cercas com chicotes compridos que eles nunca hesitavam em estalar enquanto conduziam os animais à morte.

Dentro do matadouro, eu esperava que eles matassem a primeira vaca do dia para que pudesse começar meu trabalho. Eles forçavam cada vaca a entrar num espaço pequeno, sozinha. Três israelenses amarravam suas patas com uma corda e a derrubavam no chão. Um homem então subia em cima das patas enquanto os outros a continham, um deles segurando a cabeça do animal com um bastão de metal afiado. Um terceiro envolvia com uma corrente uma das patas traseiras do bicho. Entrava então o açougueiro kosher, o *shochet*, que recitava uma prece antes de cortar a jugular da vaca e sua artéria carótida.

Depois que o *shochet* cortava a garganta da vaca, eles a erguiam no ar pelas patas acorrentadas e deixavam que sangrasse. A vaca se debatia naquela posição, mugindo alto por muitos minutos até que baldes de sangue tivessem jorrado. Meu trabalho era usar uma pá para garantir que o sangue escoasse pelos buracos do chão, chegando aos tanques que havia logo abaixo. Ao fim do dia, eu tinha sangue até os tornozelos, apesar de toda a drenagem.

Enquanto conduzia o sangue, eu observava os chefes decapitando as vacas, o que sempre exigia três golpes. Outros então arrancavam o couro, o enrolavam e levavam embora. Aqueles eram trabalhos bons. Trabalhos dos israelenses.

Nossos aldeões arrastavam a carne até a sala de resfriamento e a penduravam ali. O sangue e as entranhas das vacas que eu ajudava a escoar pelos buracos no chão eram usados nas salas de conservação e empacotamento, onde Fadi e outras crianças trabalhavam, por terem dedos pequenos. Também havia um prédio onde a gordura era encanada e transformada em sabão. As cabeças e os pés viravam cola, e os ossos eram transformados em fertilizantes. Nada se perdia.

Os animais berravam, chutavam, lutavam. Agora eu entendia por que Baba e Albert Einstein eram vegetarianos. Depois de nossa experiência no matadouro, ninguém na minha família voltou a comer carne.

O Moshav Dan tinha boas razões para não querer o matadouro ao lado de suas casas. No verão, o lugar se enchia de sangue fumegante e de um fedor intenso. No inverno, o sangue e as entranhas congelavam minhas mãos e meus pés. Eu ia trabalhar tiritando e voltava com os dentes batendo. Hora após hora, dia após dia, eu chafurdava naquelas tripas das seis da manhã às cinco da tarde, com um intervalo de trinta minutos para o almoço.

As chaminés do matadouro e das fábricas adjacentes espalhavam por todo o vilarejo uma fumaça grossa, preta, oleosa. Como não tínhamos um sistema de esgoto, a sujeira, a gordura e as substâncias químicas do matadouro encharcavam o nosso solo. Bolhas de ácido carbônico emergiam da superfície, enquanto a gordura e a sujeira criavam uma crosta na terra. De quando em quando, a terra pegava fogo e todo o vilarejo corria para apagar o incêndio com baldes de água tirada do poço.

Capítulo 19

As caixas de papelão já não serviam havia muito tempo, e a chuva vazava pela nossa barraca e respingava no rosto. As esteiras estavam molhadas e enlameadas. O frio era impiedoso. Quatro anos haviam se passado, e nós ainda morávamos numa barraca. Era maior do que a primeira, mas ainda assim desprotegida.

— Alguém me ajude — Abbas grunhiu. — Não consigo me levantar.
— Você só está rígido — Mama foi ajudá-lo. — É o frio.
— Precisamos de uma casa — eu disse.
— Ainda estamos pagando as contas de Abbas — respondeu Mama. — E não temos permissão para isso.
— Eles nunca vão nos dar uma permissão enquanto Baba estiver na prisão — falei. — Olhe como Abbas está. Que outra opção temos?

* * *

Por dois meses, Fadi e eu fizemos tijolos de barro depois do trabalho, nas noites de sexta e nos sábados. Hani nos ajudava após a escola. Construímos uma casa de um só cômodo ao lado da barraca. Mama e Nadia alinharam no chão as esteiras que usávamos na barraca. Não a enchemos com todos os nossos pertences; sabíamos que tínhamos feito algo ilegal e preferimos deixar nossos objetos mais valiosos na barraca. Assim não colocaríamos tudo em risco num só lugar.

Na primeira noite que dormimos em nossa nova casa, fiquei embaixo do cobertor ouvindo a chuva bater no teto. Acordei de manhã seco e descansado.

— Dormi por algumas horas — disse Abbas.

Normalmente sua dor era tão forte que ele não conseguia dormir mais que vinte minutos por vez. Eu estava orgulhoso porque meus irmãos e eu tínhamos trabalhado juntos para aliviar o sofrimento dele. As coisas iriam mudar.

* * *

Mas, na noite seguinte, quando Fadi e eu voltamos do trabalho, vimos uma fumaça subindo da nossa casa. Correndo morro acima, encontramos Hani chorando, Abbas xingando os judeus, Mama e Nadia jogando terra sobre as últimas chamas do que havia sido a nossa nova casa. Quando Mama nos viu, ajoelhou-se no chão e começou a rezar. Convocou Alá, Maomé e quem mais ela sentisse que podia nos ajudar. Nossa casa era agora uma pilha de entulho.

— Os colonos israelenses nos ouviram construindo — disse Mama. — Os soldados vieram fazer uma inspeção.

Nadia balançava a cabeça. Seus olhos estavam vermelhos e inchados:

— Quando não conseguimos mostrar uma permissão, os soldados encheram a casa de parafina e atearam fogo.

— Tentamos salvar as esteiras, os cobertores, qualquer coisa — Mama se lamentava. — Era tarde demais.

— As chamas saíam por cima da casa — Nadia erguia os braços, trajando roupas esfarrapadas. — Graças a Deus Abbas e Hani estavam na barraca, e não na casa, quando os soldados vieram. Mas as chamas cresceram tão rápido que alcançaram a barraca.

Mama viu o choque em meu rosto.

— Mal tivemos tempo de tirar Abbas dali. Usamos a jarra de água que tínhamos. Não dava tempo de correr até o poço.

Fadi pegou uma pedra grande e correu morro abaixo. Eu queria ir atrás dele, mas não podia deixar Nadia e Mama sozinhas antes que o incêndio se extinguisse por completo.

Quando enfim se apagou, me apressei até a praça do vilarejo. Precisávamos fazer uma nova barraca. Enquanto tentava negociar o preço do pano, vi dois soldados de capacete e escudo arrastando meu irmãozinho algemado até um jipe. Larguei o tecido e corri até ele.

— O que aconteceu? — perguntei a Fadi em árabe.

— Eles destruíram a nossa casa — ele respondeu. — Eu não tinha escolha, irmão.

O rosto dos soldados que o arrastavam era infantil — eles deviam ter dezoito ou dezenove anos —, mas não tão infantil quanto o dele: ele tinha doze.

Um deles bateu em seu rosto e sacudiu Fadi:

— Eu te dei permissão para falar?

A raiva cresceu dentro de mim, mas me segurei.

— Para onde estão levando o menino? — perguntei com voz calma.

— Para o mesmo lugar aonde levamos todos os atiradores de pedras que pegamos — ele respondeu. — Para a prisão.

O outro guarda empurrou o rosto de Fadi contra o chão do porta-malas do jipe militar, entrou e pisou com suas botas nos braços dele, algemados atrás das costas. Eu me contraí, sentindo aquela dor.

— Eu vou tirar você — gritei para Fadi enquanto eles se afastavam.

— Não tenha medo.

Só faltavam quinze minutos para o toque de recolher. Como não podia ajudar Fadi, fui gastar todo o meu salário num pano para a nova barraca, estacas de cedro e cordas, e voltei para a amendoeira. Minha família estava reunida no chão debaixo dela.

Eu me sentia anestesiado de tanto dar más notícias:

— Levaram Fadi.

Mama me olhou com descrença.

— Por quê?

— Ele atirou uma pedra — expliquei. — Nos soldados.

Mama estendeu os braços, com as palmas voltadas para cima:

— Alá, por favor, tenha piedade de nós.

Sua fé, à luz dura da realidade, era difícil de entender.

Todo o corpo de Abbas tremia de raiva.

— Esses judeus só entendem a violência.

Nadia envolveu Hani com os braços enquanto choravam.

— Mama — falei. — Você vai ter de ir ao posto militar amanhã. Eu preciso trabalhar. Se eu faltar um só dia, vou perder o emprego.

Mama foi ao posto militar todos os dias daquela semana sem sucesso. Então chegou uma carta de Baba. Fadi estava preso com ele no Centro de Detenção de Dror. Os israelenses pediam o equivalente a três semanas do meu salário para soltar meu irmão. Escrevi a Baba dizendo que estaria na prisão assim que conseguisse juntar o dinheiro.

* * *

Quatro semanas depois, peguei o ônibus para ir buscar Fadi. Não pude ver Baba porque o dia de visita era só na primeira terça-feira do mês, e faltavam ainda três semanas para isso. Mama queria o filho de volta o mais rápido possível.

O Fadi que saiu da prisão não era o mesmo menino que entrara. A pele em volta dos olhos estava amarela, como um hematoma antes de desaparecer. Cicatrizes vermelhas eram visíveis em seus punhos. Ele parecia mais calmo, embora não de um jeito bom, como se os soldados tivessem rompido seu ânimo.

— Eu vi Baba — Fadi murmurou no ônibus de volta. — Nunca mais vou fazer uma coisa dessas.

Eu me inclinei e o abracei:

— Todo mundo erra.

— Baba é tão forte — ele disse com espanto e admiração.

Eu sabia exatamente o que ele queria dizer.

Capítulo 20

Assim que o sol desapareceu do céu, os guardas nos levaram de volta ao vilarejo. O professor Mohammad, parado no portão, começou a andar na nossa direção. Será que tinha acontecido alguma coisa com Mama? Ou com Baba? Talvez tivesse sido com Abbas. Por que não viera ninguém da minha família? E se meus familiares estivessem mortos? Os trabalhadores ao meu redor estavam conversando, mas eu só ouvia os passos do professor Mohammad, cada vez mais próximos.

— Os israelenses estão organizando uma competição de matemática para estudantes do último ano do colégio — ele disse. — Você pode ganhar uma bolsa na Universidade Hebraica.

Por um momento, fiquei eufórico. Em seguida, igualmente rápido, lembrei:

— Eu não tenho tempo.

— Você não pode jogar fora seu talento — ele insistiu. — Eu sei que agora parece não haver saída, mas você pode escolher um caminho melhor.

Seria bom se eu pudesse acreditar nele, mas o que ele sugeria era impossível. O que eu podia fazer além do que já estava fazendo? O acidente de Abbas acontecera cinco anos antes, e eu ainda estava pagando as contas do hospital. Abbas melhorava, mas não conseguia trabalhar. Os únicos empregos disponíveis para nós envolviam esforço físico, o que Abbas nunca seria capaz de fazer. Ele sentia dores constantes. Seus amigos vinham à barraca visitá-lo ou ele os encontrava em suas casas ou na casa de chá, mas, para além disso, não era capaz de fazer muita coisa.

— Meus irmãos não ganham o bastante sem mim.

— Se você ganhar, eu posso conseguir empregos para os seus irmãos na empresa de mudanças do meu primo.

— Eu preciso sustentar a família.

— Se você se formar na faculdade, vai ganhar muito mais dinheiro. Vamos só ver se você vence.

— Não, não posso.

O sorriso o abandonou:

— Eu não sou seu pai, Ahmed, mas tenho certeza de que não é isso o que ele quer para um filho de tanto talento como você.

Escrevi para Baba sobre a competição e sobre minha decisão de não participar. Quase de imediato ele me mandou uma resposta.

Ao meu querido Ahmed,

Você tem de participar da competição e dar o melhor que puder. Vou amar você se ganhar ou perder, mas ficarei decepcionado se você não tentar. Eu sei que a família vai sofrer no início, mas no longo prazo vai ser melhor que você se forme na faculdade. Você vai ser capaz de conseguir um emprego melhor e mais interessante. Quando fizer o que ama, o dinheiro virá.
Com amor,
Baba

Quando contei ao professor Mohammad minha decisão de competir, lágrimas surgiram em seus olhos e ele me abraçou.

* * *

Quando o professor Mohammad e eu descemos do ônibus na estação central, não havia soldados esperando, revistas ou exigência de documentos. Do ônibus tínhamos visto Tel Aviv, uma cidade tão moderna e limpa que era difícil de imaginar que ficasse no mesmo país que meu vilarejo. A cidade de Herzliya, embora menor, era cheia de cafés charmosos, música e liberdade.

— O governo militar não manda aqui — disse o professor Mohammad.

Um motorista israelense encostou ao nosso lado em sua Mercedes.

— Precisam de um táxi?

— Para o Colégio de Herzliya. — O professor Mohammad indicou que eu entrasse no carro.

— Está fresco o bastante aí atrás? Querem que eu aumente o ar-condicionado?

Olhei em volta. Quem estava falando comigo?

— Obrigado — disse o professor Mohammad. — Estamos acostumados com o calor.

Eu não conseguia absorver tudo aquilo. Passamos por casas que pareciam castelos, casas brancas com trepadeiras vermelhas, roxas e rosa crescendo pelas paredes, e arroubos de cores em jardins elaborados. Mama teria adorado ver esses jardins. Havia Mercedes e BMWs estacionados em quase todas as garagens.

— Essa é a cara do paraíso? — perguntei.

O professor Mohammad deu um tapinha em meu joelho.

— Tomara que seja.

As ondas explodiam nas praias arenosas à medida que o táxi se aproximava da escola de pedras brancas cobertas de buganvílias vermelhas, e eu pensei em Baba e seu irmão nadando naquele oceano. Dentro da escola, passamos por um ginásio, um teatro, uma cafeteria, uma biblioteca, um ateliê de arte, uma sala de música com um piano e salas enormes.

— Como é possível competir? — Pensei na escola do vilarejo, tão pequena que a frequentávamos em turnos, compartilhávamos livros, trabalhávamos em carteiras quebradas, líamos em lousas rachadas e racionávamos o giz.

O professor Mohammad andava com determinação:

— O gênio nasce, não se ensina.

— Com certeza uma boa preparação tem seu papel. — Eu queria voltar correndo para o vilarejo.

— Muitos homens de sucesso podem atribuir suas conquistas ao fato de não terem tido as facilidades que outros homens tiveram.

O auditório, onde se daria a parte escrita da competição, era do tamanho da minha escola inteira. Cabeças se viraram. Uma multidão de olhos me examinou. Minhas roupas gastas pendiam do corpo, enquanto os concorrentes israelenses usavam ternos ou vestidos. Eu não pertencia àquele lugar e me perguntava de novo por que me deixara convencer.

A responsável pelas inscrições me fitou através de seus óculos de leitura pendurados na ponta de seu nariz adunco.

— Preciso da sua identidade.

Ela pegou o documento da minha mão cheia de calos. Embora a palavra ÁRABE estivesse claramente escrita ali, ela não precisava ver o documento para saber. Meu povo era homogêneo.

— Você é o único árabe aqui.

Ela me dirigiu a uma cadeira ao seu lado. Pensava que eu iria colar, ou tinha medo de que eu matasse alguém? O garoto à minha esquerda mordia a ponta de sua borracha. A garota atrás de mim parecia ofegante, como se lhe faltasse o fôlego. Contei 523 estudantes. Uma energia nervosa enchia a sala. O fiscal distribuiu as folhas.

— Vocês têm duas horas para terminar a prova.

* * *

Quarenta minutos depois, com os outros concorrentes ainda de cabeça baixa, seus lápis e borrachas movendo-se furiosamente, entreguei a prova completa.

— As perguntas eram fáceis demais — falei ao professor Mohammad, que me esperava fora do auditório. — Tem alguma coisa errada.

— É a sua genialidade que te dá a capacidade de tornar simples o complicado. — Ele pousou a mão em meu ombro e, por um instante, eu sorri.

* * *

Mama estava à minha espera do lado de fora da barraca, os braços cruzados no peito.

— Onde você estava?

Eu não havia lhe contado porque ela não aprovaria.

— Numa competição de matemática. — Forcei um sorriso, torcendo para que fosse contagioso. — Estou tentando conseguir uma bolsa para a universidade.

Ela não sorriu de volta. Segurando a respiração, esperei a resposta dela:

— Nem pense nisso. — A raiva borbulhava em sua voz. Eu não conseguia me lembrar da última vez que ela soara tão brava. — Quem mira alto demais acaba com torcicolo.

— É importante para mim.

— Nós. Não. Somos. Ricos. — Ela articulou uma palavra de cada vez. — Temos gastos. Quem sabe se Abbas vai conseguir voltar a trabalhar algum dia? Não posso mandar Nadia trabalhar. Quem iria querer se casar com ela?

— O professor Mohammad prometeu ajudar.

O rosto de Mama ficou cor de sangue. Eu nunca conseguiria convencê-la. Mas Baba estava certo, eu teria muito mais chance de sucesso se fosse para a universidade. Deixei estar por um tempo. O mais provável era que eu nem ganhasse. Os israelenses nunca deixariam que o filho de um prisioneiro árabe ganhasse.

Escrevi a Baba contando como eu havia sido o primeiro a terminar a prova e como eu temia que talvez tivesse feito algo errado. Baba escreveu de volta dizendo que a mente inteligente se move rápido, feito uma bala.

Capítulo 21

O professor Mohammad me entregou uma carta. Agarrando-a com força, corri meu dedo indicador pela aba selada, rasguei a borda e extraí o papel-pergaminho.

Caro Sr. Hamid,

Em nome da Faculdade de Matemática da Universidade Hebraica, tenho o prazer de informar que o senhor está entre os dez finalistas. Está convidado a participar de uma competição de matemática ao vivo. Será no dia 5 de novembro de 1965, às 17 horas, no Auditório Golda Meir do Colégio de Herzliya.
Atenciosamente,
Professor Yitzhak Schulman

— E então? — O professor Mohammad estava animado e ansioso.

Meu coração batia atrás dos meus olhos e orelhas. O mundo parecia parar. Eu escreveria a Baba imediatamente.

— Sucesso não é nunca falhar, mas se levantar a cada vez que você cai. — Os olhos do professor Mohammad estavam vidrados. Ele estava me consolando.

— Estou classificado.

Ele abriu um sorriso largo:

— Não dá para voltar e começar de novo, mas você pode começar agora e criar um novo final.

Eu escrevi a Baba assim que voltei para a barraca. Ele ficou extasiado. Acontecesse o que acontecesse, ele escreveu de volta, ele me apoiaria cem por cento.

Na noite anterior à competição, eu não conseguia dormir. A chuva fria fustigava a barraca, vazava pelos buracos e molhava meu cobertor. O vento soprava com força suficiente para erguê-la do chão. Fui trabalhar exausto.

A caminho do colégio, eu mal conseguia manter os olhos abertos. Ao chegarmos, uma procissão de carros de luxo estava parada na entrada principal e os prodígios desembarcavam, vestidos como se estivessem prestes a ser julgados pela aparência.

Trajando minhas roupas de trabalho manchadas de sangue — uma camiseta e uma calça amarrada com um cordão —, eu parecia um burrico na largada de uma corrida de cavalos puro-sangue. Eu queria desaparecer, mas aí pensei em Baba carregando areia no calor do Neguev e soube que tinha de ficar.

Os dez concorrentes estavam sentados no meio de um grande palco de madeira, em cadeiras ordenadas em forma de ferradura em volta de uma lousa. Eu era um palestino humilde em meio aos israelenses mais brilhantes do país. Nenhum deles falava comigo.

A cortina pesada de veludo vermelho se abriu e revelou os espectadores. Seus olhares curiosos saltavam de concorrente em concorrente, como se a inteligência pudesse ser medida a partir de uma poltrona da plateia. Senti que fixavam o olhar em mim. Eu queria ter podido me trocar. Mama ficaria chateada se soubesse que eu estava ali coberto de sangue e suor do trabalho. Mas, claro, ela nem queria que eu estivesse ali. Talvez ela tivesse razão.

— Olá, eu sou o professor Yitzhak Schulman, chefe do departamento de matemática da Universidade Hebraica. Bem-vindos à nossa primeira competição nacional de matemática.

Aplausos.

— No palco vocês veem dez vencedores. Cada um deles já demonstrou tremenda habilidade.

O professor Schulman explicou as regras. Cada estudante teria três minutos por vez para resolver um problema. Se o concorrente cometesse um erro, deixaria o palco. Os últimos cinco ganhariam bolsas de estudo na Universidade Hebraica de Jerusalém e competiriam por recursos financeiros variados. O primeiro lugar, é claro, receberia a bolsa integral.

O concorrente número um balançava para a frente e para trás. Sua quipá, presa aos cabelos grossos e escuros, balançava a cada movimento.

O examinador se aproximou do microfone:

— Seja C o círculo trigonométrico $x^2 + y^2 = 1$. Um ponto p é escolhido ao acaso na circunferência de C e outro ponto q é escolhido ao acaso no interior de C. Esses pontos são escolhidos independentemente e uniformemente em seus domínios. Seja R o retângulo de lados paralelos aos eixos x e y de diagonal pq. Qual a probabilidade de que nenhum ponto de R esteja fora de C?

Durante o tempo que o concorrente número um levou para pegar o giz e começar a escrever, eu já havia resolvido o problema na lousa imaginária da minha cabeça. Eu podia ganhar. Não importava que não tivesse as oportunidades que os outros tinham. Eu tinha o talento. Mas e se os israelenses me dessem problemas impossíveis de se resolver? Quem me defenderia?

— A probabilidade é $4/\pi^2$.

— Correto — disse o locutor.

A sala irrompeu em aplausos.

Quando a concorrente número dois ficou de pé, vi que seu ombro esquerdo era mais alto que o direito.

— Encontre, justificando sua resposta, o maior valor de $f(x) = x^3 - 3x$ no conjunto de todos os números reais x que satisfaçam a equação $x^4 + 36 \leq 13 x^2$.

O suor se acumulou em sua testa enquanto ela contemplava a lousa vazia. O som da campainha ressoou nas paredes. O público arfava. A concorrente número dois baixou a cabeça e saiu do palco.

Eu era o concorrente número três.

O sangue pulsava forte em minhas veias enquanto eu andava até a lousa. Os olhos de todos zombavam de mim. Peguei o giz.

— Seja k o menor número inteiro positivo com a seguinte propriedade: existem números inteiros distintos m_1, m_2, m_3, m_4, m_5, tais que o polinômio $p(x)=(x-m_1)(x-m_2)(x-m_3)(x-m_4)(x-m_5)$ possui exatamente k coeficientes. Encontre, com justificativa, um conjunto de números inteiros m_1, m_2, m_3, m_4, m_5 para o qual esse k mínimo é atingido.

— O mínimo é k=3, obtido com $\{m_1, m_2, m_3, m_4, m_5\}=\{-2, -1, 0, 1, 2\}$ — falei, enquanto escrevia.

Largando o giz, me virei e olhei diretamente para o público. Os israelenses no meio da primeira fila me contemplavam boquiabertos.

O locutor me olhava como se estivesse em choque.

— Está correto.

Rodada após rodada, consegui me manter focado, resolvendo todos os problemas que me davam. Meu coração quase parou quando o sexto concorrente cometeu um deslize. Eu tinha ganhado uma bolsa. Agora estava competindo pelo melhor pacote monetário. Dez rodadas depois, restávamos apenas eu e o concorrente número oito.

O concorrente número oito foi até a lousa.

— Uma flecha, atirada aleatoriamente, atinge um alvo quadrado. Considerando que quaisquer duas partes do alvo de mesma área têm chances iguais de serem atingidas, encontre a probabilidade de que o ponto atingido esteja mais próximo do centro do que de qualquer margem. Expresse sua resposta na forma $(a\sqrt{b}+c)/d$, em que a, b, c, d são números inteiros positivos.

O concorrente número oito fechou os olhos, oscilou para a frente e para trás e só parou para secar as palmas das mãos na calça preta. Começou a escrever.

A campainha soou. A sala ficou em silêncio. O concorrente número oito não foi guiado para fora do quadro porque, se eu não resolvesse meu problema corretamente, a competição continuaria.

O professor Mohammad estava sentado na borda de sua poltrona, agarrando os próprios braços.

— Fatore este polinômio: $7x^3y^3 + 21x^2y^2 - 10x^3y^2 - 30x^2y$.

Respirei fundo e comecei a escrever no quadro, declamando a resposta em voz alta enquanto o fazia:

— $x^2y(7y - 10)(xy + 3)$.

Quando terminei, olhei para o examinador, que estava chocado.

— Está correto — disse o locutor.

O professor Mohammad lançou os punhos ao ar. O concorrente número oito se aproximou e estendeu a mão.

— A mente mais afiada que eu já conheci — ele falou.

Meus lábios tremiam e meus olhos se encheram de lágrimas. De repente, não éramos um palestino e um israelense: éramos dois matemáticos. O concorrente número oito deu um tapinha em meu ombro:

— Meu nome é Zoher. Vai ser um prazer ter você como colega na universidade.

A emoção comprimiu minha garganta e eu só consegui assentir com a cabeça.

O locutor colocou uma medalha em volta do meu pescoço enquanto um fotógrafo do *Yedioth Ahronoth* tirou uma foto minha. Meu estômago grunhiu. Outros concorrentes vinham e apertavam a minha mão. Eu estava tomado por uma teia de emoções. A sala se encheu de uma energia extraordinária. Os israelenses, as pessoas que mantinham Baba na prisão, estavam me aplaudindo.

No dia seguinte, uma grande foto minha com uma medalha no peito apareceu na primeira página de um jornal israelense. No título se lia: "Menino árabe calcula seu caminho à vitória." Mandei a reportagem para Baba. Ele me mandou de volta uma caricatura de si mesmo em que um sorriso imenso cobria três quartos de seu rosto.

Na noite anterior à minha partida para a universidade, o sono não vinha. Eu sabia que a bolsa que havia ganhado era só para subsidiar meus gastos pessoais, mas e quanto à minha família? Será que eu podia deixá-los sozinhos? Nos últimos seis anos, eu havia sido o homem da casa. Eles conseguiriam se sustentar sem mim? Eu ficaria fora por pelo menos três anos.

Na manhã em que eu partiria para começar meus estudos, Mama se sentou na entrada da barraca.

— Não vou permitir que você vá viver entre os israelenses. — Ela estendeu o dedo para mim. — Eles podem matar você.

— Nem todos eles são maus. Veja como Yossi nos ajudou.

— *Ajudou*? Depois que eles não conseguiram me matar. — Abbas negava com a cabeça. — Eu dei uma chance para eles. Não vou dar outra.

Meus irmãos se sentaram em volta da barraca, tristes, com os olhos marejados.

— Vou estudar ciência e matemática — falei, pela centésima vez.

— Um homem não precisa saber mais que o necessário para sua vida diária. — Os braços de Mama estavam cruzados em frente ao peito.

— Eu já sei demais para me contentar com o trabalho no matadouro, Mama. Quero descobrir o desconhecido. Quero ganhar a vida com a ciência e a matemática.

Ela revirou os olhos como se eu fosse a pessoa mais idiota do mundo.

— Se você abandonar a gente agora, nunca mais volte.

— Meus estudos são a resposta para os nossos problemas. Se eu me sair bem, vou conseguir sustentar a família inteira.

— Você não sabe nada do mundo! — As palavras explodiram de sua boca. — Seus sonhos são apenas sonhos! Os israelenses mandam, e eles nunca vão deixar de ver em você um inimigo, um palestino. É hora de você abrir os olhos e aprender como funciona este mundo.

— Um dia eu vou recompensar vocês. — Baixei os olhos à terra.

— Nós nunca vamos ter dinheiro suficiente — ela disse. — Não faça isso com a gente.

— Eu tenho de ir.

— Por favor... — ela começou, e agora já chorava.

Mama se deixou cair no chão e cobriu o rosto.

— Aqui. — Entreguei a ela a maior parte do dinheiro da minha bolsa.

— Compre uma cabra e uma galinha. Plante vegetais. Não tem muita terra, mas pelo menos assim eu sei que vocês vão ter comida.

— Você tem dinheiro para si mesmo? — ela perguntou.

— Se as coisas ficarem difíceis demais, eu paro os estudos e volto. Por favor, me dê um mês.

Segurei a respiração e esperei sua resposta.

Finalmente, ela assentiu. Eu a envolvi com os braços e ela sussurrou em meu ouvido:

— Fique longe dos israelenses.

Acenei em despedida.

— Você está colocando sua vida em perigo — disse Abbas.

— É um risco que estou disposto a correr.

Enquanto andava até o ponto de ônibus, a brisa nas minhas costas me empurrava adiante. Eu sabia de onde vinha aquele vento.

Obrigado, Baba.

PARTE 2
1966

PARTE 2
1966

Capítulo 22

O arranjo simétrico dos prédios me acalmava. Andando pela calçada de concreto da terceira fileira, contei onze edifícios até chegar ao número doze, o Dormitório Shikouney Elef.

Puxei minhas calças caseiras, tentando fazer com que elas cobrissem meus tornozelos, mas não tinha jeito. Mama tinha feito aquelas calças três anos antes, quando eu media uma cabeça a menos. Em todo caso, aquelas roupas, que antes foram lençóis usados, e as poucas coisas que eu enfiara numa sacola amassada debaixo do braço eram tudo o que eu tinha.

O cheiro de molho de tomate que saía da primeira sala à esquerda me deu as boas-vindas. Era uma cozinha comunitária, e uma garota vestindo um top vermelho apertado e calças jeans, com luvas de forno nas mãos, erguia uma panela com ensopado de legumes. Seus cabelos até os ombros saltavam seguindo seus giros.

— Olá — ela me disse em árabe. Como a voz me faltou, só assenti.
— Com licença.

Ela passou por mim com a panela em direção ao corredor.

Ouviam-se vozes em hebraico vindas do hall. O que eles estavam fazendo em nosso prédio? Deviam ser soldados. Eu queria me esconder, mas onde? As janelas tinham grades. A porta da cozinha se abria para fora. Não havia ninguém. A última coisa que eu queria era problema.

Pensava ter me preparado para uma vida cercado de judeus, mas, agora que a realidade me confrontava, eu percebia o quanto estava enganado.

Meu estômago se encolheu quando eles entraram na sala — mas não estavam de uniforme.

— *Shalom. Mah nishmah?* — Oi, como vai? Zoher me cumprimentou em hebraico, estendendo a mão.

Eu mal o reconheci vestido de jeans e camiseta branca.

— *Tov, todah.* — Tudo bem, obrigado, respondi em hebraico, quase me esquecendo de respirar.

Outro jovem estava parado na entrada.

— Este é o mago da matemática de que eu lhe falei — Zoher disse a ele.

— Meu nome é Rafael, como o anjo, mas todo mundo me chama de Rafi. — O homem de pele manchada estendeu sua mão. — Fique orgulhoso. Poucas pessoas são capazes de impressionar Zoher.

Eu apertei sua mão.

— Estamos começando um grupo de estudos — comentou Zoher. — Meu irmão sobreviveu ao programa e eu herdei as anotações dele. Topa juntar forças?

O que eles queriam fazer? Forçar meu fracasso? Ou me machucar? Talvez Zoher estivesse bravo com o fato de eu ter ganhado dele. Isso só podia ser armação. Eu nunca tinha ouvido falar de um israelense convidando um palestino para participar de qualquer grupo. Eu não queria provocá-los. Zoher tinha de fato uma mente afiada para a matemática, além das anotações do irmão. Eu tinha alguma escolha?

Forcei um sorriso:

— Por que não?

— Este domingo às seis da tarde — disse Zoher. — No quarto de número quatro.

Rafi e Zoher seriam meus vizinhos. Eu nunca teria imaginado que viveria no mesmo prédio que judeus. E se meu colega de quarto fosse judeu? Eu teria de dormir de olhos abertos.

— Onde fica o banheiro? — perguntei.

— Atrás de você — respondeu Rafi.

Acenei em despedida e entrei no banheiro. Havia três cabines permanentes, três pias brancas reluzentes e três espelhos retangulares nos quais eu conseguia ver meu reflexo. Como eu podia viver assim enquanto minha família esperava ao lado de um banheiro de lata e se lavava com a água trazida da praça do vilarejo? O rosto de Baba me olhava através do espelho.

Pensei em como ele lidaria com a situação. Quando perguntei como ele conseguia soar tão alegre nas cartas, ele disse que não permitiria que ninguém acabasse com seu humor. Contou que, quando estava acompanhado de outras pessoas, sempre tentava encontrar interesses comuns. Se Baba podia ganhar o respeito dos guardas da prisão com seus desenhos, seu canto, sua música, eu tentaria o mesmo com as minhas habilidades. Sim, eu disse a mim mesmo, talvez fosse uma boa ideia entrar para o grupo de estudos.

Saí do banheiro e cruzei o corredor muito iluminado. Então era assim a eletricidade. Com minha chave, abri a porta do meu novo dormitório. Eu teria apenas um colega de quarto num espaço três vezes maior do que a barraca que toda a minha família ocupava. Dormiria numa cama de verdade, enquanto eles dormiam em esteiras no chão. Eu tinha minha própria escrivaninha, uma pia no quarto e meu próprio armário.

— Bem-vindo, eu sou Jameel — um jovem com traços simetricamente esculpidos se apresentou em árabe.

Estava sentado no meio do quarto. Uma versão mais velha de Jameel e uma mulher que devia ser sua mãe estavam sentados diante dele. Entre eles, sobre uma toalha branca, o ensopado de legumes ao lado de tabule, homus, *baba ganoush* e pita.

O que estava acontecendo? Três garotas, vestidas como judias, estavam sentadas na cama comendo. A voz de Fairouz tocava no rádio atrás delas.

— E eu sou Ahmed.

— De que planeta você vem, Ahmed? — Jameel pronunciou Ahmed de um jeito diferente, sem o sotaque rural.

As garotas jogaram a cabeça para trás e riram.

— Ignore esse cara — disse uma delas, e se levantou. — Ele é o único filho homem. — Ela deu um tapinha na cabeça dele.

— Ignore as minhas irmãs. — Jameel apontou para a comida diante dele. — Por favor.

De imediato sua mãe encheu um prato com ensopado para mim. Por um instante, eu só o olhei. Como queria poder guardar um pouco para a minha família.

— Por favor, coma — disse Umm Jameel.

Eu me sentei diante de Jameel e devorei o ensopado. O rosto de Umm Jameel resplandeceu, e ela me serviu mais. Devorei outro prato. De novo ela me deu mais.

— Está delicioso.

Eu não comia algo assim desde que Baba havia sido preso, seis anos antes. Ciente de que muitos pares de olhos me observavam, ainda assim continuei comendo.

Umm Jameel sorria:

— Vejam como ele aprecia minha comida.

— Cadê sua mala? — Jameel se inclinou para olhar ao meu redor.

— Eu trouxe poucas coisas.

Na minha mala havia a calça com que eu trabalhava, uma camiseta, o livro que o professor Mohammad me dera e nada mais.

Umm Jameel recolheu a comida e eles se prepararam para partir.

— Vejo você e Ahmed no dia dezesseis.

— Ninguém volta para casa a cada quinze dias. — A voz de Jameel era suave, mas firme.

— Não comece de novo. Eu não vou ficar me preocupando com o tipo de comida que você está comendo ou se está vestindo roupas limpas. Se você não aparecer, nós viremos te buscar.

O rosto de Jameel ficou vermelho.

— Eu vou, eu vou.

— Você também, Ahmed. — Umm Jameel pronunciou meu nome corretamente, não como fazíamos no meu vilarejo. — Ele vai precisar de ajuda para carregar a comida. — Umm Jameel foi em direção a Jameel, mas continuou falando comigo. — E não pense que vou deixar você passar fome também.

Jameel acompanhou sua família até o ponto de ônibus. Depois que eu guardei minha camiseta e minha calça no meu armário, olhei o de Jameel. Paletós, camisas e calças de uma infinidade de cores estavam pendurados em perfeita ordem, cada coisa em seu cabide. Nas prateleiras de cima, havia suéteres de espessuras variadas, camisetas e uma pilha de pijamas. No chão, um par de sandálias de couro, botas pretas brilhantes com salto e tênis brancos limpíssimos. A família dele devia ser muito rica.

Jameel voltou ao quarto e fechou a porta.

— Acho que minha mãe não dormiu a semana inteira. É a ansiedade pela separação.

Ele deu de ombros, andou até o rádio e trocou por uma estação de música ocidental. Do bolso da camisa tirou um pacote de cigarros Time e me ofereceu.

— Você fuma?

— Não, nunca fumei.

— Experimente. — Ele tirou um, acendeu e me passou.

Eu me reclinei na cama, sentindo toda a suavidade do colchão.

— Talvez mais tarde. Mas vá em frente.

Jameel pôs o cigarro na boca e começou a sacudir a cabeça, mexer o quadril e pular pelo quarto como um místico sufista em êxtase. Bateu o cigarro no cinzeiro e desabou na cama. De olhos fixos no teto, ficou fumando preguiçosamente.

— Vamos ver o campus.

— Eu preciso conseguir uns livros. — O professor Mohammad recomendou que eu pegasse os livros na biblioteca logo no início porque eram caros demais.

Enquanto atravessávamos os gramados verdejantes, Jameel me deu um tapa no peito.

— Dá uma olhada naquele pedaço suculento de cordeiro.

Segui os olhos dele até uma garota israelense sentada num banco em frente à biblioteca. Sua camisa estava tão desabotoada que eu podia ver a parte superior de seus seios. Suas pernas estavam cruzadas e ela vestia shorts que mal cobriam a roupa íntima.

— Queria descansar minha cabeça naqueles travesseiros. — Jameel mostrou os dentes, sacudiu a cabeça e uivou como um cachorro no cio. — Como eu gostaria de guiar meu camelo por aquelas montanhas.

— Ei, por favor. — Olhei em volta à procura de guardas. — E se alguém ouvir você falando assim?

Ele riu, me deu um tapinha nas costas, e seguimos.

Capítulo 23

Entrei na minha primeira aula, Introdução ao Cálculo, e tive de parar para observar tudo aquilo: paredes recém-pintadas, fileiras de carteiras, a grande escrivaninha do professor com uma cadeira de couro com rodinhas, vários quadros-verdes reluzentes que pareciam novíssimos. A sala se enchia rápido de estudantes, todos papeando em hebraico. Evitando qualquer contato visual, procurei um lugar no fundo.

Peguei a última cadeira vaga na última fileira, graças a Alá, pois as outras cadeiras que restavam eram na frente do professor. Havia israelenses por todo lado. O da minha direita disse *"yiksah"*, "que nojo!", levantou-se e pegou uma das cadeiras da frente.

Meus olhos encontraram os do professor, que acariciou sua barba comprida e se apoiou sobre a escrivaninha. Depois de alguns minutos, ergueu-se e ajustou a quipá:

— Eu sou o professor Mizrahi.

Fios brancos saíam de baixo de sua camisa, indicando que ele era religioso. Esses judeus acreditavam que Deus lhes havia prometido a terra de Israel.

O sotaque do professor Mizrahi, assim como seu nome, indicava que ele era sefardita. Que sorte a minha: meu primeiro professor me odiaria. O suor se acumulava na minha testa.

— Quando eu chamar seu nome, você deve se sentar na carteira que eu lhe designar, e essa será sua carteira por todo o semestre. — O professor Mizhari olhou a planilha que tinha nas mãos. — Aaron Levi, Boaz Cohen, Yossi Levine...

Chamando um judeu atrás do outro, ele foi enchendo a classe do fundo para a frente. Apontou então para a carteira que ficava imediatamente em frente à sua escrivaninha e chamou "Ahmed Hamid" com pronúncia perfeita. Eu me senti como um espécime sob o microscópio, entre dois judeus sefaradis, o único árabe não judeu da classe. Eles me comeriam vivo.

— Vamos começar. — O professor Mizrahi pegou o giz e escreveu na lousa $3x-(x-7)=4x-5$. — Sr. Hamid? — Ele apontou o giz na minha direção.

— O x é igual a 6 — respondi, do meu lugar.

— O que você disse? — O professor Mizrahi inclinou a cabeça.

Meu coração batia como um punho contra a porta.

— O x é igual a 6.

O professor Mizrahi piscou e leu o problema seguinte.

— Sr. Hamid, pode encontrar a velocidade instantânea ou a taxa de variação instantânea da distância em relação ao tempo em $t=5$ de um objeto que cai de acordo com a fórmula $s=16t^2 + 96t$?

— O limite é 256, e essa é a velocidade instantânea ao fim dos cinco segundos da queda.

O tique-taque do relógio da frente da sala era ensurdecedor.

— Obrigado, Sr. Hamid. — ele disse. — Bastante impressionante.

***

Eu tinha aulas de matemática e ciências das oito da manhã às quatro da tarde. A caminho da biblioteca para estudar, passei pelo jardim botânico entre os prédios da administração ao norte e a Biblioteca Nacional ao sul. A *Sequoia sempervirens* e a *Sequoiadendron* eram tão gigantes que cresciam acima dos prédios ao redor. Como eu queria poder trazer Mama para que ela visse aquele jardim. Imaginei Baba desenhando o retrato dela na frente daquelas árvores.

Em frente à biblioteca, inclinei a cabeça para ver os grandes vitrais das janelas, iluminados de dentro, como se conhecimento e luz fossem uma coisa só. Abri a porta como se aquele fosse um santuário sagrado, e aquela mesma luz brilhante se derramou sobre mim.

— Mochila na mesa. — As palavras do guarda armado me atingiram como um golpe de ar frio. Obedeci. Ele sacudiu a mochila e fez cair o caderno e o lápis. — Contra a parede. — Ele apontou. — Tire os sapatos.

Meu rosto estava quente. Eu não queria chamar a atenção para as sandálias que Mama havia feito a partir de um pneu usado de bicicleta, mas não tive escolha. Devagar, soltei as tiras de borracha. O guarda enfiou seu lápis embaixo de uma das tiras, ergueu a sandália no ar e a examinou de todos os ângulos.

— Por aqui — ele instruiu. — Pernas abertas, braço estendido.

Enquanto o guarda ia apalpando minha perna esquerda, um judeu com uma Uzi e uma mochila nas costas entrou na biblioteca. Todos os soldados e reservistas israelenses tinham ordens para andar com Uzis carregadas em Jerusalém.

— Motie, pensei que você estivesse no norte — o guarda disse ao homem armado enquanto ainda apalpava minha perna direita. — Você fugiu?

— Fui transferido — Motie respondeu. — Para minha sorte, esta cidade está cheia de árabes. Soldados nunca são demais aqui. Já é ruim eu ter de repetir o ano, não queria perder a primeira semana também.

Por um mínimo segundo, desejei ser judeu para poder entrar na biblioteca sem ser assediado assim.

Quatro homens israelenses, do tipo que parece capaz de abrir nozes com uma única mão, chamaram Motie para que se juntasse a eles numa mesa grande.

Havia mesas vazias por toda parte, mas eu preferia uma escrivaninha individual. Pelo canto do olho, notei uma e tentei parecer indiferente enquanto andava até ela e sacava meu plano de estudos.

Vozes num tom alto inapropriado chamaram minha atenção e ergui o olhar. Meus olhos encontraram os de Motie. Eu virei a cabeça, mas era tarde demais. Ele viu que eu havia olhado para ele.

Meus olhos se recusavam a focar na lição de Introdução ao Cálculo. As vozes roucas soavam mais alto.

— Vá você — disse Motie.

— Você que está armado — rebateu uma voz grave.

Risos ressoaram.

De olhos cravados na lição, eu via o papel se umedecer debaixo dos meus dedos.

Um chiado, como uma cadeira sendo empurrada para longe da mesa. O som de botas se aproximando. Respire, lembrei a mim mesmo. Ergui o olhar. Ele estava vindo na minha direção, de Uzi na mão.

— Com licença, você é Motie Moaz, certo? — uma bibliotecária o interceptou.

— Sim.

— Você ainda está devendo livros do ano passado.

— Eu leio devagar. — Ele sorriu.

Aquele homem estava acostumado a fazer o que bem entendesse.

Mas ela não se dobrou:

— Venha comigo. Vou lhe passar a lista.

As botas tinham sumido, por um momento. Eu precisava encontrar o livro *Cálculo*, de W. L. Wilks, antes que Motie ressurgisse. "Cálculo" estava escrito na prateleira atrás da mesa dele. Eu deveria esperar até que os amigos dele fossem embora? E se levassem a noite inteira? E se outros estudantes pegassem o livro antes de mim? Por que eles não nos passavam a lista de livros necessários antes do começo das aulas? Respirei fundo, dei a volta por toda a margem daquela sala cavernosa, cheguei às estantes pelo outro lado e voei até a seção de Cálculo.

As vozes graves daqueles homens silenciaram quando me aproximei do meu destino. Meus olhos varreram as prateleiras. Agarrei o livro. As páginas grudavam umas nas outras. Onde estava o índice? Duas silhuetas que sussurravam apareceram na minha visão periférica. Onde estava o índice? Aqui, era esse mesmo. Fechei o livro.

Com o livro embaixo do braço, comecei a percorrer o corredor longo e estreito. Antes que eu conseguisse sair, Motie apareceu como uma barreira bloqueando a passagem. Dei meia-volta para seguir no outro sentido. Dois israelenses entraram no corredor e bloquearam o outro lado.

Por que eu havia respondido àquelas questões na aula? Motie me acertou no estômago com o cabo de sua Uzi.

— Você está plantando alguma coisa aqui atrás? — Ele me bateu de novo.

— Só queria um livro. Para a aula. — Eu não conseguia respirar. — Com licença, preciso passar.

As veias em seu pescoço saltaram.

— Com licença. Por favor, me deixe passar.

— Venha comigo — disse Motie.

— Agora?

— Se tudo correr bem, não vai ter dor envolvida. — Com o cabo de sua Uzi, ele me empurrou em direção à mesa e foi me guiando com o cabo cravado no meu rim. — Sente-se aqui. — Apontou com a arma uma cadeira, onde eu me afundei. O mesmo cabo da arma empurrou um papel na minha direção. — Resolva esse primeiro problema.

Eu olhei o problema. Se $c(a)=2.000 + 8,6a + 0,5a^2$, então $c'(300)=?$

— 308,6 — minha voz tremeu.

Ele ergueu a sobrancelha:

— Qual é seu segredo?

— Não tem segredo — espremi as palavras para que saíssem.

Motie apontou o cabo de sua Uzi para o próximo problema.

— Bom, acho que isso não importa, desde que você nos dê a resposta.

— Como você sabe que ele está dando as respostas certas? — um dos brutos perguntou.

Motie rasgou uma folha de seu caderno:

— Faça sua lição de casa ao mesmo tempo.

Um bibliotecário sério e de barba vinha na nossa direção, de braços cruzados. Seu rosto me era familiar, e nossos olhos se encontraram. Era o concorrente número seis. Isso não era bom.

— Ele está lhe causando problemas? — o bibliotecário perguntou a Motie.

— Está tudo bem, Daaveed — disse Motie. — Estamos tendo a primeira reunião do nosso grupo de estudos, não é, Mohammad?

— É — sussurrei.

— Fale alto, Mohammad — Motie esbravejou.

— É. É um grupo de estudos. — Minha voz soou apenas um pouco mais alto do que o sussurro anterior.

Daaveed me olhou com desprezo enquanto se afastava.

Observei meu "grupo de estudos". Será que o grupo de domingo à noite de Zoher e Rafi também seria sob a mira de uma arma? Olhei o relógio. Eram 16h45. Por quanto tempo me manteriam ali? Sobraria tempo para minha outra lição? Eu ficaria acordado a noite inteira. Não queria dormir. Motie se cansaria alguma hora, não?

Motie tirou um livro de sua mochila e o lançou na mesa. "Física", estava rabiscado em hebraico na capa com caneta preta. Embaixo se liam as palavras *Ter. e qua. 9h-10h, professor Sharon*. O sangue pulsava em minhas veias. Uma só aula na mesma turma já não era suficiente?

— *Nu* — E aí?

Motie apontou o próximo problema.

A biblioteca estava cheia agora. Todas as mesas maiores eram ocupadas por estudantes compenetrados em seus livros. Olhei o relógio: 16h46. Ao menos ele deixou que eu fizesse minha lição ao mesmo tempo. A luz jorrava através das janelas. Este dia não terminaria nunca?

Se Baba estivesse aqui, pensei, ele iria querer que eu ensinasse a Motie como resolver os problemas, não que apenas lhe desse as respostas. Para o restante das questões, fui seguindo os passos de cada problema. Ao fim da tarefa, o próprio Motie resolvia as questões sozinho e só pedia que eu verificasse as respostas. Agora, ele falava sem a ajuda da Uzi.

— Preciso comer, mas vou voltar. — Motie me lançou um meio sorriso. — Isto aqui me ajudou.

Ele queria que eu esperasse por ele na biblioteca? Com onze livros debaixo do braço, voltei para o dormitório. Agora, esperava, eu não teria de voltar à biblioteca por bastante tempo.

— Abra a porta — pedi a Jameel do corredor.

Os livros se enfiavam nas minhas mãos e nos meus antebraços. A pilha passava da minha cabeça. Jameel não respondeu. Quando tentei retirar a chave da minha sacola de papel, desestabilizei os livros e eles tombaram no chão. Em desespero, examinei cada um. E, se estivessem danificados, como eu pagaria por eles? Eu dera o dinheiro de minha bolsa a Mama, só tinha o suficiente para o ônibus de volta ao vilarejo e seis pães de forma.

Com o coração batendo forte, destranquei a porta, limpei cada livro e cuidadosamente os posicionei em cima da minha escrivaninha.

CAPÍTULO 24

Já passava de uma da manhã quando ouvi a chave de Jameel na porta.
— Você abriu sua própria biblioteca?
— Você não começou a se preparar para as aulas? — perguntei.
— Estou afiando meu inglês para os bailes de sábado à noite. — Ele sorriu. — Você precisa ver essas americanas. *Rarr*. — Ele sacudiu a cabeça. — Venha comigo amanhã à noite.

Como eu podia ir? Eu estava lá para estudar. Ele não tinha ideia dos sacrifícios que minha família era forçada a fazer por minha causa.

— Você precisa fazer umas compras. — Jameel ajeitou a lapela. — Eu preciso te ensinar como se vestir.

Como eu justificaria a compra de um novo par de calças quando Mama não tinha sequer um suéter de inverno para se proteger do vento cortante?

— Pode pegar minhas coisas emprestadas — ofereceu Jameel. — Eu sei que você é muquirana. — Ele riu.

* * *

De manhã, acordei com medo de minha aula de física. Jameel contou que o professor era conhecido por sua mente científica afiada e por seu desprezo pelos árabes. Física sempre havia sido minha matéria favorita, mas agora eu só queria que não fosse um dos cursos obrigatórios.

— Com essas roupas, você parece uma múmia — disse Jameel enquanto íamos juntos para a aula.

De gola alta e calças pretas, com uma pasta de couro por cima do ombro, ele parecia um professor. Eu sentia que as pessoas me olhavam à medida que eu andava ao lado dele com as roupas que Mama costurara. Jameel e eu entramos na sala e fomos direto para o fundo.

Diferentemente dos outros professores, que se vestiam casualmente de jeans e camiseta de algodão, o professor Sharon pavoneou-se na sala trajando um terno perfeitamente passado e uma gravata-borboleta. Os óculos grossos, a barba volumosa e o bigode comprido contrastavam com o restante de seu estilo.

— Ahmed Hamid? — chamou o professor Sharon.

Sua voz fez tremer meu lábio superior.

— Presente.

— De onde você é, Sr. Hamid? — ele perguntou.

— Do vilarejo El-Kouriyah. — Minha voz tremia. Quando terminou a chamada, ele olhou direto para Jameel e para mim como se estivesse olhando para uma espécie inferior.

— Estamos vivendo tempos hostis. — Era séria a voz do professor. — Cada cidadão israelense deve estar alerta. Venham até mim com qualquer suspeita que tiverem. Nada é insignificante. — Ele pigarreou. — Se um rifle de assalto de alta potência, cuja massa é de cinco quilogramas, atira uma bala de quinze gramas com uma velocidade de lançamento de $3x10^4$ centímetros por segundo, qual a velocidade de recuo, Sr. Abu Hussein?

Todos os olhos se voltaram para Jameel.

— Não estou preparado.

— Isto é básico. Você está tentando ser um zero acadêmico? Precisa tirar a areia dessa cabeça. Você e seu tipo são um desperdício de espaço.

Os olhos do professor Sharon encontraram os meus:

— Sr. Hamid, poderia nos dizer?

— Menos noventa centímetros por segundo — respondi.

O professor Sharon balançou a cabeça.

— Como você chegou a essa resposta?

— De acordo com a lei da conservação do momento, o momento total antes de o tiro ser disparado deve ser igual ao momento total depois que ele foi disparado. Portanto, o momento do sistema antes de o rifle ser disparado deve ser igual ao momento do sistema depois que o rifle foi disparado. Inicialmente, o momento do rifle e da bala eram zero, pois ambos estavam em repouso. Usando a equação de conservação do momento, isto é, $m_1 \times v_1 = m_2 \times v_2$, podemos calcular v_1, a velocidade de recuo. Mas devemos primeiro converter as massas do rifle e da bala para as mesmas unidades. A bala tem 15 gramas. Para converter isso para quilos, a mesma unidade de métrica em que registramos a massa da arma, dividimos por 1.000, o que nos dá 0,015 quilo. Depois, precisamos converter 3 vezes 10^4 centímetros em metros, dividindo por 100, o que nos dá 300 metros. Substituímos os valores na equação e calculamos o v_1, que é a velocidade de recuo. Tomemos m_1 igual a 5 quilos, que é o peso do rifle, m_2 é igual a 0,015 quilo, que é o peso da bala, e v_2 é 300 metros por segundo.

"A substituição agora nos dá v_1 igual ao produto de 0,015 por 300 metros por segundo dividido por 5, pois devemos dividir ambos os lados da equação por este número a fim de isolar a velocidade de recuo, que é o objeto desejado. Isso resulta em v_1 = 4,5 metros por segundo divididos por cinco, o que totaliza 0,9 metro por segundo. O sinal de menos é colocado antes do 0,9 metro por segundo, e esse último passo é necessário para mostrar que a direção do recuo é oposta à da bala."

— Estou inclinado a concordar, Sr. Hamid — declarou Sharon —, mas quero que você argumente melhor a exclusão inicial do sinal de menos. Vamos lá, me convença!

Continuei:

— A palavra "recuo" já implica sentido oposto. O uso inicial do sinal de menos cancelaria isso e faria parecer que o recuo estava na mesma direção da bala. E isso, claro, não é possível.

Sharon assentiu com a cabeça e, com um rosto sério, afirmou:

— Correto, Sr. Hamid. Esta é uma velocidade de recuo considerável, Motie? — perguntou o professor Sharon.

— Sim — ele respondeu.

— E o que aconteceria se o rifle não estivesse sendo segurado com firmeza contra o ombro do atirador? — O professor se debruçou sobre sua mesa.

— O corpo do atirador receberia um coice considerável.

— Se o rifle estivesse sendo segurado com firmeza contra o ombro do atirador, o que aconteceria?

— Todo o corpo do atirador absorveria o momento.

— Excelente trabalho, Motie. — O professor Sharon voltou a olhar para mim. — Se a massa do atirador for 100 quilos, qual será a velocidade de recuo do tiro, Sr. Hamid?

— 4,3 centímetros por segundo — respondi.

— Explique.

Pelo tom de voz, ele parecia querer que eu errasse.

— Desta vez, usei m_1 para representar a massa do rifle mais a massa do atirador, pois o recuo agora está agindo simultaneamente no homem e na arma; v_1 = 0,015 x 300 metros por segundo, tudo dividido pela massa combinada de 105 quilos, o que é igual a menos 0,043 metro por segundo. O sinal de menos é necessário pelo mesmo motivo.

O professor Sharon voltou a olhar para Motie.

— Qual é a magnitude desse recuo?

— Bastante tolerável — ele respondeu.

— Excelente trabalho, Motie. — O professor sorriu.

Quando a campainha soou, Jameel foi o primeiro a sair. Tentei me apressar atrás dele quando senti um tapinha no ombro.

— Belo trabalho com a lição de casa. — Motie ergueu a sobrancelha. — Vamos fazer a do professor Sharon. Trabalhamos bem juntos.

Se eu mentisse e dissesse que tinha aula ou qualquer coisa, Motie iria verificar. E, se me pegasse mentindo, quem sabe o que faria comigo. Eu falaria com Jameel quando voltasse para o quarto.

Enquanto Motie e eu íamos para a biblioteca, eu me perguntava se era assim que um condenado se sentia a caminho da forca.

— Mochila na mesa — ordenou o guarda. — Tire tudo.

— Ele está comigo e não temos muito tempo — Motie interrompeu. Passei pelo guarda ao lado dele e assim entramos na biblioteca. Em trinta minutos terminamos a lição; como antes, expliquei a ele como resolver os problemas. Motie sugeriu que fizéssemos juntos a lição do professor Sharon todas as semanas. Eu assenti. Por que não? Eu tinha de fazer a lição de qualquer forma.

* * *

Jameel estava sentado na cama fumando um cigarro.
— Nós, árabes, inventamos o zero — ele disse. — Muhammad ibn Ahmad introduziu o zero no século IX. O Ocidente só o compreendeu no século XIII. Nós inventamos a álgebra. Ensinamos o mundo a separar a trigonometria da astronomia. Fundamos a geometria não euclidiana. Os europeus estavam vivendo em cavernas quando inventamos a física e a medicina. Ele esqueceu que nós já dominamos da Espanha à China? — Ele respirava forte e gesticulava com o punho.
— Vamos estudar juntos.
— Que Alá mande a escuridão sobre a alma do professor Sharon! — Jameel quase cuspia a fumaça de seu cigarro.

* * *

Depois de cada aula do professor Sharon, Motie, Jameel e eu íamos juntos à biblioteca. Quando Motie estava conosco, Jameel e eu não éramos revistados. Eu explicava a lição aos dois, e eles entendiam. Ao fim do mês, já conseguiam fazer a tarefa sozinhos, mas continuávamos nos sentando juntos.

Por vezes Motie aparecia em nosso quarto para pedir ajuda com outras aulas. Uma vez parou para nos trazer um bolo russo que sua mãe fizera. Era delicioso e me fez pensar na rosca de pão com geleia vermelha que Baba me oferecera tantos anos antes.

Um mês depois, o professor Sharon entregou a lição de todos menos a minha:

— A lição de casa é uma parte importante da nota. — Sua voz era grave. — Não vou tolerar que ninguém deixe de fazer. — E cravou os olhos em mim. — Você, Sr. Hamid, está tentando me ridicularizar?

Do que ele estava falando? Eu só o olhei, sem saber o que dizer.

— Você não fez a lição de ontem.

— Eu a entreguei ontem, sim. — Juntei as mãos e apertei para não mostrar que estava tremendo.

As veias do pescoço do professor Sharon saltaram.

— Você é um mentiroso, Sr. Hamid!

Motie pediu a palavra:

— Professor Sharon.

O professor se virou para ele.

— O quê?

— Ahmed e eu fizemos a lição juntos ontem.

— Bom, o Sr. Hamid se esqueceu de entregar, então.

— Não. — Motie balançou a cabeça. — Eu o vi entregando a lição.

— Bom, vou verificar de novo.

A campainha soou.

Capítulo 25

Jameel olhou seu reflexo no espelho. Com aquela camiseta preta de gola alta e a calça jeans boca de sino, ele podia passar por judeu.

— Esses bailes estão cheios de americanas lindas. Venha comigo. Eu escolho uma e deixo para você as que sobrarem.

— Eu preciso treinar umas contas.

— Você só estuda. Olhe o jeito como se veste. Por que você age que nem um mártir? — Jameel perguntou. — Por Deus, pegue as minhas roupas emprestadas. Eu fico até com vergonha de ser visto com você. Você parece um refugiado, não um estudante.

Incapaz de me concentrar depois de ele ter saído para o baile, abri seu armário, despi minhas roupas caseiras e vesti uma camisa preta de gola alta e uma calça boca de sino.

No espelho, fiquei me analisando. De olhos fechados, imaginei que estava na festa. A banda tocava. Garotos e garotas dançavam juntos, assim como faziam no *moshav*.

A batida na porta me assustou.

— Alguém aí dentro? A maçaneta girou e Zoher entrou.

Por que deixei a porta destrancada?

— A dinâmica de partículas está me fazendo penar. — Ele se sentou na minha cama e me examinou de cima a baixo. — Você está saindo?

— Estou.

A mentira escapou da minha boca antes que eu pudesse impedir. Agora eu era obrigado a ir ao baile. Como explicaria aquilo a Jameel?

— Você pode passar no meu quarto amanhã? Tenho uma questão para você.

— Claro, sem problemas.

* * *

O baile era no auditório do outro lado do campus, perto da entrada. Eu levaria ao menos meia hora para andar até lá.

Quando passei por uma bandeira de Israel tremulando no alto de um poste e por alojamentos luxuosos, xinguei a mim mesmo. Por que eu não conseguia me adaptar àquele lugar? Por que eu ajudara Ali tantos anos antes? Por que não tinha nascido nos Estados Unidos ou no Canadá?

Lembrei-me do quinto ano, quando o professor Fouad ergueu no ar uma cópia do nosso livro didático obrigatório da história de Israel.

— Os israelenses exigem que eu ensine isto aqui para vocês. — Ele sacudiu o livro. — Neste livro, eles apagaram a nossa história. Chamam a Palestina anterior a 1948 de *Eretz Israel*, a terra de Israel, e nós, de árabes da terra de Israel. Mas, apesar dos esforços deles, a história do nosso povo nunca se deixará apagar. Nós somos palestinos, e esta é nossa terra.

E nós cantamos:

— Palestina! Palestina!

O professor Fouad disse que, se não tivesse ocorrido um crescimento do antissemitismo na Europa no fim do século XIX, os judeus não teriam desejado possuir uma terra natal. E que a Grã-Bretanha, depois de jogar judeus e árabes uns contra os outros, havia percebido como a situação não tinha saída e passado o problema às Nações Unidas. Alguém ficou surpreso quando, logo depois do Holocausto, as Nações Unidas separaram a maior parte da Palestina para a minoria judia? Eu queria que meu povo tivesse apenas aceitado a divisão, mas a Palestina teria sido varrida do mapa antes mesmo de eu nascer.

Garotas vestidas de minissaia, meia-calça e salto alto vibravam e dançavam ao som de uma banda israelense que tocava música ocidental. Não era exagero de Jameel. Ele estava parado, em perfeita evidência, no centro de uma sala escura, conversando com uma garota pequena com cabelos cor de girassol.

Jameel notou que eu me aproximava:

— Que raios você...

— Com quem você está conversando? — interrompi.

— Esta é a Deborah.

Luzes estroboscópicas deram vida à estrela de Davi com diamantes incrustados pendurada em seu colar dourado. Brilhava como se tivesse poderes mágicos. Os judeus sefarditas no trabalho costumavam usar a estrela para não serem confundidos com árabes.

— Um minuto, por favor — eu disse a ela em hebraico.

Agarrei o braço de Jameel e o puxei em direção à porta.

— Você está tentando deslocar meu ombro?

Do lado de fora, vasculhei a área. Não havia ninguém que pudesse nos ouvir.

— Você não tem cérebro?

Ele livrou o braço da minha garra.

— O que foi?

Eu me virei para os céus:

— O cara simplesmente não entende.

— Entende o quê?

— De que planeta você é? — Eu queria chacoalhar o corpo dele. — Ela é judia e você é palestino.

— E daí?

— Não me faça pensar que seu QI é menor que sessenta.

— Eu já saí com judias israelenses. E, em todo caso, ela é americana. E está me esperando. Preciso entrar.

Ele andou até a porta e eu fiquei olhando sem conseguir acreditar. Na entrada ele se virou.

— Que bom que você finalmente pegou minhas roupas emprestadas. Você nunca esteve tão bem-vestido. — Ele sorriu. — Venha.

Jameel segurou a porta para mim, mas eu voltei para o quarto em vez disso.

* * *

Zoher abriu a porta. Havia um tabuleiro de gamão em cima de uma mesa de plástico, e ele notou que eu olhava para o jogo.
— Você joga? — perguntou.
— Jogava.
— Eu sou o campeão nacional.
— Você não jogou contra todos os cidadãos — falei.
— É um desafio? — Ele sorriu.
Eu não queria parecer convencido, seria uma estratégia ruim.
— Já faz um bom tempo que eu não jogo.
— Me dê uma chance.
Antes que eu pudesse fingir de novo que recusava, ele puxou a mesa para perto da cama e empurrou a cadeira para o outro lado. Sentou-se na cama e indicou que eu me sentasse na cadeira. Sua camisa branca não tinha um amarrotado.

Era disso que eu gostava de verdade, uma competição contra um adversário de valor. Como os israelenses no campus costumavam dizer: *pode vir*.

Ele lançou o dado com suas mãos de pele de bebê e eu fiz o mesmo com minhas mãos calejadas e manchadas de terra. Zoher tirou cinco e eu, seis. Adotei a estratégia do jogo de corrida. Rapidamente, movi minhas pedras do seu tabuleiro interno ao seu tabuleiro externo e planejei deixar algumas expostas para que pudessem servir como base para estabelecer uma ofensiva forte.

Esse era o jogo de Baba também; essa era a guerra que ele adorava travar. Nós jogávamos juntos com frequência. Zoher pegou os dados. Um sorriso largo atravessava seu rosto, e um brilho de suor cobria sua testa. Ele tirou o controverso cinco-três. Endireitei a coluna, encarei seus olhos cor de café e logo desviei o olhar. Ele pegou suas pedras pretas, mas não fez o melhor que podia com seu cinco-três. Eu sabia que ia ganhar. Baba tinha me explicado esta jogada, que deixava vulnerabilidades e, se aplicada, colocava o oponente em vantagem imediata, a oportunidade de fazer os três pontos perdida. Zoher tirou um lenço do bolso.

Comecei a mover minhas pedras sem deixar lacunas diretamente à frente das dele para construir um primeiro bloqueio. Quando cheguei a deixar seis duplas de pedras em sequência, as pedras dele não podiam escapar. Levei as pedras ao meu próprio tabuleiro interno e comecei a guardá-las.

Manchas de suor apareciam na camisa perfeita de Zoher.

Quando terminei, sua boca já estava aberta:

— Grande jogo. Quando posso ter a revanche?

— Daqui a uma semana.

Ele sorriu:

— Até a próxima, então.

Demos as mãos e eu voltei para o meu quarto. A cada noite de sábado, pelo restante do ano escolar, Zoher e eu nos encontramos para jogar gamão. Ele nunca me venceu.

Capítulo 26

Jameel e eu estávamos no quarto empacotando livros para nossa viagem quinzenal à cidade de Acre quando ouvi uma batida na porta e vi Deborah entrar.

— Shalom — Jameel a cumprimentou. — Está pronta para ir?

Uma bolsa maior que o normal pendia do ombro direito dela.

— Eu adoro Acre. — O hebraico dela era bom, mas o sotaque americano era forte.

Jameel me olhou e sorriu. Eu olhei de relance sua estrela de davi. Ele havia perdido a cabeça? E se os soldados nos vissem? O que todos pensariam?

— Pronto? — Ele me perguntou em hebraico.

— Você é quem vai se sentar do lado dela — falei em árabe. — Eu vou fingir que não conheço vocês.

Ele respondeu em árabe:

— Faça o que tiver de fazer. Vamos embora.

Deborah sorriu para mim e eu forcei meus lábios para cima.

Na rodoviária central, Deborah foi até uma lojinha. Jameel deu de ombros.

— Ela quer nozes para a viagem.

— Nem o profeta vai conseguir salvar você!

— Dê uma chance a ela.

Deborah voltou com um saco de nozes quentes e me ofereceu.

— Não, obrigado.

Seus olhos azuis brilhavam como o oceano sob o sol. Ela era com certeza a menina mais bonita que eu já vira.

Jameel e Deborah se sentaram juntos no meio do ônibus e eu me sentei no fundo, sozinho, passando a fazer minha lição de química orgânica. Quando chegamos, deixei que saíssem na frente e depois os segui.

Deborah se virou para mim:

— Vamos!

Eles pararam para me esperar. Eu temia a reação dos pais de Jameel. Só podia imaginar o que Mama teria feito se eu aparecesse com uma garota judia que ostentava a estrela de davi. Só via Mama saindo da barraca e descobrindo a estrela à mostra no peito da garota. "Trouxe uma amiga", eu diria. Mama congelaria boquiaberta, os olhos esbugalhados de terror. Com voz aguda, ela recitaria o Corão, conclamaria Alá, o profeta Maomé e quem mais achasse que podia me salvar.

Em seguida apareceria Abbas. "Você trouxe a menina para fornicar na nossa barraca?" Mama me diria: "Meu coração chega a você feito fogo, e o seu chega a mim feito pedra." E a partir daí seria só ladeira abaixo.

Umm Jameel nos cumprimentou com um sorriso, com chá fumegante e uma sequência de aperitivos dispostos em pratos pequenos na mesa da cozinha: tabule, homus, azeitonas, queijo *halloumi* frito, faláfel, charutinhos de uva, coalhada seca, *baba ganoush* e vagem com azeite.

— Bem-vindos à nossa humilde casa — ela disse num hebraico ruim.
— Por favor, comam. Queria ter feito mais.

Deborah, Jameel e Umm Jameel seguiram até a mesa. Eu fiquei inerte.

— Venha — Umm Jameel chamou, e eu os segui.

Abu Jameel apareceu com uma bandeja de carnes assadas em espetos: frango, cordeiro e kafta da churrasqueira externa. Todos nos levantamos, Jameel beijou suas bochechas e eu apertei sua mão.

— Esta é minha amiga Deborah — apresentou Jameel.

Abu Jameel apertou a mão dela:

— Nossa casa é sua.

Depois do almoço, Deborah, Jameel e eu fomos ao mercado árabe. Os estandes estavam cheios de tabuleiros de xadrez feitos com madeira talhada, narguilés, tecidos bordados, amuletos contra mau-olhado, colares de contas beduínas, tapetes orientais, vestidos e túnicas árabes, lado a lado de camisetas, chapéus e toalhas com a palavra *Israel* impressa.

Enquanto tomávamos suco de laranja comprado de um carrinho na rua, ouvi a voz de um homem chamando o nome de Jameel de um dos estandes. Passamos por vestidos coloridos e brilhantes, por pulseiras de ouro e prata, por colares e anéis, até chegar ao fundo da loja.

Jameel e ele se abraçaram. O homem de barba grisalha com túnica vermelha quadriculada indicou que nos sentássemos no divã de respaldo baixo. Uma mulher chegou com uma bandeja metálica ornamentada com pequenas xícaras de café preto, que bebemos antes de continuarmos pelo mercado até os doces orientais.

Estremeci ao ver o açougueiro com um pedaço de carne crua pendurado num único gancho. Pensei nos judeus do matadouro. Não por acaso não conseguíamos competir: meu povo não chegava nem perto da eficiência dos israelenses judeus. O açougueiro devia matar uma vaca por mês.

Vendedores de temperos pesavam saquinhos de açafrão, cúrcuma, cominho e canela.

Quando vi numa janela uma grande bandeja circular de *kanafeh*, soube que havíamos chegado à loja de doces favorita de Jameel. Um homem nos trouxe três pedaços, encheu para nós três copos de água, e comemos juntos: Jameel, a garota judia e eu.

* * *

No caminho de volta à casa de Jameel, vi a alguma distância um grupo de soldados correndo em nossa direção e parei na frente de Deborah até que eles passassem.

Jameel deu um tapa na minha cabeça.

— Sabe o que eles teriam feito conosco se notassem que ela é judia?

— Tentei manter a voz baixa para não chamar atenção. — Eles podiam nos matar. Estou falando com você em árabe claro. Você me entende?

— Talvez nos vilarejos rurais de onde você vem, mas aqui, com os moradores da cidade, é diferente. Aqui vivemos em paz com os judeus.

— Você deve estar cego.

Jameel e eu já estávamos discutindo fazia uns cinco minutos quando notamos que Deborah tinha sumido.

— Cadê ela? — A voz de Jameel era de pânico.

— Não devíamos ter trazido a garota aqui.

— Temos de encontrá-la!

— Sabe o que eles vão fazer com a gente se alguma coisa acontecer com ela? — perguntei.

Jameel e eu saímos correndo entre os estandes do mercado gritando o nome de Deborah. Havia gente por todo lado, crianças em carrinhos, idosos de bengala. Franceses, ingleses, árabes, judeus, russos. Mas Deborah não estava lá, e nós seríamos presos se alguma coisa acontecesse com ela.

Espiando o interior de cada loja, finalmente a encontrei numa tenda de instrumentos musicais, sentada numa cadeira, dedilhando um alaúde. Parecia desconhecer nosso pânico; estaria brincando conosco? Como as coisas podiam ser tão diferentes nos Estados Unidos?

Jameel interrompeu o proprietário que ensinava a ela como tocar o alaúde.

— Onde você estava? — Ele parecia sem fôlego.

— Eu toco violão há anos. Queria tentar o alaúde. Ouvi o instrumento num show na escola e me apaixonei. — Ela se virou para o proprietário. — Vou levar este aqui.

O valor que ela pagou equivalia a dois meses do meu salário no matadouro.

***

Em casa, naquela noite, Jameel, seus pais e eu nos sentamos ao redor da mesa e esperamos que Deborah tocasse seu novo alaúde.

Ela tentou dedilhar o instrumento em pé, mas era estranho.

— O alaúde foi feito para se tocar sentado — falei.

Ela se sentou na cadeira à minha frente e tentou de novo, mas o alaúde girou e fugiu de suas mãos.

— Tenho de me acostumar a segurar. — Ela balançou a cabeça e me olhou. — Escorrega do meu colo. Parece que quer se virar para o teto, e não para o público.

— Apoie contra o peito, não contra a barriga — aconselhei. — Isso vai impedir que ele rode em cima de você.

Era tão injusto. Ela não conseguia sequer tocar seu novo e caro alaúde. O mais provável era que se entediasse em um dia e nunca mais voltasse a usá-lo.

— Assim? — O instrumento estava no colo dela.

— Isso, mas segure a ponta mais na vertical.

Ela arranhou as cordas e o instrumento se manteve no lugar.

— É difícil se adaptar a um instrumento sem trastes. Estou acostumada com os trastes do violão parando as cordas exatamente na posição certa — ela reclamou como se fosse um grande problema, e arranhou as cordas mais algumas vezes.

— Por que você não começa com o Maqam Hijaz? — sugeri, suavizando um pouco.

Talvez fosse sincera a admiração dela por nossa música; talvez ela merecesse uma chance.

— Com o quê?

É claro, ela não conhecia.

— Maqam é um conceito ligado às ideias ocidentais de "escala" e "modo". — Olhei para ela. — O Maqam Hijaz tem E♭, B♭ e F na armadura, e a tônica é D.

Ela tocou as notas e em seguida me olhou com seus belos olhos:

— Como foi?

— O seu dedilhado está errado. — Eu parecia Baba falando. — O movimento tem de vir principalmente do punho. O seu está vindo do antebraço. Segure a palheta como se fosse uma extensão da sua mão.

— Assim? — Ela dedilhou as cordas.

— Mantenha o punho no menor ângulo que conseguir sem que seja impossível tocar.

Ela seguiu meu conselho e voltou a dedilhar.

— Isso, assim — falei. — Não deixe que seu cotovelo e seu punho assumam.

Ela tocou o Maqam Hijaz com perfeição. Sorri do jeito que Baba sorria quando enfim conseguia me ensinar uma melodia.

Todos aplaudiram quando ela terminou.

— Eu só queria não ter de voltar para minha terra na semana que vem — ela comentou.

— Para sua terra? Os judeus não acreditam que Israel é a terra deles, aquela que Deus lhes prometeu?

— Minha terra, sabe, a Califórnia — ela respondeu.

* * *

Um dia antes da partida de Deborah, ela veio ao nosso quarto com uma caixa.

— Pensei que podíamos jantar juntos pela última vez, ao estilo americano. — Ela sorriu. — Pizza, Coca-Cola e Sonny e Cher.

Ela pôs a caixa em cima da mesa de Jameel e ligou o som na tomada da parede. A voz de Cher cantando "I've Got You Babe" estourou no gravador. Deborah distribuiu um pedaço de pizza a cada um de nós. Mal começamos a comer quando ouvi uma batida na porta.

Era meu irmão Abbas. Ele olhou ao redor. Seus olhos identificaram a estrela de davi de Deborah e toda a cor sumiu de seu rosto. Eu o empurrei para fora e encostei a porta. Ele tapou os ouvidos com as mãos.

Abbas estava feroz feito um leão:

— Você está festejando com os nossos inimigos. — Ele apertou os punhos e respirou fundo algumas vezes.

— É o meu colega de quarto, Jameel. Ele é palestino que nem a gente.

— E a loira com a estrela de davi no pescoço? — Abbas parecia cuspir as palavras. — Pelo visto você quer que eu acredite que ela também é palestina. — Ele pôs uma carta na minha mão. — Chegou ontem.

Não reconheci o nome do remetente, "Aboud Aziz", mas reconheci o endereço: Centro de Detenção de Dror. Tirei a carta do envelope já aberto.

Caro Ahmed,

Você não me conhece, mas estou na prisão com o seu pai. Ele sofreu uma queda. Os horários de visita são nas primeiras terças-feiras de cada mês, das 12h às 14h.
Atenciosamente,
Aboud Aziz

Eu prometera a Baba que não o visitaria, mas, em meu coração, sabia que estava procurando um pretexto. E se Baba estivesse sendo torturado e apenas fingisse que estava bem?

— Você acha que eu devo ir? — perguntei a Abbas.

— Você ainda tem uma consciência?

Como Baba, que era tão apolítico, que adorava contar piadas, poderia sobreviver na prisão? E se os outros prisioneiros o agredissem por fazer concessões demais aos israelenses?

— Ele me pediu que não fosse — falei. O buraco no meu estômago se fez ainda maior quando percebi que aquela era a primeira segunda-feira do mês. — Eu vou amanhã.

Depois de dezoito anos, a necessidade de árabes israelenses obterem permissão para viajar tinha acabado de cair.

— Mama mandou isto para ele — Abbas me entregou um saco de papel cheio de amêndoas. — Preciso voltar.

— Passe a noite aqui. Você pode dormir na minha cama.

— De jeito nenhum. Eu me recuso a confraternizar com o inimigo.

— Espere. — Eu o levei até a cozinha para lhe dar a comida que guardara para minha família. — Por favor, fique.

Eu lhe entreguei o saco de comida congelada e ele partiu.

— O que está acontecendo? — Jameel perguntou quando voltei.

— Meu pai sofreu um acidente. Preciso ir visitá-lo.

— Quem era aquele na porta? — Ele pôs o último pedaço de borda de pizza na boca.

— Meu irmão.

— Você não vai convidar seu irmão para entrar? — Ele foi até a porta.

— Não — respondi, mais alto do que pretendia. — Ele já voltou para casa. Minha mãe precisa dele.

— Você não vai?

— Amanhã.

Sim, eu iria no dia seguinte. Abbas me deu o dinheiro para isso.

Enquanto Jameel dormia, lavei minha camiseta e minhas calças na pia e as pendurei para secar. Queria pegar emprestada alguma roupa dele, mas não queria chamar a atenção. Com um pano úmido, limpei minhas sandálias.

* * *

Quando ouvi o chamado à prece do muezim, tomei um banho e lavei meu cabelo com sabonete. No portão de entrada do campus, peguei o primeiro dos cinco ônibus de que eu precisaria. Eu pegaria as anotações e lições com Motie, Zoher, Rafi e Jameel quando voltasse.

No caminho, me perguntava o que aconteceria se os outros presos descobrissem que antes Baba construía casas para os judeus. Alguém do nosso vilarejo teria sido preso recentemente? Com certeza os israelenses iam querer que esse boato se espalhasse. Imagens de Baba sendo agredido tanto por presos palestinos quanto por guardas israelenses tomavam a minha mente, e eu apertava ainda mais forte o saco de amêndoas que Mama enviara.

O sol impiedoso do ônibus sufocante me deixava tonto e agravava a sede. Trazia recordações da minha primeira viagem, anos antes, quando era ainda tolo, despreparado e acabava de sair da inocência da infância.

Estudei matemática, química, física; nada conseguia manter minha mente ocupada. Apesar dos meus esforços, quando chegamos à prisão, eu estava nervoso e passando mal. Cambaleando em direção ao gradil, me perguntava quanto Baba estaria mal para que o outro prisioneiro se sentisse compelido a escrever. Será que eu o reconheceria?

Esqueci o desconforto quando ouvi um grito agudo vindo do gradil. Por instinto, corri até lá. Um guarda pressionava a Uzi contra as costelas de um prisioneiro, enquanto ele se encolhia em posição fetal no chão. Era Baba? Eu não queria olhar, mas o gemido me forçou. O homem parou de se mexer. Será que estava morto?

Corri até a entrada e esperei impaciente enquanto os guardas chamavam nome por nome. Se tivesse morrido, eles se prestariam a chamar seu nome? Pensei no nome de Baba sendo chamado a cada mês sem que ninguém aparecesse ali para visitá-lo.

O sol era um atiçador escaldante. Muitos se sentavam na areia. Um homem mais velho de bengala desmaiou, e a família se reuniu em volta dele, molhando seu rosto com a água de um cantil. Por que não construíam algum teto que nos desse sombra? Com certeza não era por falta de mão de obra. Bebês e crianças choravam, e eu continuava esperando. Minha boca estava ressecada e minha pele, queimada. Duas horas depois, o guarda finalmente chamou o nome de Baba.

— Quem você veio ver? — O guarda da porta perguntou.

— Mahmud Hamid, meu pai — respondi, olhando para o chão.

— Ah, você é o filho do Mahmud? Que bela voz. Ele tem me ensinado a tocar o alaúde.

Olhei para o seu rosto e lhe entreguei o saco de amêndoas. Ele olhou o que havia dentro.

— Você não pode entrar com nada, mas, se quiser, eu entrego para ele mais tarde.

— Obrigado — agradeci.

— Tudo certo, então — falou o guarda. — Infelizmente todos os visitantes têm de ser revistados. — Ele se virou. — Ei, Bo'az, este é o filho do Mahmud Hamid; cuide bem dele. — E voltou a se virar para mim: — Um prazer conhecer você.

— Prazer também — respondi, e segui até Bo'az.

Entrei na sala com uma infinidade de outros homens. Bo'az me apalpou ainda vestido e me deixou passar.

Baba apareceu à janela. Seu rosto parecia couro, com rugas profundas ao redor dos olhos e linhas verticais cruzando a testa. Senti um peso. As cartas dele estariam cheias de mentiras? Baba sorriu e eu vi por um átimo o pai de que eu me lembrava.

— Aconteceu alguma coisa com Mama ou com algum dos seus irmãos?

— Fiquei sabendo da sua queda.

Baba balançou a cabeça:

— Eu tropecei. Tive uma pequena concussão. Estou bem agora.

— Eu pensei o pior.

Baba sorriu.

— Tenho tanto orgulho de você. Um estudante universitário. Você perdeu aulas para vir hoje?

— Posso recuperar depois. Vou vir todos os meses — afirmei.

— Não faça isso. Não quero que você perca nem uma única aula. Na vida, se alguém quer conquistar algo grande, precisa fazer sacrifícios pessoais e familiares.

Quando era hora de partir, Baba me olhou nos olhos e repetiu:

— Você me dá tanto orgulho.

Ele pôs a mão no vidro e eu fiz o mesmo. Observei enquanto ele era escoltado através da porta e então chorei como uma criança.

Capítulo 27

O professor Sharon não estava na sala. No lugar dele, apoiado na escrivaninha, havia um homem de rosto coberto de sardas, de cabelos dourados com dreadlocks, vestindo jeans rasgados e camiseta para fora da calça.

— Sou eu que vou substituir o professor enquanto ele cumpre seus deveres de oficial da reserva militar.

Rezei para que os deveres do professor Sharon durassem os vinte dias que faltavam até o fim do semestre.

Depois da aula, quando passava pelo escritório do professor, pude ver de relance um soldado de barba feita trajando uniforme, conversando com o substituto do professor Sharon, e congelei. Pensei em Baba encolhido em posição fetal no chão da nossa casa, enquanto o soldado batia com o cabo da metralhadora em suas costas. Pensei no comandante impiedoso que zombara de nós, um soldado que se parecia muito com aquele da sala do professor Sharon.

O mundo parou. Os olhos, o nariz, os lábios — era o professor Sharon, de barba feita. Cravei os olhos nele. Quando ele percebeu que eu estava ali, baixei o olhar e saí depressa.

Vários anos antes, a sala de casa estava escura, iluminada apenas pela luz que se dirigia à minha família. Eu não podia ter certeza. Voltei a me lembrar do comandante que havia cuspido em Baba e castigado seu corpo com o cabo da metralhadora. Aquele soldado era o professor Sharon. Eu sacudia a cabeça, sem conseguir acreditar. Não, não era. Não podia ser. Talvez.

* * *

Quinze dias depois, entrei na sala e congelei no meio do passo. Reclinado em sua cadeira, com as mãos atrás da cabeça, o professor fixava seus olhos nos meus. Se não houvesse estudantes entrando atrás de mim, eu teria dado meia-volta e saído. Meu coração batia forte. Só faltavam uns poucos dias para o fim do semestre, eu disse a mim mesmo.

O professor Sharon nos entregou uma prova de revisão a ser feita em casa, que, como nos informou, todos corrigiríamos juntos em sala.

— Eu mesmo queria corrigir. — A voz do professor era séria. — Mas, por conta da crescente hostilidade árabe, tive de adiantar a prova de vocês para depois de amanhã.

Nos últimos anos de fato haviam crescido as tensões entre Israel, Jordânia, Síria e Egito, em disputa por terra e água. Instalava-se uma cadeia prolongada de violência nas fronteiras.

* * *

Jameel e eu estávamos sentados à escrivaninha no quarto, sentindo o cheiro do ensopado que vinha da cozinha, quando ouvi a batida típica de Motie, três toques rápidos à porta.

— Entre — falei em hebraico.

— Tragam suas provas de revisão para a cozinha — ele disse. — Vamos nos livrar disso. Temos de começar a estudar para a prova de verdade.

Na mesa da cozinha, havia cinco pratos e uma grande tigela com grãos brancos cozidos.

Rafi e Zoher já estavam sentados à mesa.

— Já comeu cuscuz? — Zoher perguntou.

Neguei com a cabeça.

— Vamos estudar ao estilo marroquino. — Zoher despejou uma colherada de cuscuz em cada prato e Rafi o cobriu com uma concha do ensopado de legumes. — O cuscuz da minha mãe é o melhor de toda Casablanca.

Enquanto comíamos, resolvemos juntos todas as questões da prova.

* * *

No dia do teste, entrei no grande auditório e me sentei no fundo da sala. Estava de olhos fixos na escrivaninha numa tentativa de clarear a mente quando ouvi uma voz desconhecida a nos informar que o professor Sharon não estaria presente. Um peso era retirado de cima do meu peito.

Recebi a prova, olhei a primeira questão, a segunda, a terceira. Talvez houvesse um erro. O israelense ao meu lado também estava verificando a capa. Era exatamente igual à prova de revisão que havíamos feito.

* * *

O estacionamento ao lado do prédio estava agitado. Pais enchiam os porta-malas de seus carros. Estudantes carregando malas e mochilas se acumulavam no ponto de ônibus, nos corredores e na estrada. O ano escolar tinha terminado.

* * *

Quando ouvi a batida na porta na manhã seguinte, primeiro pensei que fosse um engano. O prédio estava vazio. Jameel havia partido e eu estava prestes a voltar para passar o verão no meu vilarejo.

Um estudante judeu israelense estava parado à porta com as mãos na cintura:

— O professor Sharon quer ver você na sala dele. Agora!

Um calafrio de medo percorreu meu corpo, e eu não soube reagir.

— O que você tem? — o estudante perguntou com desprezo.

Meu primeiro instinto foi fugir, voltar para o meu vilarejo. O professor Sharon devia estar esperando o semestre acabar para me confrontar. Mas aí comecei a pensar. Talvez ele quisesse me parabenizar pelo rendimento. Eu tinha certeza de que havia acertado todas as respostas. Se ele soubesse algo sobre Baba, por que esperaria o fim das aulas?

Eu ainda estava tentado a terminar de arrumar as coisas e partir para casa em vez de ir encontrá-lo, mas então me lembrei da promessa. Isto não tem a ver com Baba, eu repetia para mim mesmo enquanto andava até a sala do professor. Ele nem sabia quem era Baba. Com a mão trêmula, bati na porta.

— Entre — disse o professor Sharon.

Uma foto de Einstein pendia em cima de sua escrivaninha, com a equação $E=mc^2$ escrita logo embaixo. Se admirava Einstein, ele não podia ser tão ruim.

— Você achou que eu não ia saber? — O professor Sharon cresceu por cima da mesa com um olhar ameaçador.

Do que ele estava falando?

— Você colou na prova.

Eu tinha ouvido certo? Isto não tinha a ver com Baba.

— Isto estava no chão do lado da sua cadeira.

Ele ergueu no ar o que parecia ser minha folha de respostas da prova de revisão.

— Minha prova de revisão está no meu quarto.

— Vá buscar, então. Já informei ao chefe de departamento. Se você não tiver uma explicação, vai ser expulso. Temos uma política de tolerância zero. — Ele balançou a cabeça. — Você é igual ao seu pai terrorista.

Eu não queria entrar por aquele caminho. Sabia que, em Israel, quem quer que fosse acusado de defender a Organização para a Libertação da Palestina era deportado, preso ou assassinado. Ele tinha o poder de decidir meu destino. Cada milímetro do meu corpo queria gritar: *O que fazemos é nos defender do terrorismo israelense.*

— Por que vocês, palestinos, simplesmente não desistem? Ninguém gosta de vocês.

— Os judeus nos campos de concentração deveriam ter desistido?

— Você não tem ideia do que está falando.

O rosto do professor Sharon estava vermelho cor de sangue.

— Hitler e os nazistas gostavam dos judeus? Quem gostava dos judeus?

— Cale a boca! — A voz não era a dele.

— Ninguém gostava dos judeus, mas vocês lutaram, mesmo quando todos em volta estavam tentando exterminá-los. Nós, palestinos, somos como vocês, judeus.

— Não tem comparação! — Ele cortou o ar com o dedo. — Saia já daqui.

Eu me permiti perder o controle. O que estava pensando para falar com ele daquele jeito? Ele contaria a todos sobre Baba. Abri a porta e saí correndo.

Estava procurando freneticamente minha prova de revisão quando ouvi uma batida na porta. Meus músculos se enrijeceram. A porta se abriu.

— O professor Sharon ficou preguiçoso — Zoher entrou comentando. — O que será que ele estava pensando?

Continuei minha busca sem responder.

— Tome aqui, papel preto e fita — ele disse. — Todo mundo tem de cobrir as janelas.

Eu não fazia ideia do que ele estava falando:

— Quê?

— Para bloquear a luz em caso de guerra — ele explicou.

Nos últimos meses, com as tensões crescentes, todos vinham falando sobre a possibilidade de uma guerra, mas eu não tinha levado aquilo a sério.

Sentei-me na borda da cama e cobri os olhos.

— O que há de errado?

— O professor Sharon está me acusando de ter colado.

— Você é o melhor aluno da turma.

— Quem vai acreditar em mim, um árabe?

— Parece mesmo improvável. — Sua voz estava calma.

O professor Sharon contaria a todos sobre Baba. Eu queria ir embora antes que descobrissem.

— Por favor, preciso arrumar minhas coisas.

Joguei meus livros numa sacola de papel e corri porta afora, deixando Zoher sentado na minha cama. Eu precisava pensar, sozinho.

— Espere — Zoher gritou, mas eu já estava quase no saguão.

No caminho de volta ao vilarejo, havia militares por toda parte. A polícia havia bloqueado a estrada entre Tel Aviv e Jerusalém para parar os veículos e pintar seus faróis de azul e preto, para que, em caso de guerra, os inimigos não vissem as luzes. Quando enfim cheguei ao vilarejo naquela noite, Mama estava descendo o morro.

— Houve confronto em Jerusalém? — ela perguntou.

Eu baixei a cabeça:

— Fui expulso da universidade.

— Que bom. Precisamos comprar arroz, lentilha e batata — ela disse —, e encher nossas jarras de água.

Eu a segui pelo caminho de terra que passava entre as casas e levava à planície da praça. A praça pulsava com uma energia nervosa. Mulheres se apressavam de um lado para o outro com cestas equilibradas na cabeça. A fila do armazém chegava até a casa de chá.

— Precisamos estocar — ela disse, sem me olhar. — A cabra, a galinha e os vegetais que temos não vão ser suficientes, principalmente se ficarmos presos ali em cima.

Percebi que a guerra de fato era iminente.

Na manhã seguinte, desci até a praça a fim de aguardar pelos empregadores israelenses, mas nenhum deles apareceu. Fiquei sentado na casa de chá com os outros homens, ouvindo a transmissão de uma rádio egípcia.

— Voltem para o lugar de onde vieram. Vocês não têm nenhuma chance — disse em hebraico uma voz com pesado sotaque árabe.

Não pude conter o sorriso. Todo aquele pesadelo podia acabar, e Baba **podia ser solto** se os árabes ganhassem.

Devoramos o jornal israelense *Haaretz*. Na manchete se lia: *Árabes ameaçam nos empurrar para o mar*. O peso que eu vinha carregando nesses últimos sete anos parecia de repente aliviado pela esperança.

* * *

No dia 16 de maio de 1967, quando o Egito expulsou do Sinai as Forças Emergenciais das Nações Unidas, nós dançamos a *dabke* na praça do vilarejo, em frente à casa de chá. Sob a condução do mukhtar que rodava um colar de contas, nós pisávamos forte, chutávamos e saltávamos àquele ritmo animado. A cada pisada, enfatizávamos nossa conexão com a terra.

Uma explosão — chamas e fumaça — atingiu a praça como uma súbita rajada de fogo. Fui atirado para trás e bati a cabeça na quina de uma mesa, sentindo o chá quente que espirrou nos meus olhos e queimou minha pele. Vidros se espalharam por toda parte. Abu Hassan caiu em cima de mim e outros caíram em cima dele. A gritaria era primitiva. Senti dor na nuca, mas não estava sangrando.

— Abdul Karim Alwali foi atingido.

Consegui me desfazer dos homens que estavam em cima de mim, saltei de pé e olhei. Não restava nada dele a não ser sangue, pedaços de carne e fragmentos de ossos. Seu irmão Ziad, que tinha ficado ao lado dele antes da explosão, estava caído no chão. No lugar onde segundos antes ficavam as suas mãos, só se viam agora manchas vermelhas, pedaços de carne crua. Estilhaços se enterravam em seu rosto, abrindo buracos que pareciam de bala. Seu olho esquerdo estava fechado de tão inchado, e seus gritos eram de torcer as entranhas.

A camionete do mukhtar rasgou a estrada cantando pneu até que parou na nossa frente. Aldeões ergueram Ziad e o posicionaram na caçamba. Sua mãe correu até a camionete, deu uma olhada no filho, gritou e caiu em lágrimas. Subiu na caçamba ao lado dele e o mukhtar partiu. Algumas crianças vieram de suas casas com recipientes de plástico e começaram a recolher a carne de Abdul Karim.

Abbas estava preso na barraca. Para ele, era difícil descer o morro e impossível correr. Não tinha razão para ver aquilo, e eu agradeci que ele tivesse sido poupado. Eu me perguntei o que Rafi, Zoher e Motie estariam fazendo.

* * *

No dia 22 de maio, eu estava na casa de chá quando o Egito anunciou o fechamento do estreito de Tiran para todos os barcos que tivessem a bandeira de Israel. Lançamos nossos punhos ao ar e desfilamos pela praça cantando: "No sangue, na alma, libertaremos a Palestina."

Outros aldeões se juntaram a nós enquanto atravessávamos o vilarejo.

* * *

Em 5 de junho, às 7h45, soaram as sirenes da Defesa Civil. Minha alma se elevou. Corri morro abaixo até o que restava da casa de chá. Cantamos com um V de vitória erguido no ar. Lágrimas se acumulavam em meus olhos. A Palestina retornaria às mãos dos árabes.

"Bombardeiros israelenses cruzaram o espaço aéreo egípcio", reportou do Cairo a voz dos árabes. "Aeronaves egípcias abateram três quartos dos aviões israelenses que atacavam."

Vidrado no rádio, eu tomava um café atrás do outro.

"A força aérea egípcia lançou um contra-ataque contra Israel. Forças israelenses penetraram o Sinai, mas tropas egípcias detiveram o inimigo e assumiram a ofensiva." Nós batíamos o punho na mesa. Os árabes estavam ganhando. Baba seria solto. A vitória estava nas nossas mãos.

"Por todo o Cairo, os cidadãos estão celebrando. Centenas de milhares de cidadãos egípcios tomaram as ruas cantando: 'Abaixo Israel! Vamos ganhar a guerra!'" E a rádio trazia mais boas notícias: "Derrubamos oito aviões inimigos." Eu rezava para que houvesse sobreviventes, para que pudesse haver uma troca de prisioneiros.

"Nossos aviões e mísseis estão neste momento bombardeando todas as cidades e vilas de Israel. Vamos vingar a dignidade que perdemos em 1948."

Sentindo que minha sorte finalmente estava mudando, fui compartilhar a boa notícia com minha família.

* * *

O céu foi tomado pelo ruído de um helicóptero que se aproximava, pairando sobre nosso vilarejo. De repente uma explosão ensurdecedora sacudiu a terra. O helicóptero atirou um foguete na mesquita. Eu congelei. O muezim tinha chamado os aldeões à prece minutos antes. Corri até lá.

Corpos se acumulavam no chão, com as muitas feridas provocadas pelos estilhaços sangrando. Mãos tentavam escapar no meio dos escombros. Pedaços partidos de braços, pernas, torsos e cabeças se espalhavam por toda a praça. Identifiquei o rosto de Umm Tariq no chão, quieto e imóvel enquanto o sangue escorria de sua cabeça e criava uma poça na terra ao redor dela. Dava para ver pedacinhos de cérebro presos aos seus cabelos escuros. Seus quatro filhos puxavam seu vestido, suplicando que ela se levantasse. Por que estavam atacando vilarejos desarmados?

Aldeões em pânico gritavam e corriam, empurrando-se e trombando uns nos outros. Pairava no ar o som dos nomes dos familiares perdidos, gritados por parentes aterrorizados. Uma fumaça densa se acumulava, obstruindo minha visão e me fazendo lacrimejar. De cabeça baixa, cavei os escombros até que minhas mãos sangrassem e continuei cavando depois. Talvez alguns estivessem enterrados vivos ali. Outros cavavam à minha volta. O céu escureceu. Eu já não conseguia ver nada e precisava voltar para a minha família. Encontrei Mama e Nadia abraçadas, chorando.

— Os israelenses têm de pagar por isso — Abbas disse a Fadi, tão bravo que até tremia.

Durante toda a noite, Mama, Abbas, Nadia, Fadi, Hani e eu permanecemos agarrados uns aos outros. Sabíamos que qualquer um de nós podia morrer a qualquer instante.

Desesperado por ouvir notícias encorajadoras, desci à casa de chá. Às onze da manhã, a rádio anunciou que forças jordanianas haviam começado a atirar com uma artilharia de longo alcance contra os subúrbios israelenses próximos a Tel Aviv. Uma hora depois, a rádio reportou que jatos jordanianos, sírios e iraquianos cortavam o espaço aéreo israelense.

"Os quartéis sionistas na Palestina estão prestes a ser destruídos", declarou a rádio egípcia.

Explosões e o som bem-vindo dos jatos de guerra encheram o ar. Nossos amigos árabes estavam a caminho.

"A Força Aérea Síria começou a bombardear cidades israelenses e a destruir postos militares", anunciou a Rádio Damasco.

"Estamos vivendo hoje as horas mais sagradas de nossa vida; unidos com todos os outros exércitos da nação árabe, estamos lutando uma guerra heroica e honrada contra nosso inimigo comum", anunciou o primeiro-ministro Juna. "Esperamos anos por esta batalha, para apagar a mancha do passado. Tomem as suas armas e recuperem o país roubado pelos judeus."

De repente ouvi tiros próximos à casa de chá, e todos corremos para fora. Havia soldados israelenses por toda parte. Alguns soldados jordanianos descalços tinham entrado com armas primitivas. Um tanque israelense atirou um míssil. Os soldados jordanianos corriam em círculos, seus uniformes e corpos em chamas. Jogaram-se no chão, rolando na terra para tentar apagar o fogo, mas as chamas os devoraram. Treze cadáveres jordanianos jaziam na praça do vilarejo, seus braços e pernas em posições antinaturais, a carne, os músculos e os tecidos incinerados. Só restavam ossos carbonizados.

Naquela noite nenhum de nós conseguiu dormir. Ficamos ouvindo as explosões de morteiros e mísseis a distância. Depois de algumas horas de bombardeio, voltou o silêncio. Então um tiro de morteiro explodiu perto da nossa barraca e iluminou o céu. Outro tiro explodiu bem perto de nós.

— Saiam da barraca! — Mama gritou.

A parte de trás da nossa barraca estava em chamas. Aos empurrões, meus irmãos correram e se perderam na noite. Não tínhamos proteção. Fez-se uma onda de fumaça preta. O rosto de Mama sangrava, e algum sangue havia respingado no rosto de Nadia. Abbas segurava seu braço esquerdo. Hani chorava. Corri as mãos pelo meu rosto; elas se encheram de sangue quente. Os estilhaços haviam atravessado a barraca e penetrado nossa pele.

Reunimo-nos ao redor da amendoeira e mais uma vez vimos o fogo destruindo o pouco que tínhamos. As chamas que cresciam da barraca iluminavam o rosto angustiado de Mama. Os helicópteros acima das nossas cabeças sufocavam meus pensamentos.

Dormimos ao ar livre. No meio da noite, outra explosão iluminou o céu. Aviões atiravam mísseis contra o nosso vilarejo e chamas se erguiam das casas. Sonhei que o professor Sharon me chamava à lousa para resolver uma equação matemática e eu não conseguia ver os números. Ele escarnecia, os israelenses riam e me ridicularizavam. Ao longe continuavam a explodir mísseis e tiros de morteiro.

De manhã, acordei com o assobio agudo de mais um míssil. Nadia confortava Hani, que chorava. Ouvi tiros e gritos e corri morro abaixo.

As pessoas vagavam de um lado para o outro, chorando. Por toda parte, escombros ardiam. O cheiro de carne humana queimada era devastador. A estrada era de uma cor marrom-avermelhada onde o sangue palestino se espalhava.

A única coisa que restava da mesquita era a ponta do minarete com sua coroa em forma de cebola.

Aldeões aos gritos enchiam a casa de chá:

— Palestina! Palestina!

Juntando-me aos outros, eu repetia o mantra sem parar. Meu corpo balançava para a frente e para trás. Dois tanques israelenses entraram na praça do vilarejo.

— Vão todos para a Jordânia ou matamos vocês! Vocês não pertencem a este lugar! — Os soldados israelenses falavam no alto-falante do primeiro tanque. — Desta vez não vai sobrar nenhum aldeão vivo!

Os tanques começaram a atirar nos aldeões, e nós nos espremos para sair pela porta dos fundos. Corri morro acima até a amendoeira.

Mama estava cozinhando uma panela de arroz numa pequena fogueira ao lado de Shahida. Decidi não contar a ela o que os soldados haviam dito. Se fossem de fato nos forçar a cruzar a fronteira, lidaríamos com isso quando acontecesse. Restava-nos tão pouco que não levaria muito tempo para empacotar tudo.

— Tenho de ouvir as notícias — Abbas puxou seu próprio corpo para se levantar. — Me ajude aqui.

— É perigoso demais.

Ele nunca seria capaz de fugir dos riscos, e só o que restava no vilarejo eram riscos.

Eu construiria para ele seu próprio rádio. Abri um recipiente de plástico que mantinha embaixo da amendoeira. Separando os fios de telefone, prendi uma ponta em volta de um galho, outra num clipe de papel enfiado num papelão e uma terceira em volta de um cano, que prendi no chão. Passei a ponta de um quarto fio por um velho tubo de papel higiênico e conectei as duas pontas do fio a um clipe de papel.

Conectei o fio do fone ao primeiro clipe aquecendo o cobre com um isqueiro, deixando esfriar e passando-o por baixo do clipe. Dobrei um pedaço de fio em V e prendi a ponta solta no clipe. Pressionei a outra ponta no cobre e conectei o outro fio do fone ao outro clipe de papel. Com os fones ligados, movi lentamente a ponta do fio dobrado pela superfície de cobre até que comecei a escutar uma voz em árabe. Abbas ficou ouvindo as notícias a noite inteira.

* * *

No dia 10 de junho, às seis e meia da tarde, a rádio israelense nos informou que a guerra tinha terminado. As Nações Unidas impuseram um cessar-fogo. Os israelenses haviam destruído a Força Aérea Egípcia antes mesmo que ela decolasse no primeiro dia. Tinham capturado a Cisjordânia, a Faixa de Gaza, a península egípcia do Sinai, as colinas sírias de Golã, o Leste de Jerusalém e a Cidade Antiga com seus lugares sagrados. Aldeões choravam abraçados uns aos outros. Pousei a cabeça na mesa e escondi os olhos. Todas as rádios árabes haviam mentido.

"Começou às 7h10 da manhã", reportou a estação israelense Kol HaShalom. "Duzentos aviões nossos sobrevoaram o Egito numa altitude tão baixa que nem os oitenta e dois radares egípcios os detectaram. Nossos pilotos são tão treinados que foram capazes de voar passando completamente despercebidos."

Tapei os ouvidos com as mãos, mas ainda assim conseguia ouvir:

"Conhecíamos desde antes os alvos egípcios: a localização de cada jato, junto com o nome e até a voz do piloto. Os egípcios concentravam seus aviões por tipos: MiGs, Ilyushins, Topolors, cada um em sua base, o que nos permitia priorizar os alvos. Os jatos egípcios estavam estacionados em aeródromos descobertos. Quase todos estavam pousados, os pilotos tomando o café da manhã. As condições para o ataque não podiam ter sido melhores. A visibilidade era excelente. O fator vento era praticamente zero. Os pilotos egípcios não tiveram nem tempo de chegar aos aviões."

Era tão injusto.

"Destruímos não só todos os aviões egípcios, como também suas pistas com bombas Durandal, que deixam crateras de cinco metros de largura e 1,6 metro de profundidade. Os aviões egípcios caíram numa armadilha inextricável, presas fáceis para os canhões de trinta milímetros e os mísseis guiados pelo calor que em seguida os varreram. Quatro aeroportos do Sinai e dois do Egito foram atingidos. O principal canal de comunicação entre as forças egípcias e os quartéis foi prejudicado. Em menos de uma hora, nossa força aérea destruiu 204 aviões. Não apenas nossos tanques, artilharia e aeronaves eram superiores aos do inimigo, como soubemos usá-los com mais eficácia."

Israel decidiu assimilar apenas o Leste de Jerusalém e as áreas circundantes, mantendo a Cisjordânia e a Faixa de Gaza como zonas de ocupação militar, deixando aberta a opção de um dia devolvê-las em um acordo de paz.

O território de Israel cresceu três vezes, incluindo cerca de um milhão de palestinos adicionais sob seu controle direto. Eu sentia como se tivesse levado um chute no estômago. Israel havia mostrado aos árabes que era capaz e estava disposto a iniciar ataques estratégicos que podiam mudar o equilíbrio da região. Agora Israel tinha ainda uma moeda de troca: terras por paz. A guerra havia terminado.

Capítulo 28

Fadi e eu trabalhamos no matadouro a semana inteira para poder pagar o material para uma nova barraca. Uma vez completa, todos nos reunimos ali dentro para comer arroz com amêndoas.

— Ahmed Hamid, saia — uma voz rugiu através de um megafone. Minha família ficou paralisada. Os soldados sempre exigiam que os aldeões saíssem antes de explodir uma casa, mas eu nunca os vira chamando pelo nome. Sempre que caçavam alguém específico, vinham à noite para poder pegá-lo enquanto dormia. Isso devia ter algo a ver com o professor Sharon. E se o professor Sharon tivesse pedido que me prendessem? Como eu não podia esperar lá dentro, sob o risco de colocar minha família em perigo, comecei a me levantar. Mama me agarrou pelos ombros.

— Não, por favor, Ahmed, não vá — ela sussurrou no meu ouvido, me puxando para junto dela.

Fadi, Nadia e Hani pareciam estátuas de sal. Fadi segurava um pedaço dobrado de pita suspenso acima do prato. Abbas xingou mais alto do que deve ter percebido, pois estava com o fone de ouvido escutando as notícias. Desde que eu construíra o rádio, ele não parava de ouvir. Nadia abraçou Hani.

— Ahmed Hamid, saia!

Eu me liberei do abraço de Mama. Ela cobriu a boca com as mãos, sussurrando "Ahmed" com um desespero que eu nunca ouvira. Eu me virei para olhá-la e vi seus braços estendidos na minha direção.

Ergui a mão:

— Vai ficar tudo bem.

Saí da barraca e fechei o tecido.

— Você é Ahmed Hamid? — O soldado usou o megafone mesmo eu estando bem à sua frente. — Identifique-se.

— Sim, sou Ahmed Hamid.

O soldado ergueu o megafone e falou ao mesmo tempo para todo o vilarejo:

— Estamos com Ahmed Hamid. Podem trazê-lo.

— O que querem de mim? — perguntei em hebraico.

— Uma pessoa quer ver você.

Vislumbrei a silhueta de um civil sendo escoltado por soldados morro acima. Entre as fardas verdes, os capacetes metálicos e os M16s, vi os olhos vermelhos de Rafi e fui até ele.

— Zoher partiu — disse ele. — Foi morto no Sinai quando o tanque dele enguiçou.

Eu balancei a cabeça. O que Rafi estava fazendo em meu vilarejo com os militares? Estaria metido na trama do professor Sharon para me expulsar? Depois de toda a ajuda que eu lhe dera. Eu havia chegado a pensar nele como um amigo, por mais absurdo que aquilo soasse agora. Talvez o professor Sharon tivesse contado a Rafi sobre Baba.

— As cinzas dele foram lançadas ao mar.

Rafi estava aqui para me culpar? Por que outra razão viajaria cinco horas e entraria num vilarejo palestino com uma escolta militar?

Baixei a cabeça. Rafi sabia sobre Baba?

— Ele descobriu o que aconteceu. Foi falar com o reitor. Você foi readmitido.

Ergui a cabeça e olhei para ele. Lágrimas escorriam dos meus olhos.

— Agora o destino do professor Sharon está nas suas mãos.

Um milhão de pensamentos passaram pela minha mente. Era difícil acreditar que Zoher havia me defendido contra os seus e que Rafi tinha ido até ali para me pegar. De repente me ocorreu que eu nunca mais veria Zoher. Senti um vazio por dentro.

— Onde é a sua casa? — Rafi perguntou.

Apontei a barraca.

Ele pareceu surpreso:

— Está tentando manter o contato com suas raízes beduínas?

— Não tenho permissão para uma casa.

O rugido dos helicópteros se fez mais forte. Eu estremeci e me contive para não correr de volta para minha família e protegê-la.

Rafi se virou incrédulo para um soldado próximo:

— A guerra não tinha terminado?

— Nunca termina.

Rafi apontou com a cabeça a base do morro.

— Você vem?

— Ahmed! — Mama gritou enquanto Abbas mancava para fora da barraca atrás dela.

— Vou voltar para a universidade — gritei de volta, para que ela ouvisse minha voz por cima do ruído do helicóptero.

Ela tinha um jarro na mão.

— Precisamos conversar.

— Não pode esperar?

O rosto de Abbas perdeu a cor. Ele tirou os fones do ouvido:

— Você está indo com eles?

Rafi estava no pé do morro:

— Você vem?

— Só um minuto.

Ele olhou o helicóptero ali em cima.

Mama atirou no chão a jarra, que se estilhaçou:

— Você não vai a lugar nenhum.

Ela cruzou os braços sobre o peito.

Dei alguns passos à frente em direção a ela.

— Eu tenho de ir.

— Não faça isso comigo — ela implorou, à beira das lágrimas.

Eu sabia que este era um argumento imbatível.

— Estou fazendo isso por nós.

— Eles vão matar você.

— Ahmed — Rafi gritou. — Precisamos ir.

— Um segundo — gritei de volta em hebraico.

Mama me segurou pelos braços e me chacoalhou.

— Não vá com eles — disse Abbas.

— É só por um tempo.

O helicóptero pairava logo acima das nossas cabeças. Comecei a me distanciar.

— Me perdoem.

— Ahmed — Mama chamou.

Eu me virei para olhar para ela. Seus braços se estenderam e ela veio, e eu também fui até ela. Ela me abraçou forte.

— O que fizemos para merecer isto? — Ela sussurrou no meu ouvido.

Eu tentei me afastar, mas ela me apertou mais forte.

— Estou fazendo isso por nós.

— Isso o quê? — perguntou ela. — Nos matando?

— Ahmed, já está ficando escuro — gritou Rafi.

Ela não me soltava.

— Eu quero que você consiga se casar e tenha uma família própria.

— Eu tenho de ir.

— Por favor, não me abandone.

Eu me livrei de seu abraço e parti. Precisava voltar à universidade em nome de Baba. Não me importava que todos me odiassem pelo que pensavam que eu estava fazendo. Zoher havia me defendido, Rafi viera me buscar, e Baba acreditava em mim. Se enfrentasse hostilidades, eu aguentaria. Mal podia esperar para escrever para Baba, havia tanto por dizer.

Capítulo 29

O reitor me informou que cabia a mim decidir se o professor Sharon seria demitido. Eu pedi que ele me desse até a primeira terça do mês seguinte para decidir, e ele concordou. Naquele dia, viajei para o Centro de Detenção de Dror para discutir a situação com Baba.

Uma cerca temporária de arame farpado do tamanho de um campo de futebol havia sido erguida na frente da primeira. Do lado de dentro da cerca, havia tantos prisioneiros que eles mal tinham espaço para andar. Parecia uma gigantesca lata de sardinhas. Não havia piso sob as novas tendas, só terra. Viam-se guardas por toda parte. Homens, mulheres, meninos e meninas se aglomeravam esperando que chamassem os nomes de seus familiares.

Baba apareceu:

— Diga ao reitor que você não quer que o professor Sharon seja demitido desde que ele contrate você como seu assistente de pesquisa.

Olhei através do vidro, ele ainda agarrado ao telefone. Como ele podia sugerir uma coisa dessas? Seus olhos estavam pesados. Eu faria qualquer coisa que ele pedisse.

— E se ele me sabotar?

— Aí o reitor deve demiti-lo. As pessoas sentem ódio ou por medo ou por ignorância. Se chegassem a conhecer aquilo que odeiam, e focassem nos interesses comuns, superariam o ódio.

— Acho que você talvez esteja sendo otimista demais. O professor Sharon é diabólico.

— Descubra o que está impulsionando o ódio dele e tente entendê-lo — disse Baba.

Pensei nas palavras de Einstein para Chaim Weizmann dizendo que, se os sionistas eram incapazes de construir uma cooperação honesta e pactos honestos com os árabes, então eles não haviam aprendido absolutamente nada durante seus duzentos anos de sofrimento. Einstein tinha alertado que, se os judeus falhassem em garantir que ambos os lados vivessem em harmonia, a batalha os perseguiria nas décadas por vir. Ele sentia que os dois grandes povos semíticos podiam ter um grande futuro comum. Talvez Babà estivesse certo.

* * *

— O reitor ameaçou me demitir se eu não empregar você como meu assistente de pesquisa — disse o professor Sharon. — Para ser franco, eu estava pronto para partir. Se não fosse pelo pai de Zoher, eu teria encontrado emprego em outro lugar. Então, que fique claro, estou fazendo isso por Zoher, não por você.

E eu faria isso por Baba.

— Obrigado pela oportunidade. Posso começar amanhã.

— Sim, eu sei. O reitor me informou que quer que você comece de imediato. Nós não precisamos nos ver. Estou tentando aprimorar o silicone como semicondutor. — Ele forçou um sorriso. — Não volte a mim até ter descoberto como fazer isso.

Ele provavelmente pensava que tinha me passado uma tarefa impossível e que, quando eu voltasse sem nada, diria ao reitor que eu era inútil. Eu mostraria o quanto ele estava errado. De seu escritório, fui direto para a biblioteca.

Capítulo 30

O professor Sharon ergueu os olhos de sua leitura.
— Boa noite — falei.
Ao me ver, ele abriu de imediato a gaveta da escrivaninha, tirou algo de lá e o apoiou no colo. Seus olhos eram escuros como a morte.
— Eu lhe disse para não me perturbar.
— Eu tive uma ideia.
Eu havia pensado naquilo depois de ler dois artigos. O primeiro era uma palestra do físico Richard Feynman no Instituto de Tecnologia da Califórnia em 1959 intitulada "Há muito espaço na parte de baixo", em que ele considerava a possibilidade de uma manipulação direta de átomos individuais. Eu acreditava que sua teoria podia ajudar na nossa pesquisa. O segundo era um artigo de 1965 de Gordon F. Moore na revista *Electronics*, em que ele previa que a capacidade de transistores em circuitos integrados duplicaria a cada dois anos.
— Inacreditável. — Ele bateu a mão na mesa. — Vou dizer ao reitor que isso não está funcionando.
— Não quero ter de contar ao reitor que você não estava disposto a ouvir minha ideia.
Ele tamborilou os dedos, como se eu estivesse desperdiçando seu tempo.
— Diga, qual é a sua ideia idiota?
— Eu sei que você quer que eu me concentre em aprimorar o silicone como semicondutor, mas acho que o silicone tem limitações de longo

prazo; problemas com geração de calor, defeitos de física básica. — Minha voz tremia.
Ele me dispensou com um aceno de mão.
— Silicone é a melhor opção.
— A tecnologia do silicone permitiu o desenvolvimento de aplicações revolucionárias do microchip na computação, nas comunicações, na eletrônica e na medicina.
— Não entendo aonde você quer chegar.
— À Lei de Moore.
— O que é a Lei de Moore? — Ele revirou os olhos.
— Sua primeira lei diz que a quantidade de espaço necessária para se instalar um transistor em um chip diminui aproximadamente pela metade a cada dezoito meses.
— É exatamente por isso que temos de aprimorar o silicone.
— A segunda lei de Moore prevê que o custo de construção de uma fábrica de chips dobra aproximadamente a cada trinta e seis meses. Em algum momento, quando o chip chegar à escala nanoscópica, não apenas os preços vão disparar como também, já que as propriedades mudam com o tamanho na escala nanoscópica, uma nova metodologia de design será necessária. Quando passarmos do microchip ao nanochip, todos os princípios básicos envolvidos na fabricação de chips terão de ser repensados.
— O que você está dizendo?
— Que a melhor alternativa ainda precisa ser inventada.
— Você planeja revolucionar a indústria de chips sozinho?
— Nós não deveríamos abordar a questão de cima para baixo, começando com o material, cortando-o, moendo-o, derretendo-o e moldando-o, ou seja, forçando-o a adquirir formas úteis. Deveríamos tentar construir coisas de baixo para cima, juntando os blocos elementares.
— Você é bem ambicioso, não é? Sabe o que parece aos meus olhos, com essas roupas esfarrapadas? Você é filho de um terrorista, Sr. Hamid. Cresceu numa barraca sem água nem eletricidade e quer revolucionar a ciência. Você ousa discordar da minha abordagem?

Eu o olhei nos olhos.

— Você vê bastante coisa, professor Sharon. Não vou negar nada do que diz. Mas o fato de eu ter crescido numa barraca não tem nada a ver com a abordagem que estou defendendo.

— Adeus, Sr. Hamid.

— Você não está interessado porque eu sou árabe. Você preferiria uma abordagem pior a ter de me ouvir. Me ignore, então. Daqui a alguns anos, vai ver que eu tinha razão e que você perdeu a chance de estar na vanguarda. Eu poderia ter ajudado no seu avanço.

— Ah, é?

— Entender a escala nanoscópica é importante quando se quer entender como a matéria é construída e como as propriedades dos materiais refletem seus componentes, sua composição atômica, seus formatos e tamanhos. As propriedades únicas da escala nanoscópica significam que o nanodesign pode produzir resultados incríveis que não poderiam ser alcançados de outra maneira. Precisamos compreender a estrutura de um único átomo para manipular melhor suas propriedades e assim conseguirmos, num nível atômico, construir materiais por meio da combinação de átomos.

— Isso de que você fala exigiria uma tremenda ambição; uma vida inteira de dedicação.

— Eu sei.

— E se disso não resultar nada?

Repeti o que Baba sempre me dizia:

— Só quando alguém se dispõe a falhar é que pode atingir algo grandioso.

— O que você está propondo?

— É relativamente fácil calcular equações gerais para descrever o movimento de dois corpos isolados sob a influência gravitacional um do outro, mas isso já se torna impossível se você acrescentar apenas mais um corpo ao sistema.

— Como você propõe que a gente contorne isso?

— Podemos estabelecer os números das posições, velocidades e forças num dado instante, e calcular quanto terão mudado muito pouco tempo depois. Em seguida podíamos fazer isso de novo com as novas condições, e daí por diante. Se o fizermos com suficiente frequência em curtos intervalos de tempo, podemos chegar a uma descrição bastante acurada de como o sistema se comporta.

— Quanto menores os intervalos, mais precisa a descrição. Teríamos de fazer muitos cálculos. — Ele ergueu as sobrancelhas.

— Computadores podem processar esses números — sugeri.

— Você agora é especialista em computação?

— À noite e nos fins de semana, eu posso ajudar a inserir os dados na máquina perfuradora e no leitor de cartões. Podemos usar o computador para simular configurações químicas de modo a descobrir que forças atuam entre todos os átomos numa combinação particular. Quando soubermos isso, poderemos determinar quais combinações e arranjos serão estáveis e quais serão suas propriedades.

Suas feições haviam se suavizado o bastante para que eu notasse que ele começava a passar do ódio à curiosidade científica. Eu tinha uma chance.

— Por que você não trabalha na sua ideia este verão? Não é preciso que haja uma interação entre nós. Em setembro eu dou uma olhada nos resultados. Se não parecerem promissores, você dirá ao reitor que não quer mais trabalhar comigo. Se mostrar algum futuro, eu mantenho você o ano inteiro.

— Eu aceito.

O professor Sharon sorriu. Eu sabia que ele torcia para ter encontrado um jeito fácil de se desfazer da promessa ao reitor, mas eu não aceitaria a derrota tão facilmente.

* * *

Naquele verão, eu praticamente morei no laboratório de informática, inserindo números, concentrado nas formas mais simples. No começo do outono, alguns padrões já surgiam. Organizei todos os meus cartões, anotei as informações para o professor Sharon e esperei até que seu escritório estivesse escuro para passar o material por baixo de sua porta. Eu rezava para que seu gosto pela ciência fosse maior do que seu ódio por meu povo.

No dia seguinte, eu estava no laboratório repassando números quando o professor apareceu.

— Revisei seus cálculos iniciais. — Ele pegou meus cartões mais recentes e voltou a olhá-los. — Como você chegou a esses resultados? — Ele se sentou ao meu lado, e eu lhe mostrei como chegara aos números, alterando as condições apenas ligeiramente e recalculando tudo. — Vou permitir que você continue comigo mais um pouco e então reavaliarei. Por que não vai me mostrando seu progresso ao fim de cada semana? — Sua voz era indiferente, mas eu sabia que ele entendia o potencial da minha pesquisa.

＊＊

Jameel retornou para o segundo ano e nós compartilhamos o quarto de novo. Rafi, que agora morava sozinho, levou a velha escrivaninha de Zoher para o nosso quarto, onde ele passava a maior parte de seu tempo livre. Motie se casou com a namorada de colégio nas férias de verão e se mudou para o alojamento de casais. Mas eu não encontrava muito nenhum deles, porque passava a maior parte do meu tempo livre no laboratório de computação.

Alguns dias depois do retorno dos estudantes, o professor Sharon me chamou ao seu escritório. Estava sentado atrás de sua reluzente escrivaninha de nogueira, cercado de prateleiras com livros de matemática e ciência. Olhei a foto de Einstein. Ele me passou o único objeto de sua escrivaninha: um retrato com moldura dourada.

— Minha família — ele disse.

— Ah. — Ele temia pela segurança da família por ter roubado a nossa terra? Eles tinham medo de que nós voltássemos para tomá-la de volta? — Eles moram em Jerusalém?

— Estão mortos. — Ele ergueu os olhos. Minha boca se abriu, mas as palavras não saíram. Ele ia me culpar por aquelas mortes? — Foram exterminados pelos nazistas.

Ele me passou outra foto, agora sem moldura. As margens estavam gastas.

— Este sou eu chegando ao porto de Haifa.

Ele tirou os óculos de moldura metálica e os limpou com o lenço que sacou do paletó de tweed marrom com remendos de camurça nos cotovelos.

O homem na fotografia parecia mais morto do que vivo.

— Sinto muito.

Será que ele não entendia que haviam sido os nazistas, e não o meu povo, que fizeram isso com sua família? Isso justificava o que os israelenses estavam fazendo conosco?

— Não, não sente. — Ele voltou a colocar os óculos. — Como você poderia entender? Israel não sufocou com gás pessoas inocentes e depois enterrou seus corpos como se fossem lixo.

Eu prometera a mim e a Baba que não permitiria que ele me incitasse a falar de política. Mas como podia permanecer calado?

— Israel trouxe um grande sofrimento para o meu povo.

Desviei os olhos, incapaz de olhar para ele. *E meu povo não foi responsável pelo extermínio da Segunda Guerra Mundial.*

— Sofrimento? — Ele balançou a cabeça. — Você não sabe o que é isso. O que meus pais fizeram aos nazistas? Nada. E que destino tiveram? Lembro-me de meu pai no vagão de gado agarrado a uma sacola com três colares de ouro, o anel de noivado da minha avó e uns candelabros de prata. Os únicos bens que lhe restavam. — Ele parou e respirou fundo antes de continuar. — Ele ia tentar comprar nossa liberdade.

Cruzei os braços em frente ao peito, mas logo deixei que caíssem ao lado do meu corpo.

— Assim que chegamos a Auschwitz, os nazistas separaram os homens das mulheres. — Ele tirou os óculos e, com o polegar e o indicador esquerdos, apertou os cantos dos olhos. — *"Beshanah habaah beeretz Yisrael"* foram as últimas palavras da minha mãe. Ano que vem na terra de Israel — Ele voltou a colocar os óculos.

Eu queria seguir o conselho de Baba. Antes de julgar uma pessoa, tente imaginar como se sentiria se as mesmas coisas acontecessem com você.

— Um soldado da SS pegou meu irmãozinho Avraham, que tinha só seis anos, e apontou na direção da morte. — O professor fechou o punho esquerdo. — Meu irmão se agarrou à perna do meu pai gritando: "Não me deixe sozinho!"

— Seu pai está vivo? — perguntei.

No fundo da minha mente eu ainda protestava. O sofrimento de sua família não lhe dava o direito de infligir sofrimento a outras.

— Meu pai sussurrou para mim: "Faça o que for preciso para sobreviver. Lute por sua vida com todas as forças e, quando já não quiser lutar, pense em mim e lute um pouco mais." E depois correu em direção ao meu irmão.

Ele achava que aquilo justificava o que fez comigo? Não, pensei, essa é a pergunta errada. Baba queria que eu tentasse me colocar no lugar do professor Sharon.

— Por que você não foi com eles?

Os músculos de seu rosto se enrijeceram.

— Prometi ao meu pai que lutaria com todo o fôlego que eu tivesse.

Sobre promessas eu sabia alguma coisa.

— O que aconteceu com sua mãe e sua irmã?

— Quando a guerra terminou, perguntei a todo mundo se alguém tinha notícias da minha mãe e da minha irmã, Leah, mas ninguém tinha. — Ele se pôs a contemplar o jardim pela janela. — Listas de sobreviventes passavam de mão em mão. Eu percorria com cuidado cada uma, mas não havia nenhum rastro delas. — Ele balançou a cabeça. — Então, um dia, vi alguém que eu reconhecia do vagão de gado. Implorei a ela que me contasse, dizendo que não pararia de procurar até descobrir o destino delas.

— E ela sabia?

Ele assentiu:

— Ela tinha visto um guarda da SS mandando Leah para a morte. — Ele parou de falar enquanto afrouxava a gravata. — Quando minha mãe correu atrás dela, um soldado atirou em sua nuca.

Um silêncio pairou entre nós por alguns segundos.

— Meu povo não cometeu esses crimes.

Minha voz ressoou mais alto do que eu pretendia. Olhei para baixo, para o piso brilhante de linóleo branco.

— Não, mas vocês ameaçam meu povo.

— Nós não temos nada.

O professor Sharon se levantou:

— Seu povo tem um direito legítimo a esta terra. — Eu ergui os olhos, boquiaberto. — Não pense que sou tão idiota. — Ele andou até a janela. — Não havia alternativa. O Holocausto provou que os judeus não podiam continuar existindo como uma minoria em outras nações. Precisávamos de uma terra que fosse nossa.

— Nós não causamos o Holocausto — pronunciei cada palavra lentamente.

— É direito de um homem faminto pegar um pouco da única comida disponível, ainda que isso signifique que outro terá menos, desde que deixe sobrar o bastante para o outro homem.

— Por que alguém tem de ser forçado a compartilhar?

— É a obrigação moral do homem que possui a comida.

— Os vencedores fazem tudo o que querem.

— Eu luto por vida e liberdade, não por direitos ancestrais — ele disse.

— E a promessa de Deus aos judeus? — Provoquei.

Ele bateu o punho contra a mesa:

— Deus não existe. — Depois ele se pôs a observar por um tempo algo invisível para mim. Sua voz soava diferente agora, mais suave. — Você não tem ideia de como trabalhei duro para chegar até aqui.

Ele estendeu sua mão poderosa, e eu a olhei. Não deixaria que meu ódio me impedisse de cumprir minha promessa a Baba. Estendi minha mão e ele a apertou, sem força.

— Isto aqui é para você. — Ele me passou uma pilha de cartões perfurados. — Você acabou trombando com alguma coisa, de fato.

Eu soube naquele momento que, se me apegasse às minhas mágoas, acabaria sofrendo. Aquela era uma oportunidade e eu precisava me agarrar a ela cem por cento. A cada semana eu passava meus resultados por baixo da porta do professor Sharon. Ele começou a passar pelo laboratório para me ver fazendo as simulações. A cada semana, o potencial da minha pesquisa crescia. Logo o professor Sharon já estava aparecendo no laboratório e fazendo pessoalmente algumas simulações. Quando os padrões se tornaram mais aparentes e nossa compreensão do comportamento dos átomos se fez mais discernível, sempre que eu chegava ao laboratório o professor já estava trabalhando lá.

Começamos a nos encontrar uma vez por semana em seu escritório e, quando os resultados cresceram, uma vez por dia. Chegou ao ponto de ser tão frequente minha presença ali que o professor Sharon conseguiu uma mesa para mim. Cada momento em que não estava em sala ou fazendo lição, eu passava tentando decifrar como os diferentes sistemas funcionavam.

Em 23 de outubro de 1967, eu acabava de lhe entregar a mais recente simulação quando ouvi uma batida na porta.

— Está aberta — disse o professor Sharon sem tirar os olhos dos meus resultados.

Abbas estava parado ali.

Capítulo 31

Mesmo antes de Abbas falar, eu soube de imediato que algo terrível tinha acontecido.

— Que Alá proteja Baba — ele sussurrou.
— Ele está vivo?
— Precisamos ir para o hospital já.

O professor Sharon ergueu o olhar:
— O que aconteceu?

Eu me virei para ele:
— Preciso ver meu pai.
— Você não pode ir agora. Nossa pesquisa está prestes a decolar.
— Se fosse seu pai, você esperaria?

O professor Sharon parou, depois chacoalhou a cabeça.
— Vá. — Pousou a mão no meu ombro e o apertou com suavidade. — Vá.

Abbas nos olhava de olhos arregalados e boca aberta. O professor estendeu sua mão para Abbas:

— Eu sou o professor Sharon. Seu irmão é meu assistente de pesquisa.

Virando a cabeça de lado, Abbas colocou sua mão na do professor Sharon por um mísero instante.

Abbas e eu atravessamos o corredor, saímos do prédio e nos dirigimos ao ponto de ônibus. Os passos de Abbas pareciam os de um deficiente.

— Quem é esse seu novo melhor amigo? — Abbas perguntou assim que saímos do prédio.

— Meu professor.

— Você estava sozinho com ele, trabalhando? — A voz de Abbas se mantinha controlada, mas por pouco. — Pensei que haveria classes separadas para os árabes. Você sabe, que nem nas nossas escolas. — Ele riu, mas não havia humor ali. — Agora eu encontro você sozinho com um israelense.

Eu estava surpreso demais para falar.

— Você é árabe — disse Abbas. — Você não é judeu. Eles só querem judeus neste país. Quanto antes você entender isso, melhor vai ser a sua vida. Não encha sua cabeça com ideias falsas de igualdade e amizade.

— Ele quer trabalhar comigo.

— Eles são nossos inimigos. Você não entende isso?

— Como está a casa nova? — mudei de assunto.

— O pai de Zoher devia ter sérios problemas de culpa em relação à morte do filho — comentou Abbas. — Por que outra razão um judeu se daria ao trabalho de construir uma casa para nós?

— Zoher era meu amigo. Como você, eu suspeitava de que talvez não fosse ser genuíno, mas ele provou que era. Embora ele estivesse afastado do pai, mesmo assim o homem quis fazer isso por nós em nome do filho. — Eu falava com calma, como Baba teria falado. — O pai dele não precisava construir uma casa para nós, mas construiu.

— Provavelmente levou dois segundos para conseguir uma permissão — retrucou Abbas. — Afinal, ele é judeu e tem sua própria empreiteira. Com certeza não custou muito caro para ele.

— Tem três quartos, um banheiro de verdade e uma cozinha grande. Ele instalou um forno a lenha, janelas de vidro, uma porta da frente e uma porta dos fundos. É uma boa casa — argumentei.

Andamos em silêncio por alguns minutos, meu ritmo mais lento para acompanhar o dele. Finalmente, pus minha mão sobre o ombro dele:

— Fico contente que você tenha vindo.

As palavras que ele não dizia pesavam forte sobre mim. Engoli em seco, sem saber como aliviar a tensão.

— Como você está? — perguntei, quando chegamos ao ponto.

— Baba está no hospital e eu não sei o que aconteceu com ele. Eu sou um aleijado de dezoito anos. Amal e Sara estão mortas. Meu irmão está do lado dos assassinos. Como você acha que estou? — Seus olhos saltados estavam cravados nos meus. — Fico contente que ele tenha deixado você vir.

— Ele não é tão ruim assim.

— Que Deus perdoe sua estupidez. — Ele se afastou um passo. — Você foi seduzido pelo diabo.

— Para onde o ódio contra eles vai nos levar?

Ele lançou as mãos, de palmas para cima, na minha direção.

— Você tem de ouvir o Dr. Habash.

Vasculhei a área ao nosso redor. Se qualquer israelense ouvisse que Abbas apoiava George Habash, ele podia ser preso, exilado ou morto. Era contra a lei apoiar um partido contrário ao judaísmo de Israel.

— Cuidado — falei.

— Você não quer que eu admita que acho que devíamos ter um estado secular, democrático, laico?

— Ele defende a violência.

— De que outro jeito vamos libertar a Palestina? Devemos apenas pedir a eles que tornem o Estado secular?

— Só o perdão liberta — repeti as palavras de Baba. — O que é melhor? Esquecer e perdoar ou lembrar e ressentir?

— Você trai Baba, as nossas irmãs mortas e a mim quando fica amigo dos nossos perseguidores. Eles têm de pagar pelo que fizeram contra nós. Não tem um dia que eu não sinta dor. Não consigo trabalhar. Baba ainda está na prisão. Rezo para que chegue o dia em que nós os esmagaremos como alho.

— Se vingarmos as ações deles, vamos estar quites. Se perdoarmos, vamos estar acima deles. — Eu citava Baba de novo.

— Eu odeio os israelenses.

— O ódio é uma autopunição. Você acha que eles se sentem mal porque você os odeia?

— Se eu renunciar ao meu ódio, eles vão libertar Baba, aliviar minha dor e trazer de volta Amal e Sara?

— E se apegar ao ódio vai realizar essas coisas?

Ele apertou os olhos, com raiva:

— Eu não sei mais quem você é.

Suspirei. Ele não tinha qualquer lembrança real de Baba. Conversar com ele sobre os israelenses era como soprar uma gaita de foles rasgada. Pesava sobre mim a dúvida de que seríamos capazes de recuperar a proximidade que tivemos algum dia. Não existia equilíbrio no mundo?

No caminho para o hospital de Berseba, Abbas mal falou comigo. Comecei a pensar no professor Sharon e na nova abordagem da nossa pesquisa. Analisava os dados na minha cabeça, tentando encontrar uma maneira de melhorar sua previsibilidade.

Sirenes berravam quando nos aproximamos do hospital. O cheiro da morte estava no ar. Ao entrar, eu estava tomado pelo medo.

O guarda na porta pediu nossas identidades, e nós obedecemos.

— Quem vocês vieram ver? — ele perguntou.

— Nosso pai, Mahmud Hamid — respondi.

O guarda procurou entre os papéis e logo ergueu as sobrancelhas:

— O condenado?

— Sim — respondi.

O guarda sacou o walkie-talkie do cinto e pediu uma escolta militar até a repartição dos prisioneiros. Dois soldados, de capacetes e escudos de rosto, de Uzi na mão, granadas, cassetetes e algemas presos no coldre, apareceram e nos escoltaram até o quarto.

— Tirem a roupa — o soldado ordenou.

Tirei as calças.

Abbas arregalou os olhos como se acabasse de testemunhar um assassinato.

— O que você está fazendo?

— Tire a roupa.

— Nunca.

— Eu digo ao Baba que você veio.

— Tenho tantas coisas para dizer a ele.

Ele teve dificuldades de tirar o manto pela cabeça, sem conseguir erguer os braços o bastante. Era Mama quem costumava despi-lo. O soldado o olhou e puxou o manto de Abbas por cima do corpo. Abbas e eu ficamos parados só de roupas de baixo, lado a lado.

— Tirem tudo! — O soldado ordenou.

Abbas olhou para o chão e tirou a cueca, xingando em voz baixa.

— Cale a boca! — O soldado apontou a Uzi para a cabeça dele.

— Por favor — implorei. — Ele está se recuperando de uma fratura nas costas. — Olhei para o meu irmão e supliquei em árabe — Em nome de Deus, Abbas, pare de resmungar!

Ele parou.

Os guardas nos acompanharam até o porão. Mais dois guardas estavam sentados do lado de fora da porta e três, de pé do lado de dentro. Baba estava algemado a uma maca no canto.

Emocionado demais para falar, peguei uma de suas mãos. Abbas pegou a outra.

— Você está tão grande — Baba disse a Abbas. — Já se passaram sete anos.

O medo enchia os olhos de Abbas enquanto ele olhava para Baba.

— Não se preocupe — disse Baba. — Eu vou ficar bem.

Ele parecia um velho cansado, ali algemado à maca. Eu olhei sua ficha médica. Ele tinha três costelas quebradas e uma concussão severa.

— Quem fez isso com você? — Abbas perguntou com os dentes cerrados.

— Tem um novo comandante. — Baba balançou a cabeça. — Ele sente um ódio enorme e perdeu a cabeça. Os outros guardas se sentiram muito mal.

O rosto de Abbas ficou vermelho.

— Os outros guardas o tiraram de cima de mim. Eu sou resistente. — Baba tentou sorrir, mas não se saiu muito bem.

Contou-nos então dos retratos que vinha desenhando e das músicas que começara a compor. Perguntou sobre Mama e o restante da família. Garantiu que estava bem e de alguma forma conseguiu me animar.

Uma campainha soou e os visitantes começaram a se despedir.

— Nós vamos voltar — prometi.

— Não — Baba recusou. — Você tem de focar nos seus estudos e economizar dinheiro. Suas cartas são suficientes.

— Hora de ir. — O guarda apontou sua Uzi para a porta.

Abbas e eu fomos embora de cabeça baixa.

* * *

O ônibus me deixou no portão da frente do escuro campus Givat Ram. Abbas mal falou comigo. A luz do escritório do professor Sharon estava acesa, talvez ele ainda estivesse trabalhando. Entrei no prédio e percorri o corredor escurecido quando ouvi vozes exaltadas na sala dele.

— Eles não são sequer humanos — reconheci de imediato a voz da mulher.

Era Aliyah, ou ao menos esse era o nome que ela havia adotado quando se mudou da África do Sul para Israel. Era a esposa do professor Sharon.

Aliyah obviamente reprovava o fato de seu marido trabalhar com um árabe. Algumas semanas antes, o professor Sharon tinha ficado em casa por causa de uma febre. Pedira que eu levasse os dados até lá, um velho palacete árabe perto da rodoviária central. Através do portão fechado a corrente, passei para ela o material.

— Deixe o rapaz entrar — ele gritou de algum lugar lá dentro.

— O que os vizinhos vão pensar? — Ela havia batido a porta, mas o grito se ouviu ali fora.

Um minuto depois, o professor Sharon apareceu e me deixou entrar. Aliyah não desceu do andar de cima.

* * *

— Esse garoto é um gênio — ouvi a voz do professor Sharon. — Tem muito mérito na ideia dele.

O professor tinha outros problemas no casamento. Eu já o entreouvira contando a outros que Aliyah reclamava constantemente de que ele trabalhava demais, que não ganhava dinheiro suficiente, que só se interessava pela ciência, que não queria fazer nada com ela. Ele alegava que ela tinha problemas com privilégio: nunca tinha trabalhado na vida e passava o dia todo fazendo compras. Ela queria que ele fosse trabalhar na indústria porque não havia dinheiro suficiente na Academia. Eu até já o tinha ouvido dizer que preferia nunca ter se casado com ela.

— Construir de baixo para cima? — Aliyah falava como se fosse uma especialista na área. — Isso é ridículo.

— Você não se formou nem no colegial. Ele está certo. Pequeno é o novo grande. É nessa direção que a ciência caminha.

— Como você consegue trabalhar com ele? — O desprezo transbordava de sua voz. — Esse cargo devia ser ocupado por um judeu.

— Estou colocando o avanço da humanidade em primeiro lugar.

Eu não podia acreditar. O professor Sharon defendia a minha ideia.

— E cadê seu assistente terrorista, afinal?

Eu queria correr de volta para o meu quarto, mas minhas pernas estavam paralisadas. Quando mais eu teria a chance de ouvir o professor Sharon me defendendo, mesmo que fosse só para incomodar sua mulher?

— O pai de Ahmed está no hospital — ele disse.

— Eles querem nos exterminar.

— Nós temos uma moeda de troca. A terra em troca da paz. O que vamos fazer com a Cisjordânia e a Faixa de Gaza? Tem um milhão de árabes lá. Com a taxa de procriação deles, um dia vão ser mais numerosos do que nós.

— Árabes não são humanos. São todos terroristas. Está no sangue deles.

— Você parece uma nazista. Eu sei que, no longo prazo, se trabalharmos juntos, todos vamos ganhar.

— Aquelas baratas não vão ficar contentes até terem Israel inteira de volta.

Uma cadeira raspou o chão ruidosamente. Saí correndo.

* * *

Na manhã seguinte cheguei cedo, e o professor Sharon já estava no escritório. Percebi que havia uma mala no canto, e um lençol e um travesseiro no sofá. Daquele dia em diante, trabalhamos juntos. Eu me acostumei com ele, ansiando pelas reuniões noturnas em que discutíamos os resultados do dia. Aguardava com empolgação o chá que tomávamos a cada manhã. Ele me dera a oportunidade de uma vida, ou eu a dera a ele — talvez tivéssemos dado a oportunidade um ao outro.

Capítulo 32

O ano de 1969 começou com um milagre. O bibliotecário anunciou que estava nevando e todos corremos para fora. Eu fiquei ali parado de calça e camiseta, maravilhado, assistindo àqueles flocos de neve perfeitos que caíam do céu, os primeiros que eu já tinha visto.

Quando voltei para o quarto, não conseguia dobrar os dedos. Meus dentes batiam. Acendi o aquecedor a parafina que nos davam para as noites frias e o coloquei no meio do quarto. Envolto no cobertor da universidade, continuei estudando. Jameel entrou vestindo um casaco de inverno, luvas, chapéu e um cachecol. Carregava na mão uma grande sacola.

— Você precisa fazer umas compras — ele disse.

— A neve não vai durar.

— Sempre tem a chuva fria de inverno. — Jameel balançou a cabeça. — Você precisa gastar um pouco do seu dinheiro. Não consigo acreditar que você viva assim.

Depois que Jameel foi dormir, continuei acordado com meus livros. Já passava da meia-noite quando senti o cheiro de fumaça. Saí para o corredor, ainda envolto pelo cobertor.

As chamas de um aquecedor no saguão subiam pela porta do quarto cinco, onde moravam dois israelenses. O quarto deles devia ter se aquecido demais e eles puseram o aquecedor do lado de fora, perto demais da porta.

— Fogo! — gritei, o mais alto que consegui. — Yonatan, Shamouel. Saiam pela janela!

Com o cobertor em volta da mão, quebrei o vidro do extintor. Ainda gritando para que eles acordassem, tratei de apagar as chamas. Uma espuma branca cobriu a porta e o chão. Jameel apareceu em seu manto noturno, com os cabelos arrepiados. Outras portas se abriram e israelenses saíram trajando pijamas, cuecas, roupões. Alguns estavam descalços; outros calçavam pantufas, botas militares ou tênis. Jameel pegou outro extintor e me ajudou a combater as chamas. Outros lutaram contra o fogo com cobertores.

A porta externa do prédio se abriu e Yonatan e Shamouel apareceram. Eles haviam saltado pela janela ao me ouvir gritando. A espuma branca estava por toda parte, e o corredor, tomado pela fumaça. Abrimos as portas dos dois lados e deixamos o ar frio passar. Jameel, os israelenses e eu trabalhamos no frio por horas limpando a espuma. Tremendo, soltei as dobradiças da porta deles e instalei outra de um quarto vazio.

Quando terminamos, todos aplaudiram.

— Você é um herói. — Yonatan deu um tapinha em minhas costas. — Todos para a cozinha. Vamos brindar ao Ahmed.

Judeus e árabes nos reunimos na cozinha e tomamos *sahlab* com canela, coco ralado e pistaches picados.

* * *

Terminei os cursos de bacharelado em física, química e matemática como o melhor da turma. O professor Sharon sugeriu que eu fosse remunerado como seu professor-assistente, para além da nossa pesquisa conjunta. Do jeito que Mama fazia as coisas, meu salário era mais que suficiente para alimentar e vestir a família inteira.

O professor Sharon insistiu em ser meu orientador no mestrado. Juntos publicaríamos cinco artigos no prestigioso *Journal of Physics*. Antes da nossa pesquisa, seus resultados só haviam sido publicados ali três vezes em toda a sua carreira. Jameel e eu continuamos morando juntos, pois ele estava fazendo seu mestrado em matemática.

Na mesma semana em que comecei a trabalhar como professor-assistente, eu me apaixonei.

— Amani — ela disse quando foi sua vez de se apresentar à classe.

Meus olhos encontraram os dela, cor de mel, olhos como os de uma corça, e sustentamos o olhar por algum tempo. Em toda a minha passagem pela universidade, eu não tinha visto nenhuma garota árabe tão atraente quanto ela. As mais bonitas se casavam antes de chegar aos dezoito.

O professor Sharon também se apaixonou naquele semestre. A Associação pela Paz Mundial mandou uma jornalista americana, Justice Levy, para nos entrevistar sobre o trabalho conjunto. Justice tinha cabelos vermelhos selvagens que ficava tirando do rosto, sentada no escritório do professor Sharon. Seus olhos brilhavam enquanto ela examinava os livros nas prateleiras. Vestindo uma saia longa e solta, uma camiseta de estampa irregular e um colete em macramê, e com enormes símbolos da paz prateados pendurados no pescoço e nas orelhas, ela era o oposto da ex-mulher dele, Aliyah.

Durante a entrevista, o professor Sharon não tirou os olhos de Justice. Ela o valorizava por ter me escolhido como assistente. Eles começaram a sair. Em semanas, ele se mudou para o apartamento dela. Ao menos uma vez por semana, Justice insistia que ele me convidasse para jantar. Minha relação com Amani, no entanto, permanecia no campo da imaginação. Algumas semanas depois de tê-la visto pela primeira vez, mencionei a Jameel que ela estava na minha turma. Ele me disse que ela era de Acre.

— Por que ela não é casada?

— Ela já recebeu muitos pedidos — disse Jameel. — Recusou todos. Fez até greve de fome quando o pai quis forçar que ela se casasse com o primo. Sabia que ela se formou em primeiro lugar na turma?

Eu queria fazer um milhão de perguntas, mas seria inadequado.

A semana inteira eu esperava as manhãs de terça e quinta das nove às dez, quando podíamos trocar olhares.

Ao fim do primeiro semestre, recolhi os exames finais e fui direto para meu escritório. O professor Sharon havia conseguido que eu tivesse uma sala com uma escrivaninha, um abajur e três cadeiras de plástico para receber estudantes. Fui procurando entre as provas azuis até chegar à de Amani. A nota dela era 64%. Eu me decepcionei. Achei que ela fosse ser bonita e inteligente, mas eu sabia, também, que podia ajudá-la.

Depois que entreguei as provas, anunciei que estaria disponível em minha sala para ajudar qualquer estudante que quisesse prestar o *Moed Bet*, o exame que oferecia uma segunda chance aos estudantes que queriam aumentar suas notas.

Estava no escritório lendo um livro de mecânica quântica quando ouvi uma batida na porta.

— Entre — falei em hebraico.

Amani apareceu, vestindo uma calça jeans boca de sino e uma camiseta vermelha. Seus longos cabelos pretos emolduravam o rosto de porcelana. Respirei fundo. Ela vinha com uma amiga, que estava lá para testemunhar que nada inapropriado acontecesse.

— Como posso ajudar? — perguntei em árabe, surpreso por conseguir manter um discurso coerente.

Era uma situação bastante inadequada, um homem solteiro ajudando uma mulher solteira. Boas garotas não conversavam com homens que não fossem seu marido; mas nós não estávamos no vilarejo. A única regra de que eu tinha certeza era que a porta devia ficar aberta.

— Você pode me ajudar? — Amani pediu.

— Você está disposta a trabalhar?

— Vou fazer o que for preciso. — Ela me olhava diretamente nos olhos enquanto falava. — A ciência é minha vida.

— E por que isso?

— As leis da natureza. — Ela sorriu. — Elas me fascinam.

Apontei com a mão as duas cadeiras em frente à minha escrivaninha:

— Por favor. — As duas se sentaram. — Você trouxe sua prova?

Amani colocou a mochila preta em cima da mesa e sacou o teste. Ao colocá-lo na minha frente, ela inclinou a cabeça e jogou os cabelos sedosos para trás com os olhos ainda presos aos meus.

Eu tentava não olhar para ela.

— Vamos começar com a primeira questão. Um motor elétrico com uma potência declarada de 0,25 hp é usado para erguer uma caixa a uma taxa de 5,0 centímetros por segundo. Qual é a massa máxima da caixa que o motor pode erguer a essa velocidade constante? — Pigarreei. — Consideramos que a potência do motor é de 0,25 hp=186,5 W. Em 1,0 segundo, a caixa é erguida 0,050 metro. — Abri a boca para concluir, mas Amani me interrompeu:

— Portanto, o trabalho realizado em 1,0 s = (peso)(variação de altura em 1,0 s)=(mg)(0,050 m). Por definição, potência=trabalho/tempo, de modo que 186,5 W=(mg)(0,050 m)/1,0 s. Utilizando-se g=9,81 m/s², descobrimos que m=381 kg. O motor pode levantar uma caixa de cerca de $0,38 \times 10^3$ kg a esta velocidade constante.

Fiquei olhando para ela.

Ela deu uma piscadela.

Eu olhei o relógio. Precisava sair em cinco minutos para dar minha aula de Física Avançada. Combinei que encontraria Amani de novo na manhã seguinte na minha sala, embora eu começasse a suspeitar de que ela não precisasse realmente de ajuda. Eu me perguntava por que tinha se saído tão mal na prova.

Eu me sentia empoderado de estar na frente de uma classe inteira, mesmo vestindo as roupas caseiras que Mama confeccionava. O equilíbrio de poder havia mudado. Nas minhas aulas, eu era a autoridade. Em especial com Amani, o ensino me dava confiança.

Tanto israelenses quanto árabes me diziam que eu parecia o ator Omar Sharif. Vi sua foto num jornal israelense. O governo de Nasser quase havia retirado sua cidadania quando seu caso com Barbara Streisand, uma apoiadora de Israel, foi divulgado na imprensa egípcia. Às vezes eu flagrava garotas israelenses me olhando, mas, até começar a dar aula, nunca tinha me sentido confiante.

Depois de voltar à minha sala por toda uma semana acompanhada da amiga, Amani enfim chegou sozinha. Quando abri a porta, ela não entrou.

— Silwah está doente.

Ela sorriu e ergueu as sobrancelhas.

Dei de ombros.

— Vou deixar a porta aberta.

Com um sorriso, ela entrou na sala e se sentou. Eu me sentei ao lado dela. Ela se virou para mim e nossos olhos se encontraram de novo. Nenhum dos dois reconheceu, mas eu tive certeza de que havíamos nos apaixonado.

* * *

Amani passou no *Moed Bet* com nota máxima. Eu teria gostado de atribuir o sucesso dela à minha tutoria, mas começava a suspeitar de que ela tinha se saído mal no primeiro teste de propósito. Teria feito uma coisa dessas para me conhecer melhor?

Minha irmã mais nova, Nadia, casara-se no mês anterior com um viúvo chamado Ziad, que tinha sete filhos novos. Mama não se continha de alegria. A mulher do noivo havia morrido fazia pouco tempo, e nem nossa família nem a dele conseguia pagar pelo casamento. Mama levou o contrato para que Nadia assinasse em casa.

Nadia só foi conhecer o marido depois que estavam casados, quando se mudou com ele e os sete filhos para um quarto na casa dos pais dele que tinha a metade do tamanho do meu dormitório de estudante. Eu lamentava que Baba não tivesse podido estar lá para ver a filha entrando para outra família, e por isso prometi a mim mesmo que só me casaria depois que ele saísse da prisão. Ele se animou muito quando lhe escrevi contando sobre Amani. Disse que não me casaria até que ele fosse solto. Minha mãe estava ansiosa para que eu começasse uma família, mas também queria que Baba estivesse presente. Ele escreveu de volta dizendo que eu não devia esperar, mas o convenci de que seria melhor para os meus estudos se eu me formasse antes — e ele concordou.

* * *

Ao fim do mestrado, o professor Sharon e eu começávamos a ter alguma clareza sobre como construir materiais de baixo para cima. Ele sugeriu que eu fizesse minha dissertação sobre o assunto, mas eu argumentei que aquele projeto estava só começando. Tinha de fato grande potencial, mas podia levar décadas e eu precisava de algo maduro, seguro e rápido, pelo bem de Baba.

— Se você quer colher a fruta, precisa subir no tronco. — Ele explicou que era um investimento de longo prazo. — Nós vamos conseguir se trabalharmos juntos.

— Mas minha família...

— Você quer pegar a estrada mais segura e fácil ou a estrada que leva à grandeza?

— Meu pai...

— Ele quer um filho que se conforme com algo menor que sua capacidade ou um filho que alcance todo o seu potencial?

O que eu podia fazer senão concordar?

* * *

Justice e o professor Sharon se casaram no meio do meu mestrado. Amani e eu havíamos iniciado uma relação platônica e continuávamos nos encontrando para discutir física. Não precisávamos falar da química que existia entre nós. Eu também sabia que nada sexual aconteceria, nada que chegasse a um beijo, antes que nos casássemos. Mas todos sabiam que nós éramos um casal, porque, mesmo depois de ter passado pelo meu curso, Amani continuou me encontrando na minha sala semestre após semestre, durante os dois anos e meio seguintes. Ela terminaria a graduação no mesmo ano em que eu completaria o primeiro ano do meu doutorado. A cada semestre ela se distinguia entre os melhores alunos.

Duas semanas antes de Amani se formar e voltar para seu vilarejo, ela e eu estávamos sentados na minha sala. Ela se preparava para a prova final de Astrofísica quando parei para olhar seus olhos cor de mel. Eu desejava muito correr meus dedos por seus cabelos pretos e sedosos e abrir o zíper de seu vestido claro, mas sabia que não podia sequer beijá-la.

— Você me daria a incrível honra de ser minha esposa?

Eu devia ter pedido ao pai dela primeiro, mas essas regras só se aplicavam no vilarejo.

Ela sorriu.

— Meu pai está na prisão.

Baixei os olhos para a escrivaninha, com medo da reação dela. A cada vez que Baba surgia na conversa, eu dava um jeito de desviar. Nossa relação se limitava às visitas dela à minha sala. Qualquer outra coisa teria causado problemas com sua família.

— Eu não sabia.

— Ele vai ser solto ao fim do ano escolar. — Eu não queria contar a ela quanto tempo ele permanecera encarcerado. — Quero me casar com você quando ele sair.

— Meu pai. — O rosto dela se contraía como se ela acabasse de tomar um leite estragado. — Ele não vai me autorizar a me casar a não ser que tudo seja feito de acordo com a tradição.

— Onde devemos fazer o casamento? — perguntei.

— Em qualquer lugar que não Acre. — Ela sorriu.

— Onde vamos morar?

Ela ergueu os ombros.

— Eu te amo.

E olhei nos olhos dela. Era enorme a vontade de pegar sua mão e segurá-la entre as minhas.

Amani se inclinou para a frente e me beijou. O beijo me pegou de surpresa. Eu queria que ela me tocasse mais; meu corpo todo doía. Fechei os olhos por um instante. Ela tinha cheiro de brisa fresca.

— Amani — falei, e segurei o rosto dela.

Ela sorriu e me beijou de novo. Eu sabia que só teria aquela oportunidade para beijá-la, por isso segurei seu rosto pelo máximo tempo possível. Os cílios dela estremeciam. Nossas cabeças se encontravam.

— Jameel está no seu quarto? — ela perguntou.

Eu tinha escutado direito? Nós não podíamos ir mais longe. Se alguém descobrisse, não só a reputação de Amani seria destruída, mas a da sua família também. Ninguém se casaria com suas irmãs solteiras; as pessoas falariam mal de seus pais. Se a família de Amani fosse muito conservadora, ela podia até ser surrada ou morta. O que ela estava pensando?

Capítulo 33

Abbas e eu esperamos no portão do Centro de Detenção de Dror. Eu pensava no que teria acontecido se Jameel não estivesse no quarto naquela ocasião. Não, falei a mim mesmo, a gente se casaria logo. Mama e Nadia estavam em casa preparando a festa de recepção de Baba. Fadi queria vir conosco, mas a lei israelense só permitia que duas pessoas recebessem cada prisioneiro, para que a soltura não fosse confundida com uma celebração.

Eu quis que fosse Abbas quem me acompanhasse. Torcia para que Baba pudesse fazê-lo mudar de ideia, convencê-lo de que a violência não é o caminho. Abbas estava obcecado por George Habash e sua Frente Popular pela Libertação da Palestina.

Ao meio-dia, cinco soldados israelenses abriram o portão e pararam apontando para mim suas Uzis carregadas, Abbas e os outros palestinos, dezenas deles, que esperavam com excitação a soltura de seus entes queridos.

Parados ali naquele estranho confronto, a força do vento aumentou. Partículas de areia começaram a vibrar e, logo, a saltar. O salto das partículas de areia produzia um campo de eletricidade estática por fricção. A areia adquiria uma carga negativa em relação ao chão, que liberava ainda mais partículas de areia. Antes que eu me desse conta, a tempestade de areia nos abateu. Eu não via nem um palmo à minha frente, a areia entrava na boca, nas orelhas, nos olhos. Crianças gritavam. Homens protegiam os rostos com o *keffiyeh*, mulheres faziam o mesmo com o véu. Para proteger o rosto, Abbas ergueu os braços rápido demais e se contraiu de dor. Quando a tempestade passou, bati a areia do meu corpo e em seguida tentei limpar o rosto de Abbas para que ele não tivesse de erguer os braços, mas ele me mandou parar. A tensão entre nós era palpável. Eu não conseguia acreditar como tínhamos nos afastado. Queria desesperadamente encontrar algum ponto em comum com ele, mas meu irmão sabotava cada uma das minhas tentativas. Não conseguia superar o fato de eu trabalhar com o professor Sharon.

Os prisioneiros se sentaram alinhados no chão, cobertos de areia. Um soldado começou a chamar números.

— Um, dois, três, quatro... — ele contava, até chegar enfim ao número 2.023.

Quando um prisioneiro ouvia seu número, dava meia-volta e encarava a prisão. Identifiquei Baba no meio da multidão.

O soldado responsável alinhou os vinte e oito prisioneiros que seriam libertados. Enquanto Baba andava até a fila, os outros prisioneiros apertavam sua mão e o saudavam. Até os guardas próximos se despediram, desejando-lhe sorte. Abbas sentia cada um desses cumprimentos como uma chicotada. Dois soldados abaixavam cada prisioneiro para que passasse, um de cada vez, pelo portão onde esperávamos. Guardas armados vinham andando ao lado deles.

Os prisioneiros, vestidos de preto, eram de todas as idades. Alguns provavelmente não tinham mais que doze ou treze anos; uns poucos deviam ter passado dos setenta. Guardas cuidaram de endireitar cinco prisioneiros que não pareciam capazes de andar sozinhos. Baba acabou no fim da fila por conta de todos os cumprimentos — até os guardas do portão lhe deram um tapinha nas costas.

Incapaz de esperar, corri até ele. Faltavam-lhe dois dentes da frente, e seu rosto parecia um papel amassado. Abbas e eu beijamos sua mão direita. O tio Kamal estava nos esperando ali perto, no carro que usava como táxi. Tantos anos haviam se passado desde a prisão de Baba que os israelenses já não alvejavam nossos amigos nem nossa família.

Mama e Nadia haviam colado flores de plástico por todo o carro e enchido o interior de tâmaras e doces, pistaches e amêndoas, figos, damascos, laranjas, uvas e garrafas d'água. Baba se sentou ao lado do tio Kamal, mas ficava virando para mim e dizendo:

— Não consigo acreditar que você é um estudante universitário.

Abbas estava curvado para a frente com a mão nas costas, olhando pela janela. Nem Baba nem eu sabíamos o que dizer para confortá-lo.

* * *

Quando chegamos, o pátio da nova casa da minha família estava tomado por aldeões. Eu me sentia contente por Baba jamais saber das barracas infectas em que havíamos sido forçados a viver por tantos anos. Ele mal conseguiu sair do carro antes que Mama, Nadia e Fadi se pusessem a abraçá-lo e beijá-lo. Quase se entregando às lágrimas, falei:

— Quem dera Amal e Sara estivessem conosco.

Hani ficou um pouco atrás. Eu o apresentei a Baba, e Hani estendeu a mão. Baba a apertou com a sua. Era estranho, mas, com o tempo, eu esperava, eles se acostumariam um com o outro. Familiares e aldeões engolfaram Baba.

Abu Sayeed trouxe seu violino e Mama presenteou Baba com um alaúde de segunda mão. Em minutos, como se os catorze anos não tivessem se passado, Baba e Abu Sayeed estavam tocando juntos. Baba tocou e cantou suas músicas. Nós rimos e dançamos até as primeiras horas da manhã.

O domínio militar sobre o nosso vilarejo havia se encerrado em 1966, e nós já não estávamos submetidos ao toque de recolher. Agora, os militares controlavam a Cisjordânia e a Faixa de Gaza. As barracas do outro lado da fronteira no campo de refugiados da Cisjordânia estavam se convertendo gradualmente em casas com paredes de concreto e telhado metálico. Ouvíamos escavadeiras e tiros durante o dia. As noites eram silenciosas, pois as pessoas se fechavam nas casas depois do toque de recolher.

No dia seguinte, levei Baba para os fundos da casa a fim de que ele visse as catorze oliveiras que havíamos plantado em sua homenagem. Amal e Sa'adah, as duas oliveiras originais, eram agora árvores altas e densas. Eu as olhava e pensava em meu povo. Passara muitas horas observando os israelenses a colher das oliveiras confiscadas de nossas terras. Batiam violentamente nas árvores com bastões, para derrubar os frutos. Eu ficava maravilhado em ver como, apesar daqueles golpes, da terra árida e do calor forte, as árvores sobreviviam e traziam novos frutos ano após ano, século após século.

Eu sabia que sua força estava nas raízes, tão profundas que, mesmo quando as árvores eram cortadas, sobreviviam e se expandiam para criar gerações. Sempre acreditei que a força do meu povo, como a das oliveiras, estava em nossas raízes.

Embaixo da amendoeira, repeti a Baba meu desejo de me casar com Amani. Ele me deu sua bênção. Naquela noite, quando Mama, meus irmãos e eu nos sentamos ao ar livre para tomar chá, anunciei minha intenção.

— Finalmente! — minha mãe disparou.

Eu iria até a casa de Amani e pediria sua mão em casamento.

Capítulo 34

No ônibus a caminho da casa de Amani, planejei o que diria para seu pai e pensei em nossa vida a dois. Nós nos casaríamos no meu vilarejo. Nosso primeiro filho se chamaria Mahmud. Em minha imaginação, eu a beijava, tocava. Depois do doutorado, eu faria um pós-doutorado no exterior, quem sabe nos Estados Unidos. Talvez, depois disso, eu me tornaria professor numa universidade americana. Amani queria ir para os Estados Unidos.

Logo que bati à porta, me preocupei com meu hálito. Minha garganta estava tão seca. Como eu podia pedir a mão dela com mau hálito? Um homem abriu a porta.

— Boa noite. Meu nome é Ahmed Hamid.

O homem, que parecia beirar os cinquenta anos, tinha no rosto os mesmos traços que Amani, a mesma linha do maxilar. Esperei, mas o pai dela guardou silêncio. Por que não me convidava para entrar?

— Sou doutorando em física na Universidade Hebraica. Gostaria de falar com o senhor.

Sem emoção, ele sinalizou que eu entrasse. Depois olhou do lado de fora como se verificasse se alguém tinha me visto entrar. Do lado de dentro, continuei de pé porque seu pai não me convidou a me sentar nas almofadas do chão. O cheiro do meu hálito me enjoava.

— Conheci sua filha Amani na universidade. — Eu não conseguia acreditar que ele não me oferecia nem água. Apenas me olhava. O silêncio na sala era devastador. Cada minuto parecia um mês. — Sou do Triângulo.

Eu esquecera tudo o que queria dizer. Outro silêncio constrangedor baixou na sala. O pai dela devia saber o que eu queria. Por que outra razão eu estaria ali? Era um doutorando em física. Havia conquistado o respeito tanto de professores quanto de estudantes, tanto de judeus quanto de árabes.

Amani já tinha vinte e um anos. A maioria das garotas árabes do meu país não apenas estavam casadas nessa idade como tinham uma boa quantidade de filhos.

Pensei em como Mama havia pulado de alegria quando Ziad pedira a mão da minha irmã Nadia, oferecendo a ela nada mais do que um quarto na casa de seus pais. Nadia e Ziad tinham mais dois filhos, e Nadia estava grávida de novo. Já eram onze no quarto.

O pai de Amani, com as mãos na cintura, agia como se eu estivesse tomando seu tempo.

— Vim pedir a mão de sua filha Amani em casamento.

— Não. — Sua recusa foi imediata.

Senti como se tivesse levado um tapa na cara. Fiquei parado por um momento, chocado. Eu nunca havia considerado a possibilidade de que o pai dissesse não. Talvez ele soubesse que Baba acabava de ser solto da prisão. Os israelenses teriam contado? Tentei pensar em meu próximo passo.

— Por que não? — perguntei.

— Ela está casada com o filho do meu irmão.

Uma faca em meu peito teria sido mais suave.

— Onde ela está? — perguntei. — Quero falar com ela.

— Ela mora com o marido agora.

Enquanto saía, consegui dizer:

— Obrigado, obrigado por seu tempo.

Uma vez na rua, amaldiçoei minha cultura por tomar das mulheres o direito de escolher seus maridos. Eu pensava que Amani estava me **esperando vir fazer a proposta.** Como conseguiria contar a Baba que eu havia sido rejeitado? Ele já não sofrera o bastante? E quanto a mim? Como poderia continuar sem ela? Ela sabia que o primo se casaria com ela? Era o mesmo homem por quem ela fizera greve de fome para impedir o matrimônio? Por isso ela saíra comigo? Queria se fazer indesejável para ele? Queria dormir comigo para que, se fosse forçada a se casar, ele a devolvesse à família porque ela não era virgem?

Fui até a casa de Jameel. Ele sabia que eu tinha o plano de pedi-la em casamento: por que não mencionara aquele primo?

Abu Jameel, com seu bigode perfeitamente penteado e seu manto branco, atendeu a porta.

— Que honra. Entre, entre. Por favor, sinta-se em casa. Umm Jameel, traga chá, temos uma visita muito especial. Ahmed está aqui.

Umm Jameel entrou com copos de chá e biscoitos:

— Vou encher uma bandeja com minhas melhores sobremesas em homenagem à sua visita. — Ela sorria.

— Jameel contou que você está fazendo doutorado. Estou tão feliz que vocês dois possam continuar morando juntos — disse Abu Jameel.

Umm Jameel retornou com biscoitos de tâmara ainda quentes e uma bandeja de baclavá. Depois de uma hora de conversa sobre meu sucesso acadêmico, física, química e a universidade, Jameel falou:

— Que grande honra. Quero te mostrar uma coisa. — E me levou ao quarto.

Fiquei aliviado em poder falar com ele a sós, ainda que tivesse sido bom ver Abu Jameel, o diretor do colégio árabe em Acre, me tratando com tanto respeito depois da rejeição do pai de Amani.

— Você está sabendo da Amani, imagino? — Jameel disse assim que entramos no quarto.

— Você sabia?

— Foi ontem.

No dia anterior, enquanto eu celebrava com minha família a ideia de pedir a mão de Amani como se nosso casamento fosse uma coisa certa.

— Ele merece a mão dela? — perguntei.

— Ele não conseguiu nem terminar a Universidade de Haifa. Aposto que a Amani vai ter de sustentá-lo.

— E minha amizade com ela?
— Fofoca é como uma tempestade no deserto.
Eu olhava o chão, infeliz.
— Ela sabia que teria de se casar com ele?
— Eu acho que sabia.
Tive dificuldade de respirar. Ela só tinha me usado.

* * *

No ônibus de volta para casa, pensei em Amani e fiquei com raiva. De repente percebi que minha família me aguardava na expectativa de obter notícias da minha noiva.

Quando cheguei ao topo do morro, Mama e Nadia correram até mim ululando. Eu podia ver Baba parado atrás delas, sorrindo. Baixei a cabeça. Mama e Nadia me cercaram, ainda ululando. O que eu lhes diria?

— Finalmente, alguma coisa boa — disse Mama.

Mama e uma Nadia muito grávida, com seus dois filhos e sete enteados, entraram na casa atrás de mim, ainda exultantes. O cheiro de biscoito de amêndoas pairava no ar. Elas provavelmente haviam cozinhado o dia inteiro para comemorar meu noivado.

— Parabéns, filho. — Baba estendeu os braços para me abraçar, mas logo se deteve. — Deem-me um minuto a sós com Ahmed.

Andamos juntos até a amendoeira. Eu só olhava para o chão. Baba pôs a mão em meu ombro:

— O que foi, filho?
— Não vai ter casamento.
— Bom, não era para ser, então. — Baba me abraçou.

Eu o afastei:
— O que vou fazer?
— O sucesso na vida não tem a ver com a quantidade de fracassos que acreditamos ter, mas com o modo como reagimos a esses fracassos. Isso aconteceu por algum motivo. A sua garota ainda está por aí. Você só precisa encontrá-la. — Ele me deu um tapinha nas costas. O peso

dos meus sonhos desfeitos me oprimia. Baba teve de me manter erguido enquanto voltávamos. — Foque nos estudos e seja paciente. Quando você menos esperar, ela vai aparecer.

* * *

Ao longo dos três anos seguintes, o professor Sharon foi meu orientador. Minha tese sobre como construir do zero um material que não fosse silicone atraiu interesse internacional e eu recebi o Prêmio Israel de Física. O professor Smart, do MIT, ganhador do Nobel, entrou em contato com o professor Sharon para uma possível colaboração e o encorajou a tirar seu ano sabático no MIT. O professor Sharon disse que não iria sem mim.

— Não posso ir — falei. — Minha família precisa de mim.

Ele me olhou por cima da escrivaninha:

— Eu preciso de você.

— Eu não posso abandoná-los.

Ainda que eu estudasse em período integral, era capaz de sustentá-los com o dinheiro que ganhava como assistente do professor Sharon. Se eu fosse embora, o único sustento que eles teriam seria o salário miserável de Fadi no matadouro. O professor conhecia minhas circunstâncias.

— Já falei com o professor Smart. — Um sorriso despontou em seu rosto. — Você pode trabalhar como nosso pós-doutorando. Vamos lhe pagar dez mil dólares por ano. Você sabe que não conseguiria um dinheiro desses em nenhum lugar se ficasse aqui.

Eu sabia que ele tinha razão. Não havia cargos acadêmicos disponíveis, e em Israel todos os trabalhos adequados às minhas qualificações exigiam serviço militar.

— Me deixe pensar um pouco no assunto.

Eu voltaria para casa no fim de semana e conversaria com Baba. Depois de nossa separação de catorze anos, eu hesitava em ir para tão longe.

* * *

Quando voltei para casa naquele fim de semana, contei a Baba sobre a oferta de pós-doutorado. Ele me disse que eu tinha de ir e que não aceitaria um não como resposta.

* * *

Assim que terminei meu doutorado, me juntei a Justice e ao professor Sharon no avião para os Estados Unidos. Planejei viver tão frugalmente quanto pudesse, a fim de conseguir mandar para casa cada centavo extra que sobrasse. Observei os prédios do aeroporto correndo pela janela à medida que ganhávamos velocidade. O momento cresceu e, antes que eu me desse conta, já havíamos levantado voo.

— Obrigado, professor Sharon — falei.
— Pode me chamar de Menachem — ele disse, e sorriu.

PARTE 3
1974

Capítulo 35

Das janelas imensas da Baker House, eu via as margens do rio Charles. Menachem e eu passeávamos pelos prédios interconectados, entre colunas e domos do Instituto de Tecnologia de Massachusetts. A arquitetura nos permitia passar de um prédio a outro sem nunca pôr os pés do lado de fora — essa era uma característica que eu admirava especialmente, porque o frio de New England não se parecia com nada que eu já tivesse vivenciado.

— Tenho uma coisa para você no nosso escritório — disse Menachem.

Justice nos esperava. Puxando pelo laço dourado, ela tirou um presente debaixo da escrivaninha. Fazia dezesseis anos que eu não recebia um presente, desde meu aniversário de doze anos, quando Baba me dera a lente para o telescópio.

— Isto é por você concordar em tutorar a Nora — disse Justice. — Um presentinho meu e de Menachem.

Nora era a presidenta do grupo pacifista de Justice, Judeus pela Justiça. Era uma das mulheres judias que Justice levaria a Gaza em agosto. Justice pediu que eu ensinasse árabe para Nora. Embora eu nunca pudesse lhe recusar nada, tinha medo de que a tutoria invadisse meu tempo de pesquisa.

Desfiz o laço dourado com delicadeza, sem querer rasgar o embrulho branco com os sinais de paz desenhados também em dourado. Dentro havia um paletó de tweed com remendos de camurça nos cotovelos, uma blusa preta de lã com gola alta, uma calça preta de lã e um sobretudo preto de inverno também de lã. O paletó de tweed era parecido com os que Menachem usava sempre; ele também tinha a mesma camisa e o mesmo casaco.

— É demais — falei.

— Não é o suficiente. — Justice abriu os braços e me abraçou. — Experimente.

Fui tirar minha calça jeans no banheiro.

— Agora sim você parece um pós-doutorando do MIT — disse Menachem.

***

Íamos encontrar a amiga de Justice e minha futura pupila no restaurante Habibi's. Logo na frente, a bandeira americana tremulava na brisa fria de outono. Normalmente eu evitava andar ao ar livre porque sempre fazia frio, mas, com as minhas roupas novas, eu estava bem aquecido e a brisa no rosto até refrescava.

O clima começou a esfriar mais no início de novembro, e Menachem deve ter notado que eu tiritava com frequência. Embora eu tivesse dinheiro suficiente para comprar mais um casaco, não o fiz. Guardava tudo o que podia para a minha família. Ninguém queria contratar Baba, por causa de sua ficha criminal. Sua única fonte de renda era tocar em casamentos, mas a maior parte das vezes ele fazia isso como presente. Abbas não conseguia trabalhar, e Fadi ganhava muito pouco no matadouro.

No Habibi's, o mosaico de azulejos e a madeira escura brilhavam à luz de velas. Eu trajava minhas novas roupas, e a música de Fairouz emanava de alto-falantes escondidos, quando a garota mais adorável que eu já vira entrou no restaurante. Pessoas viraram a cabeça. A luz parecia irradiar dela. Cachinhos sinuosos e dourados cascateavam em suas costas. Sua pele era luminosa como a lua.

À medida que a garota andava em nossa direção, senti o sangue subir ao meu rosto. O espaço parecia se abrir como o mar Vermelho. Nós nos levantamos.

— Esta é a Nora — disse Justice.

Fixei os olhos na garota de cabelos dourados. Seu vestido lembrava as roupas bordadas tradicionais do meu povo.

Justice apresentou Menachem e em seguida disse:

— E este é Ahmed, seu novo professor de árabe.

Eu não podia acreditar que eles precisaram me convencer a dar aulas para ela.

— *Tacharrafna*. — Muito prazer, Nora disse com o sotaque árabe mais sedutor que eu já ouvira. — *Inta takun mualmi?* — Você vai ser meu professor?

Por ela, eu me faria disponível dia e noite. Seria seu escravo.

Nós nos sentamos e Justice ergueu sua taça.

— Vamos fazer um brinde. Aos novos amigos — ela disse, e nós erguemos as taças. — À vitória de Jimmy Carter. À paz no Oriente Médio — Justice acrescentou, e nós tilintamos as taças.

Nora podia ser modelo, mas, em vez disso, Justice nos contou, estava no primeiro ano de direito em Harvard.

— Dois dias por semana, Nora faz trabalho voluntário em Dorchester, ajudando mulheres violentadas a conseguir medidas cautelares. Nos fins de semana, ela trabalha num refeitório comunitário. No verão passado, deu aulas de inglês num campo de refugiados palestinos na Jordânia — Justice continuou.

Nora corava e baixava a cabeça.

— Não foi nada de mais.

— Eu li sobre esse campo. As condições lá eram atrozes — Justice comentou, balançando a cabeça de um lado para o outro e em seguida me olhando. — Nora tem uma vida das mais fascinantes. — Justice olhou para Nora, claramente esperando alguma palavra, mas Nora não disse nada. — Sempre foi uma ativista. Ela e os pais foram para a África do Sul protestar contra o apartheid. Ela é uma inspiração.

— Não cheguei nem perto de fazer o bastante — completou Nora.

— Sabia que Ahmed é um cientista brilhante? — Justice continuou.

Meus olhos encontraram os de Nora, que tinham a cor de um céu de primavera depois da chuva. Seu rosto enrubesceu e ela baixou os olhos. Talvez não fosse apenas bonita e inteligente; talvez fosse um pouco modesta, também. Sorri pensando que ela podia ter algo em comum com as mulheres do meu vilarejo, onde a modéstia era quase uma forma de arte.

Nora se inclinou na minha direção, e consegui sentir o cheiro de flores frescas.

— Esta semana vai ter no campus uma palestra sobre a poesia de Mahmoud Darwish — ela disse com suavidade. — Você talvez se interesse.

Antes mesmo que eu pudesse pensar no que fazer, me ouvi dizendo:

— Posso te ligar?

— Me dê uma caneta, eu anoto meu número.

— Pode me dizer. Sou bom com números.

A refeição terminou, mas eu tinha o telefone de Nora e ela me lançou outro sorriso maravilhoso antes de desaparecer na noite. Era linda, compassiva, doce. Era uma estudante de direito em Harvard. Podia ter tudo, viver onde bem quisesse depois de terminar os estudos; por que iria querer ir para Gaza?

Capítulo 36

Seus cabelos loiros faziam dela uma laranja numa cesta de maçãs. Nora estava sentada na primeira fila usando uma blusa vermelha ornada com pequenos espelhos. Ela acenou, me chamando até lá, sacudindo as pulseiras prateadas. Seu sorriso brilhava.

— Comecei há pouco tempo um curso sobre poetas árabes. Mahmoud Darwish é tão poderoso. — Ela tirou o caderno da poltrona do lado e indicou que eu me sentasse ali.

Eu não fazia ideia de quem era Mahmoud Darwish.

Elsamooudi, professora visitante da Universidade de Birzeit, subiu ao palco. Os estudantes aplaudiram.

De acordo com o folheto na minha poltrona, Mahmoud Darwish nasceu na Palestina, fugiu em 1948 e voltou ilegalmente um ano depois. Ele perdeu o dia em que os israelenses contaram os palestinos que haviam permanecido no que se tornara Israel, de modo que o consideraram um refugiado e lhe deram o status de "forasteiro presente-ausente". Depois de ser preso várias vezes por viajar sem permissão e repreendido por recitar sua poesia, finalmente partiu em 1970.

— Nem mesmo varrendo seu vilarejo da face da terra os israelenses conseguiram abater sua saudade da Palestina — disse a professora. — Agora vou ler um poema de Darwish intitulado "Carteira de identidade". Esse poema se tornou um grito de guerra do povo palestino. Os israelenses chegaram até a prender Darwish por isso.

Quando a professora terminou de ler, aplaudi com vontade. Não conseguia acreditar no quanto aquele poema me comovia. Mahmoud Darwish traduziu meus sentimentos em palavras. Eu não sabia que aquilo era possível. Olhei para Nora, todo gratidão.

— É tão potente. — Ela secou os olhos com um lenço. — Me sinto constrangida por chorar, mas as palavras são tão fortes.

Eu não fazia ideia de que as palavras podiam ter tanto poder e tanta beleza. Queria que meu irmão Abbas pudesse ler aquilo. Talvez ele conseguisse canalizar sua raiva para a poesia, em vez de citar George Habash. Mas eu não ousaria tentar lhe enviar uma cópia desse poema, certamente era ilegal em Israel.

— "Identidade" e "carteira de identidade" eram palavras muito fortes nos anos 1960 no mundo árabe — explicou a professora Elsamooudi. — E isso era particularmente verdade para os palestinos, que batalhavam a fim de preservar sua identidade nacional. Os israelenses usam ainda hoje o sistema de carteiras de identidade.

— *Ahmed* — ouvi meu nome num sussurro alto.

Ao me virar, vi Justice. Menachem estava sentado ao lado dela. Acenei para eles, e eles acenaram de volta.

Depois da palestra, Menachem, Justice, Nora e eu fomos a um café chamado Casablanca. Justice e Nora falaram da opressão de Israel e da resistência palestina, e sobre o que podiam fazer para fomentar a paz. Menachem e eu discutimos maneiras de controlar e manipular melhor os átomos para cumprir nossos propósitos. Parecia haver um mundo de distância entre a vida de cada um de nós, e, no entanto, Justice e Menachem pareciam felizes juntos. Talvez nunca conversassem.

Justice e Menachem foram embora depois da primeira xícara de chá, mas Nora e eu ficamos até o café fechar. Eu despejava mais e mais água, e, ao fim da noite, meu chá já não tinha gosto de nada.

Nora me contou mais sobre sua vida incrível; como ela e os pais viveram por um mês numa barraca com mouros nômades no deserto do Saara, quando ela tinha doze anos. A cada vez que se mudavam, as mulheres desmontavam as barracas, feitas de galhos, folhas de palmeira e pedaços pesados de algodão, e carregavam o camelo em menos de uma hora.

— Você gostou de morar numa barraca? — perguntei.

— Era muito legal — ela respondeu. — Que aventura.

Eu não quis contar sobre as moscas e os mosquitos que perturbavam nosso sono nos meses de chuvas torrenciais e calor escaldante. Nora era sincera, mas nunca conhecera o sofrimento: sua visão era de turista, visitante da agonia dos outros, que logo subia num avião ou num jipe para a próxima escapada. Eu sentia que ela tinha tanto a aprender; não apenas sobre a língua árabe, mas sobre a vida. Queria poder ensiná-la.

Nora disse que eu precisava rir mais e comer pizza. Combinamos de nos encontrar no domingo seguinte.

Naquela noite sonhei que estava num ônibus sendo conduzido pelo deserto em direção à margem da terra, quando Nora chegava trajando um vestido branco e esvoaçante em cima de um camelo e me levava dali a um oásis próximo.

A caminho do escritório no dia seguinte, notei as folhas coloridas caindo, os pássaros gorjeando melodias alegres, estudantes rindo e conversando nos corredores, felizes de estarem vivos. Como eu não tinha notado antes toda aquela beleza?

* * *

No domingo nos encontramos para a aula acompanhada de chá, e de novo no fim de semana seguinte. Os dias entre cada encontro eram de agonia. Começamos a nos ver mais e mais; Nora me levou a mais algumas palestras. Atravessamos Cambridge em sucessivas caminhadas.

Esperei por Nora no abrigo onde ela era voluntária. Sentei-me num banco ao lado da velha casa, convertida em residência de mulheres e crianças que escapavam de homens abusadores. Ela não falava muito do lugar, só dizia que se preocupava com as crianças afetadas pela violência, que acabavam caindo nas fissuras de um sistema que mal sabia lidar com as mães.

Atrás de mim havia um pequeno jardim com brinquedos e balanços. Quatro crianças corriam ali de um lado para o outro. Enquanto esperava que ela saísse pela porta da frente, ouvi uma briga irrompendo no parquinho: dois meninos gritavam um com o outro. Um deu um soco no peito do outro, que começou a chorar. Dei meia-volta e então ouvi a voz dela.

— Calma, você está seguro aqui.

Quando vi, Nora estava de joelhos, segurando com um dos braços o menino que fora atingido e agora chorava em seu ombro, e com o outro o menino que agredira. Eu me perguntava por que ela não punia o agressor.

— Eu sei que é assustador estar aqui — ela lhe disse, em tom suave.

— Não estou assustado, eu odeio ele. — O menino que tinha batido tentou se afastar de Nora, mas ela o conteve com delicadeza.

— Eu também odeio você. Você é um inútil — o menino choroso recuperou sua valentia.

— Sabe, é normal ter medo. Várias vezes eu tenho medo.

O agressor parecia incrédulo:

— Por que você teria medo?

— Às vezes eu sinto falta da minha casa, do meu pai. Às vezes eu não sei o que vai acontecer. Eu me preocupo com muita coisa. — Os dois olhavam para ela. — É normal sentir falta do pai. Sentir falta dos amigos.

O agressor pareceu subitamente melancólico.

— Não quero ficar aqui. Quero ir pra casa.

Nora se agachou e se sentou de pernas cruzadas no chão. Cada um dos meninos se sentou em uma de suas pernas, os três aconchegados num montículo de humanidade.

— Eu entendo. Às vezes a gente precisa fazer coisas que são difíceis. Mas, quando vocês sentirem raiva, quero que falem sobre isso. Contem a alguém. Vocês não vão ser punidos. Não é ruim se sentir assim, desde que vocês não batam em ninguém. Certo?

Eles assentiram.

— E, se permanecerem unidos, vai ser muito mais fácil. Assim vocês não vão mais estar sozinhos. — Ela colocou a mão entre eles. — Vamos fazer as pazes com os dedinhos?

Os dois riram e ofereceram seus mindinhos. Alguns segundos depois, eles já estavam na areia brincando com grandes caminhões amarelos. Eu me virei antes que Nora me visse bisbilhotando ali. Ela seria uma mãe incrível algum dia.

Eu estava apaixonado e sabia disso. Mas também sabia que nossa relação era impossível. Como eu poderia ficar com uma garota judia? Ainda assim, não conseguia ficar longe dela.

Sempre que Harvard tinha algum evento relacionado ao Oriente Médio, nós comparecíamos — um jantar no Habibi's; um filme sobre três refugiados palestinos que tentavam fugir para o Kuwait escondidos na boleia de um caminhão; uma palestra sobre o rei Hussein da Jordânia na Escola de Governo John F. Kennedy; uma conversa sobre violações de direitos humanos em Gaza e na Cisjordânia; a performance de um grupo de *dabke* do Campo de Refugiados de Deisha; uma noite de música árabe. Quase sempre Justice e Menachem se juntavam a nós e, ao menos uma vez por semana, Nora e eu comíamos na casa deles. Nora levou pizza ao meu escritório. Depois me convidou para o churrasco de um amigo, ao teatro para ver *Loucuras de verão*, a um show de Bob Dylan no Boston Garden. Quando eu disse a Nora que não tinha dinheiro sobrando para tudo aquilo, que precisava sustentar minha família, ela ficou tão comovida que seus olhos se encheram de lágrimas. Eu pensava que minhas palavras talvez a distanciassem, mas tiveram o efeito oposto. Ela insistiu que sempre recebia os ingressos de graça. Eu gostei de tudo. Começava a entender que havia mais conhecimento no mundo além da ciência.

* * *

Quatro meses depois de nos conhecermos, estávamos tomando chá no Café Algiers, um dos nossos lugares favoritos. Nora estava sentada do outro lado da mesa, à minha frente, segurando minha mão.

— Eu quero ser mais que uma amiga. Vamos para o meu quarto.

Ela sorriu e ergueu as sobrancelhas.

Até aquele momento eu só tinha segurado a mão de Nora, nada mais. Acho que eu sabia que esse dia chegaria — talvez parte de mim esperasse sua chegada —, mas nunca cedera àquele desejo. Eu sabia o que era esperado de mim. Eu devia me casar com uma garota do meu vilarejo, ter filhos: voltar para a minha família. Nunca me casaria com Nora, e eu a respeitava demais para seguir aquele caminho. Só que eu não conseguia me obrigar a lhe dizer a verdade.

Eu me levantei rápido, derramando o chá.

— Não — falei. — Impossível. Tenho de trabalhar.

Os olhos dela ficaram molhados.

* * *

Eu tentava não pensar em Nora a não ser como aluna, amiga, mas toda noite sonhava com ela. Em meu coração, travava-se uma batalha. Como eu poderia aceitar um casamento arranjado? Como podia estar com outra pessoa? Nora era inteligente e adorável. Ela havia aprendido árabe. Quanto mais a conhecia, mais percebia que eu queria um casamento baseado no amor. Queria uma esposa de que pudesse me orgulhar. Uma esposa realizada. Mas eu sabia no fundo do coração que não podia ser Nora. Como eu seria capaz de decepcionar meus pais?

Toda vez que Nora me convidava para o quarto dela, eu encontrava uma desculpa para não ir. Tenho muito trabalho a fazer. Acho que estou ficando gripado. Estou com dor de cabeça. Essa última frase fez Nora rir:

— Você não sabe que essa frase é da mulher?

Uma noite eu estava jantando com ela no Casablanca. Sentada ao lado da lareira na sala semiescura, a luz das velas tremulando em seu rosto, ela de repente parou de comer, deixou o pita na mesa e sentou-se de forma ereta. Passei meu pita no homus e estava prestes a dar uma mordida quando ela disse:

— Eu quero ficar com você, Ahmed.

Minha mão ficou suspensa no ar. Como eu podia dizer que não queria estar com ela porque ela era judia? Trabalhar com um judeu era uma coisa, me casar com uma judia e ter filhos com ela era outra. Em Israel, meus filhos seriam considerados judeus e teriam de servir no exército israelense. O homus do pita na minha mão começou a escorrer. Coloquei o pão na boca e mastiguei, tentando ganhar tempo. Depois que engoli, pigarreei.

— Eu prometi à minha mãe que me casaria com alguém do meu vilarejo.

— A gente não pode continuar assim. — Dói demais. Você não pode dizer à sua mãe que conheceu alguém?

— Ela não vai entender.

— Por que não?

— Ela não quer que eu me case com uma garota ocidental.

— Eu amo você. — Ela esperou por uma resposta. Lágrimas se acumularam no canto de seus olhos. — Você acha que eu sou só uma garota boba, que eu não entendo. Mas eu entendo. Eu escolho acreditar no amor.

Ela se levantou e saiu pela porta.

Meu coração doeu ao vê-la partir.

* * *

Nora deixou de ir às minhas aulas. Eu me sobressaltava toda vez que o telefone do escritório tocava, mas nunca era ela. Quando Justice perguntou sobre ela, eu disse que ela não era a mulher certa para mim. Eu batalhava contra o relógio. Quando conseguia me manter ocupado, estava tudo sob controle. Eu não precisava dela.

Menachem recebeu um prêmio de vinte mil dólares do Instituto de Avanço em Nanotecnologia, e nós fomos ao Habibi's comemorar. Estávamos discutindo o que faríamos com o dinheiro quando vi Nora com Justice e outros ativistas do grupo pacifista em outra mesa.

— Estou me sentindo mal — falei.

Menachem olhou para Justice e Nora.

— Foi ideia da Justice — ele disse. — Ela acha que vocês dois foram feitos um para o outro.

— Não é factível.

Peguei o casaco que Justice me dera e fui andando em plena tempestade de neve até o Harvard Yard para encontrar o banco onde Nora e eu sempre nos sentávamos. A neve acumulada já estava alta. O clima era de congelar, mas eu ainda não tinha vestido meu casaco. Fiquei sentado no banco deixando o ar gélido me punir.

Quanto mais distância eu criava entre nós, mais eu a queria. Precisava recuperar o controle. Quando estava sentado ali na tempestade, Nora apareceu. Eu me levantei. Antes que eu soubesse o que fazer, ela me abraçou, chorando, e me apertou forte.

— Não consigo ficar longe de você por mais tempo. — Ela soluçava.

— Não chore.

— Me desculpe. Eu não sabia o que fazer. — Seus cabelos tinham um cheiro de maçã verde e canela. — Eu te amo.

— Por favor, Nora, não faça isso.

— Eu não sou forte como você.

— Eu sou fraco. Você não percebe isso?

— Você não sente nenhum desejo por mim?

Meus braços continuavam pendendo ao lado do corpo.

— É claro que sinto.

— Então por quê?

— Por obrigação. Minha família.

— Por favor, não me diga que eu não sou boa o bastante. — As lágrimas corriam por seu rosto. — Mostre a eles que você pode amar uma garota judia. Lidere pelo exemplo.

Nora me beijou nos lábios e eu retribuí o beijo. Só por um instante, me permiti aquilo — os lábios doces de Nora, macios e convidativos como eu sabia que seriam — e então a afastei e a acompanhei até o carro dela. Enquanto ela ia embora, comecei a pensar que talvez eu pudesse me casar com ela. Eu pediria a bênção de Baba.

Com o dinheiro que eu havia ganhado, um telefone fora instalado na casa dos meus pais. Fui ao meu escritório e liguei para ele.

— Baba — falei, sem me incomodar com as banalidades habituais. — Por favor, me escute. Conheci a garota com quem quero me casar. Ela é tão bonita, inteligente, bondosa. Fala árabe e quer se tornar advogada de direitos humanos. Só tem um problema. — Respirei fundo. — Ela é judia.

Fez-se um silêncio.

Finalmente, ele disse:

— Os judeus não são nossos inimigos — ele falou pausadamente, escolhendo as palavras. — Antes da ideia de criação do Estado judaico, judeus e árabes viviam em paz juntos. Essa garota faz você feliz? Ela te ama? Você a ama? Vocês têm os mesmos valores e uma visão comum do futuro?

— Sim, sim para todas as perguntas — falei com entusiasmo.

— Então você tem a minha bênção. — Você já sofreu muito. Agora é um homem crescido. Não seria certo que eu lhe dissesse para não se casar. É uma decisão sua.

Mama pegou o telefone:

— Em nome de Deus, você está tentando arrancar meu coração com as próprias mãos?

— Ele se aliou ao inimigo! — Abbas gritou ao fundo.

Ouvi alguma batalha e pareceu que o fone tinha caído no chão.

— Ligue de volta mais tarde — pediu Baba.

Ao fundo, ouvi Abbas gritando:

— Ele perdeu a cabeça!

Ouvi um clique e a linha caiu.

* * *

Esperei em frente à biblioteca até que Nora saísse. Quando ela me viu, foi como se uma nuvem densa houvesse se partido e um raio de sol reluzisse em seu rosto — mas era de noite. Andamos juntos pelo Harvard Yard. As estrelas brilhavam. Flocos de neve vagavam pelo céu e iam pousar no gorro azul dela. Era uma noite perfeita. Andei com ela até seu quarto.

— Posso subir? — perguntei.

Ela arregalou os olhos:

— Claro!

Eu a segui pelas escadas que levavam ao quarto. Ela destrancou a porta e, quando entramos, eu me surpreendi: as paredes de Nora estavam cobertas de fotos de suas viagens.

Havia uma de Nora aos oito ou nove anos, ajoelhada ao lado de algumas meninas de cabelo liso e escuro, carregando traves em cima dos ombros com baldes pendurados dos dois lados.

— Olhe só você! — Eu me maravilhava com a jovem Nora.

— Isso foi no Laos. O córrego não era limpo, mas era tudo o que o vilarejo tinha. Três meses por ano, o córrego secava. As crianças andavam oito quilômetros todo dia para ir buscar água e carregá-la de volta pelas montanhas e pela ponte frágil. Meus pais instalaram uma bomba-d'água no meio da vila e pagaram para que fosse construída uma nova ponte.

Havia uma foto de Nora ajoelhada numa pequena plantação de repolho ao lado de três meninas negras muito magras.

— Isso é em Ruanda. Você sabia que catorze por cento do mundo vai dormir com fome toda noite? Meus pais pertenciam a uma organização que ia a várias áreas pobres e dava conselhos sobre como plantar legumes e verduras.

Por que ninguém viera ao meu vilarejo? Por que, agora que estávamos a sós no quarto de Nora, ela não tentava me beijar?

— Você sabia que, enquanto quase cem por cento das crianças nos Estados Unidos e na Europa vão à escola, em países pobres apenas quarenta e cinco por cento das meninas e cinquenta e cinco por cento dos meninos cursam o ensino médio? Neste mundo, 550 milhões de mulheres e 320 milhões de homens não sabem ler nem escrever.

Pensei em Mama, que nunca tivera a oportunidade de ir à escola. E em Amal e Sara, que morreram. E pensei em Nadia, Abbas e Fadi, que haviam largado os estudos. Só Hani continuou. Ele se formaria no ensino médio no fim daquele ano.

Eu me virei para Nora, pressionei meus dedos em seus lábios e a olhei nos olhos:

— Você me daria a honra de se tornar minha esposa?

— Ahmed! — Ela parecia deslumbrada. — Sim.
Eu me inclinei e, pela segunda vez, nós nos beijamos. Eu queria beijar Nora para sempre.
— Venha ao meu escritório. Eu preciso ligar para os meus pais.
— Ligue daqui.
— É caro demais.
— Ligue daqui. Sua família precisa de todo o dinheiro que você conseguir ganhar. Nós podemos viver da minha bolsa. Por favor, não discuta comigo. Eu não vou aceitar de outro jeito. Eu não conseguiria viver comigo mesma se tirasse deles algum dinheiro.
Ela me passou o telefone e eu disquei o número.
— Ela aceitou — contei ao Baba. — Nós vamos nos casar.
— Que Deus dê a vocês muitos anos juntos. Posso falar com a sua noiva?
Passei o telefone para Nora.
— Eu vou cuidar bem do seu filho — ela disse em árabe, o sorriso amplo como o mar.
Depois me passou de volta o telefone.
Nós nos sentamos juntos na cama.
— Quero me casar o mais rápido possível.
— Eu também.
Ela se inclinou para me beijar.
— Espere. — Eu me recolhi. — A gente devia esperar até estar casado.
Eu queria fazer isso por Baba.
Nora riu.
— Você está falando sério?
— Estou.
Ela se levantou e pôs a mão na cintura:
— Então vamos nos casar agora mesmo.
— E os seus pais?
Eu sabia que ela tinha dito que os pais eram liberais, mas eles também eram judeus.
— Minha vida inteira, eles martelaram na minha cabeça que as pessoas são iguais, que as diferenças acrescentam às relações pessoais.

Vou deixar que você veja por si próprio. Você vai conhecê-los. Você vai adorá-los.

— Eu quero me casar com você neste verão no meu vilarejo.

— Eu não vou esperar tanto tempo.

— Minha família tem de estar lá.

— A gente faz a cerimônia lá — disse Nora. — E assina o contrato civil aqui. Vai ser mais fácil assim. Israel nem permite casamentos inter-religiosos. Seus pais não precisam saber. Se você quiser, eu posso assinar um contrato muçulmano aqui. Você vai poder pedir a sua cidadania antes. Eu arranjo tudo.

Concordei; afinal, eu era um virgem de 28 anos. Nós não fizemos amor naquela noite, mas eu beijei Nora mais uma vez antes de deixar seu quarto. Estávamos noivos.

Capítulo 37

— Flores laranja representam o amor duradouro — disse Nora ao abrir a porta com flores no cabelo. Em seguida me deu uma caixa. — Roupas novas para sua vida nova.

No banheiro masculino da corte judicial, eu me troquei e vesti camisa branca e calças brancas de algodão.

— Ahmed — disse o juiz de paz. — Por favor, comece.

Olhei o papel na minha mão:

— Você me ensinou que o amor é uma emoção que não podemos controlar. — Olhei para Nora por um instante, e ela sorriu. — Eu nunca quis me apaixonar por você, mas não tive escolha. Deus fez você especialmente para mim. — Ela pegou minha mão e segurou. — Você trouxe luz à minha escuridão. Eu já não consigo imaginar uma vida sem você. Você é meu sol. — O papel caiu no chão quando peguei as mãos dela e olhei no fundo de seus olhos. — Nossos melhores dias estão por vir. Eu não vejo a hora de criar uma família e envelhecer com você. Eu lhe prometo meu amor eterno.

O juiz olhou para ela:

— Nora.

Ela tirou seu papel das dobras de seda do vestido branco, que fazia os cabelos dourados parecerem a luz da lua.

— Que nosso casamento seja o primeiro passo do entrelaçamento de duas pessoas. — Nora parou de olhar para o papel e transmitiu seu desejo com o olhar firme em mim. — Nosso amor confirmou o que eu já sabia. O amor transcende as barreiras estabelecidas pelos humanos. Você é o único para mim. — Olhou de relance o papel. — Acredito que um grande casamento não depende apenas de encontrar a pessoa certa, mas também de ser a pessoa certa para o outro. Espero que, no fim dos seus dias, você olhe para trás com a certeza de que este foi o dia em que menos me amou. — Ela deixou o papel na mesa do juiz de paz e tomou as minhas mãos. — Que o amor liberte você. Eu te prometo meu amor eterno.

O juiz entregou a Nora a jarra de dois bicos cheia d'água, e ela a trouxe até nós e deu um gole.

— Esta água simboliza a santidade da união de vocês. — Ele leu as frases que Nora escrevera e me passou a jarra. Tomei um gole do outro bico. — A água é um elemento básico sem o qual não há vida. — O juiz de paz deixou a jarra na mesa e me olhou. — Ahmed Hamid, você aceita Nora Gold como sua legítima esposa?

Peguei as mãos dela:

— Aceito.

As lágrimas resplandeceram nos olhos de Nora.

— Promete amá-la, respeitá-la e honrá-la todos os dias de suas vidas?

— Prometo.

— Promete amá-la e respeitá-la na saúde e na doença, na riqueza e na pobreza, na alegria e na tristeza, e ser fiel a ela todos os dias de suas vidas?

— Prometo. — Eu sorri para Nora, ela apertou minha mão e nós rimos um pouco.

— A aliança, que não tem começo nem fim, simboliza o amor eterno. — Ele passou a cada um de nós uma aliança, ditando em seguida as palavras finais da cerimônia. — Repitam depois de mim: com esta aliança, eu me caso com você.

Com as alianças simples em nossos dedos, o juiz de paz nos declarou marido e mulher.

Mais tarde, no quarto dela, Nora andou até a cama e estendeu a mão. Fui até ela como se ela tivesse me hipnotizado. Nossos lábios se encontraram. Ela tirou meu paletó novo e o dobrou por cima da cadeira de vime ao lado da cama. Minha camisa ficou no chão, no exato lugar onde caiu.

Eu temia não saber o que fazer, mas, quando ela se inclinou na minha direção, senti um calor e comecei a relaxar. Nós nos beijamos. Com a língua, ela atiçou meus lábios para que se afastassem. Nora me guiou pelo que parecia um prazer impossível. Uma adrenalina pura corria pelas minhas veias.

Minhas mãos vagaram pela cintura dela, acariciando a parte mais baixa de suas costas. Ela deu um passo atrás e abriu o zíper do vestido. Olhei por um momento para as unhas de seus pés pintadas de rosa enquanto ela saía da massa em que seu vestido se tornara. Até seus pés eram magníficos, pensei. Eu estava maravilhado com a beleza que havia diante dos meus olhos, as linhas e a textura de sua pele sedosa, coberta agora apenas por uma lingerie rendada e brilhante que contornava com perfeição as curvas de seus seios. A simples existência de uma peça de roupa como aquela era outra maravilha. E depois também aquilo foi parar no chão.

Nora se reclinou na cama como um nu de mármore dos livros de arte de Baba. Eu me aproximei, hesitante. Os dois caberíamos ali? Eu não a esmagaria?

Ela abriu um sorriso malicioso e buscou o zíper da minha calça. Ela puxou, mas o zíper não cedeu.

— Me ajude aqui — ela sussurrou.

Um fio ficara preso, mas eu consegui abrir.

— Tire tudo, meu marido.

Senti o sangue subindo ao meu rosto. Como podia ficar nu com ela me olhando?

Como se pudesse ler a minha mente, Nora deslizou para dentro das cobertas e as ergueu para que eu entrasse. Tirei rápido a calça e a cueca e saltei ao lado dela tão forte que o colchão balançou. Nós rimos, e aquilo me animou.

Ela passou as mãos pelo meu peito:

— Que homem bonito é meu marido.

O árabe dela soava como música.

Respirei fundo.

— Não chego nem perto da sua beleza, minha esposa.

Olhei os olhos brilhantes de Nora. Ela passou os dedos claros pelo meu cabelo escuro. Eu faria amor com ela. Antes dela, não havia existido nenhuma mulher em todo o universo. De forma quase irônica, aquela garota judia lembrava a minha casa. Segurando Nora nos braços, eu me deixava tomar por sentimentos de completude, segurança e amor. Nunca nos meus sonhos mais ousados pensei que uma mulher judia poderia provocar em mim esses sentimentos.

Quando terminamos, ficamos ali deitados, ofegantes, tentando recuperar o fôlego, com os lençóis no chão e minha modéstia dissipada. Comecei a rir e não conseguimos parar.

Capítulo 38

Conseguimos um apartamento em Somerville e eu carreguei Nora porta adentro, o que quase me matou — havíamos alugado um apartamento no terceiro andar de um prédio que não tinha elevador. Nora insistiu em pagar o aluguel com sua bolsa. Eu sabia que não era digno de um homem deixar que a mulher pagasse, mas minha família significava tanto para mim que eu preferi engolir o orgulho.

O cômodo principal tinha só uns oito metros quadrados, mas era nosso. À esquerda ficava nossa pequena cozinha integrada, com utensílios cor de abacate e janelas de ambos os lados. O carpete surrado em tom laranja seguia para dentro do banheiro e ia parar numa cortina de chuveiro com estampa de flores laranja e verdes.

— Eu adoro este apartamento! — Nora estava genuinamente empolgada. — Nosso próprio apartamento.

Eu sentia que minha vida estava finalmente começando.

Com o dinheiro da bolsa de Nora, compramos um colchão, uma colcha cor de abacate com grandes flores laranja, duas mesinhas, duas cadeiras dobráveis, uma mesa de cozinha de fórmica laranja, um sofazinho preto de vinil, uma cortina de contas que Nora quis pendurar na passagem para o nosso quartinho, um abajur laranja e um pôster laranja com o símbolo da paz no meio e a inscrição: "Faça amor, não faça guerra." Colocamos o sofá contra a parede perto da cozinha e o colchão no canto que fazíamos de quarto. As duas mesinhas e as cadeiras dobráveis foram para o meio da sala, e a mesa de fórmica foi para a cozinha a fim de servir ao preparo da comida.

Assim como em seu quarto no alojamento, Nora cobriu as paredes com fotos — da mesma maneira como Baba fazia com seus retratos. Misturados entre as imagens, Nora também pendurou suvenires de suas viagens: um retábulo peruano, que era uma caixa de madeira pintada emoldurando uma cena da Páscoa cristã feita em papel machê; uma trombeta feita de chifre de cudo, tradicional entre os massai; um cinto de contas zulu; e um arco e flecha dos bosquímanos do Kalahari.

Na janela do quarto, coloquei a jarra de dois bicos. Ao lado, pus uma colher de prata com nossos nomes gravados, presente de Menachem e Justice.

— Para que vocês nunca passem fome — Justice disse.

Na parede acima do sofá, pendurei os dois retratos que Baba me deu como presente de despedida. O primeiro era de todos nós juntos antes que Amal e Sara fossem mortas. Ele desenhara ambas com a aparência que tinham na última vez em que ele as viu. Ao lado do retrato, pendurei o desenho que ele fizera na semana antes da minha partida, dos integrantes remanescentes da minha família. Mas ver um ao lado do outro me entristecia, e por isso resolvi passar o retrato mais recente para o quarto.

Essa foi a primeira casa que eu pude chamar de minha, e eu a adorava — o gosto eclético de Nora, as fotos dela, minha bela noiva, o artesanato e o abajur brilhante.

* * *

— Estamos chegando — anunciou Nora, balançando um pouco e apertando a minha mão.

O táxi percorria quarteirões e quarteirões de ruas arborizadas com casas do tamanho de castelos. Viam-se Ferraris, Lamborghinis e Rolls Royces estacionados na entrada das garagens. Finalmente, o motorista virou numa delas. O portão de ferro se abriu e nós seguimos pela sinuosa entrada da casa da família de Nora.

— Eu não sabia que você era tão rica.

— Isso não é importante para mim — Nora se desculpou. — Meu pai herdou a maior parte. Eles usam a casa para receber eventos beneficentes. — O assunto claramente a deixava desconfortável. — Aqui eles angariam recursos para um monte de coisas, você não iria acreditar.

O abismo entre nossas origens se ampliava. Eu estava ainda mais nervoso do que antes.

Nora tocou a campainha da porta gigantesca.

Um homem apareceu:

— Sua mãe está na *loggia* — ele disse com sotaque espanhol.

Nora parecia compelida a dar alguma explicação para cada revelação de sua imensa riqueza:

— Meus pais gostam de empregar a maior quantidade possível de pessoas. — E apontou para uma mulher africana trajando uma túnica brilhante em tons vermelho, amarelo e laranja, que preparava um arranjo de flores. — Todos eles são chefes de família.

Nora e eu nos vimos num saguão de mais de dez metros de pé-direito, com uma escadaria retorcida. Ela me conduziu pelo largo corredor. Antes de chegarmos à *loggia*, o que quer que fosse aquilo, passamos por uma sala com uma lareira grande demais, uma sala de jantar, uma biblioteca de estantes em tom cereja com uma lareira de mármore, e pelas salas que Nora chamou de "pré-escola".

Minhas palmas suavam.

— Todos os trabalhadores trazem com eles os filhos pré-escolares — Nora explicou.

Os pais dela haviam contratado três professores. Organizavam as crianças em três níveis: recém-nascidos, bebês e pré-escolares. Davam a eles três refeições por dia, roupas e camas.

Do lado de fora, havia uma piscina cercada por jardins.

— Mãe! — Nora gritou.

Uma mulher, obviamente sua mãe, estava sentada num pátio de terracota debaixo de um guarda-sol amarelo. Estava cercada de papéis por toda parte e deixou a caneta de lado antes de se levantar:

— Que surpresa! Está tudo bem?
— Bem é pouco. — Nora sorriu. — Este é Ahmed.
— Seu professor de árabe?
— O próprio.
A mãe de Nora estendeu a mão.
— Que bom conhecer você. — Ela usava blusa e saia rústicas e bem coloridas, semelhantes às que Nora trouxera de Gana. Em volta do pescoço, um pingente com o símbolo da paz. — Nora não se cansa de falar coisas boas de você.
— Cadê o papai? — Nora perguntou, saltitando na ponta dos pés.
— Deve chegar a qualquer momento.
— Vou esperar por ele, então.
Ela segurou minha mão, e sua mãe virou a cabeça sutilmente, com estranhamento.
— Para quê? — ela perguntou.
— Nós nos casamos — Nora soltou. — Estou tão feliz. Você não está felicíssima por mim?
A mãe de Nora fixou os olhos em nós por um segundo antes de cair de volta na cadeira:
— Vocês o quê?
Ela parecia ter sofrido um derrame. Eu tinha dito a Nora que nós devíamos contar para os pais dela, mas ela me convencera de que eles se alegrariam por nós. Queria surpreendê-los.
Nora andou até ela e abraçou a mãe, mas a mãe não a abraçou de volta.
O pai apareceu, e Nora correu e jogou os braços em volta dele.
— Estou casada!
O pai me olhou. Talvez tenha pensado que eu era um servente, carregando as malas de Nora até a piscina.
— Com quem? — ele perguntou.
— Com Ahmed, é claro. — Nora deu um pulinho no ar. — Nós queríamos surpreender vocês.
Os pais de Nora olharam um para o outro. A mãe parecia estar passando mal.

— Quê? — O pai estava quase gritando.

— Nós nos amamos. — O rosto de Nora parecia desbotar. — Vocês não estão felizes por nós?

Os pais se olharam de novo.

— Podem nos dar licença por um minuto? — O pai pegou a mão da mãe e a levou para dentro da casa.

— Não sei o que aconteceu com eles. — Nora roía as unhas e andava de um lado para o outro. Tentou esconder o rosto de mim, mas eu vi as lágrimas. — Eles não são assim.

Olhei para a piscina. Como eu queria que ela os tivesse preparado, como eu fizera com os meus. Nora parecia tão vivida, mas em muitos aspectos ainda era uma menina ingênua. Não conseguia entender a profundidade do ódio — nem as superficialidades sob as quais ele se esconde. Abracei os ombros dela.

*   *   *

Todos nos sentamos na sala. O pai de Nora depositou o copo de uísque num porta-copos na mesa de centro de mármore.

— Vocês tinham de se casar?

— Sim, nós tínhamos — disse Nora.

Ela perdeu toda a animação que transparecia quando chegamos.

— Para quando é? — a mãe perguntou. — Você sabe que tem alternativas.

Protetor, o pai passou o braço em volta da mulher.

— Eu não estou grávida — disse Nora.

— Então por que se precipitou nisso? — Seu pai estava sentado na beira do sofá. — Você nem terminou a faculdade.

— Nós queremos estar juntos. Estamos apaixonados. — A franqueza de Nora me chocava.

— Vocês podiam ter resolvido morar juntos — disse a mãe. — Por que se casaram?

Meu rosto esquentou de repente.

— Isso não faz parte dos meus costumes — expliquei. — Tenho grande respeito pela filha de vocês.

— Vocês podem conseguir uma anulação. — O pai de Nora tomou um gole do uísque. — Ninguém precisa saber.

— Nunca! — Nora se levantou. — Vamos embora, Ahmed. — Ela pegou a minha mão, e nós estávamos indo em direção à porta quando ela parou e deu meia-volta. — Vocês são hipócritas. Fraudes. E pensar que eu realmente acreditava no engajamento de vocês. Vocês não gostam dele porque ele é palestino. Admitam.

O pai de Nora ergueu as palmas em rendição.

— Você tem razão. É um pouco demais.

— Não me procurem até que não estejam dispostos a aceitá-lo.

E saímos da casa.

Meses se passaram e os pais nunca ligaram. Mas não cortaram o fundo fiduciário de Nora, de modo que ela continuou na faculdade e manteve o plano de viajar para Gaza depois que nos casássemos no meu vilarejo. Ainda conseguíamos mandar todo o meu pagamento para a minha família.

— Não preciso deles no meu casamento. — Nora pegou a gaveta de calcinhas e a esvaziou dentro da mala.

O telefone tocou e eu atendi.

— Você realmente vai em frente com isso? — Abbas perguntou.

— Com o quê?

— Vai se casar com uma judia? — A raiva transbordava de sua voz.

— Ela não é como você pensa. É uma ativista de direitos humanos.

— Claro — disse Abbas. — Todas são. Se você se casar com ela, vai estar morto para mim.

— Antes disso você precisa conhecê-la. Vai mudar de ideia.

Nora quis que eu lhe passasse o telefone, mas eu a afastei. Ela não saberia lidar com Abbas.

— É ela ou eu. — Não a traga aqui. — Ouvi um ruído alto e a linha caiu. Eu conversaria com ele quando chegasse lá.

Capítulo 39

Quatro soldados portando metralhadoras enquadraram Nora e eu em suas miras.

— Vocês são óbvios demais — ela disse quando chegamos à pista do aeroporto.

— Fale baixo — sussurrei em seu ouvido.

Por que ela atraíra a atenção para nós? Como era provocativa a minha esposa impetuosa. Aqueles eram soldados israelenses.

Embarcamos com os outros passageiros no ônibus que levava ao terminal. Dois soldados colaram em nós. Eu sentia o hálito de um deles na minha nuca. Nora se virou para eles.

— Vocês realmente deveriam parar de fumar. — Ela fingiu sorrir e deu meia-volta.

Em que ela estava pensando? Eles não a machucariam, mas podiam me prender indefinidamente.

Os soldados nos seguiram para dentro e nos acompanharam enquanto esperávamos na fila, seguindo-nos até a cabine onde mostraríamos os passaportes.

O homem uniformizado olhou nossos passaportes sem estabelecer contato visual. Em sua mesa havia uma pequena bandeira israelense. Ele fixou os olhos na minha foto por tempo demais. Por ambos os lados, judeus passavam. Eu era o único palestino no voo.

Nora se virou para os soldados:

— Escolhemos a fila lenta.

Mais três soldados apareceram e me chamaram.

— Já volto — falei para Nora.

— Eu vou com você. — Ela se aproximou um passo.

— Isso não vai ser necessário, senhorita — disse um soldado.

— Eu insisto. — Nora segurou a minha mão.

Pegamos a nossa bagagem e fomos levados a uma mesa lateral.

— Por favor, abram as suas malas — ordenou o soldado, demorando para tirar cada uma das peças: as calcinhas de Nora, sua escova de dentes, uma caixa de camisinhas.

Ela encarava o soldado sem pestanejar. Ele retirou minha revista *Física Atômica* e folheou:

— Está planejando construir uma bomba?

— Ele faz pós-doutorado no MIT — Nora respondeu, orgulhosa.

O soldado pôs a revista de volta na mala:

— Obrigado pela cooperação.

Ele empurrou a mala pela mesa na nossa direção. Talvez fosse eu o ingênuo. Eu não acreditava na maneira como Nora tinha provocado o soldado, e ele nunca reagiu.

Fadi nos levou para casa num Nissan pequeno e velho com flores de plástico coladas nas laterais. Passamos por fios elétricos, novos empreendimentos, carros estrangeiros modernos, outdoors com mulheres quase nuas em trajes de banho escassos, placas em hebraico e inglês, e veículos militares abrindo passagem no meio do trânsito. Como Nora precisava ir ao banheiro, paramos num posto de gasolina. Assim que ela se afastou um pouco, Fadi se inclinou na minha direção:

— Abbas foi embora.

— Foi para onde?

— Ele deixou um bilhete. — Fadi me entregou o papel.

Ahmed,

Você não me deixou escolha. Estou deixando o país para ajudar o nosso povo. Não tente me procurar porque já não somos irmãos. Você está morto para mim.
Abbas

Ouvi a porta do carro se abrindo, e Nora entrou. Eu sentia como se tivesse levado um chute na cara com uma bota militar.

Nora estava falante o caminho inteiro. Por sorte, Fadi lhe respondia. Eu mal conseguia me concentrar.

— Este é o nosso vilarejo — ele disse.

— Um morro e tanto. — Nora se inclinou para a frente e passou a cabeça entre os bancos.

— A maioria dos vilarejos árabes é construída em montanhas — ele explicou.

— A vista é melhor?

— Sim, para ver os inimigos — Fadi encolheu os ombros. — Muitos tentaram nos conquistar, romanos, turcos, britânicos, para mencionar só alguns. No fim, mandamos todos para casa.

Ele entrou no vilarejo e lentamente começou a subir.

Tudo estava igual: os aglomerados de casas de tijolos de barro, as ruas de terra, as crianças descalças brincando ao ar livre, mulheres lavando roupa em banheiras metálicas, roupas penduradas em fios, cabras e galinhas correndo por toda parte.

— Cada família constrói sua própria casa — explicou Fadi. — Tem um molde especial que a gente usa para fazer os tijolos.

Para todo lado que eu olhasse, via moscas, pobreza e casas aos pedaços. O fedor de esgoto aberto e esterco de burro era mais pungente do que eu me lembrava.

Quando o carro se aproximou da casa, Fadi apertou a buzina. Pessoas surgiam de suas casas para nos ver — todos sabiam que eu estava voltando com minha noiva. Mama correu até nós chorando. Ela me abraçou muito forte e sussurrou no meu ouvido:

— Você tem de trazer o seu irmão de volta. Não se case com ela. Ele nunca vai voltar.

Nora ainda não descera do carro. Mama me deixou passar para Nadia, que me abraçou.

— Ele foi embora — ela sussurrou.

Dispersos atrás de Nadia, estavam seu marido, os três filhos e os sete enteados. Senti Nora segurando a minha mão e me virei, forçando um sorriso.

Baba parecia contente, sentado no muro de pedras tocando seu alaúde e cantando uma música de boas-vindas, acompanhado pelo violino de Abu Sayyid. Os integrantes do grupo de *dabke* do vilarejo, trajando as típicas calças pretas e blusas brancas de cetim com uma faixa vermelha na cintura, batiam os pés e saltavam no ar. Alguns aldeões se reuniam em volta da mesa de doces, outros dançavam.

De vestido preto com figuras geométricas vermelhas bordadas na frente, Mama se recusava a olhar para Nora.

— Mama? Esta é a Nora.

Mama a olhou direto nos olhos.

— Você não consegue encontrar algum judeu?

— Chega, Mama. — Eu me virei para Nora e disse em inglês: — Ela é um pouco dura. Quando passar a conhecer você, as coisas vão mudar.

Nora sorriu:

— Não tem problema.

Baba terminou de cantar, veio até nós, me abraçou e, sem hesitação, abraçou também Nora.

— Bem-vinda! Bem-vinda, filha! Estamos tão contentes de ter você na família. A canção que acabamos de tocar eu escrevi para você e Ahmed.

Os filhos e enteados de Nadia cercaram Nora. Eles a abraçaram, beijaram suas bochechas, acariciaram seus cabelos. Nora ficou de joelhos e lhes deu pirulitos. Ela ria e sorria sem parar. Eu sentia um frio na barriga.

Depois que acabaram as apresentações e os cumprimentos, Mama entrou em casa.

— Cadê Abbas? — Nora perguntou.

— Ele não está aqui, agora — respondi.

Nora e eu seguimos Nadia até o pátio. As crianças seguravam as mãos de Nora e dançavam em círculos.

— Atenção, atenção, honrados amigos. — Baba usou as mãos como megafone. — Vocês estão todos convidados para o casamento do meu filho Ahmed nesta sexta. Por favor, me ajudem a receber bem na família sua adorável noiva Nora e a partilhar nossa alegria.

As mulheres ululuaram e Nora sorriu.

Nora ficou num quarto da casa dos meus pais, e eu dormi na casa do tio Kamal.

* * *

Depois do café da manhã, Nora e eu subimos na amendoeira sobre a qual eu tanto lhe falara. Ela queria olhar pelo telescópio que confeccionei anos antes. Apontou na direção do Moshav Dan.

— Vocês estão amontoados numa terra cheia de sujeira e gordura — ela comentou. — Ácido carbônico borbulha do chão de vocês enquanto o *moshav* tem terra fértil abundante, e eles os cercaram por três lados para que o vilarejo não pudesse se expandir. Quantas pessoas estão amontoadas aqui?

— Mais de dez mil — respondi.

— Quanta terra sobrou para produzirem?

— Não tenho certeza. — Engoli em seco.

— Não minta para mim.

— Cerca de 0,02 quilômetro quadrado.

— Eles estão fazendo a mesma coisa nos territórios ocupados — Nora afirmou. — Estão confiscando a terra fértil no perímetro e construindo assentamentos que estrangulam os vilarejos árabes.

Por que Abbas foi embora assim? Se ao menos tivesse dado tempo de conhecer Nora, teria adorado aquela mulher.

Ela apontou o telescópio para o matadouro.

— Olhe aquela fumaça preta sendo soprada para o vilarejo. Eu estou coberta de fuligem. — E apontou o telescópio para o cercado de gado.

— Coitados dos animais. Consigo ouvir os berros deles daqui.

— Por que não entramos? — propus. — Estou com fome.

— Depois de todo aquele café da manhã que você tomou? — Ela deslocou o telescópio para a região da Cisjordânia.

O suor se acumulava na minha testa:

— Por favor, Nora, estou com muita sede.

— Vá lá — ela disse, baixando o telescópio. — Tem soldados por todo lado. Eles fizeram uma fila com as pessoas num posto de controle. Os palestinos são todos mantidos cercados aqui?

Ouviram-se tiros no campo e em seguida subiu uma fumaça. De imediato Nora olhou para lá com o telescópio.

— É melhor a gente descer — falei. — As pessoas estão vindo conhecer você.

Peguei o telescópio da mão dela, e descemos da amendoeira.

* * *

Familiares e amigos enchiam a casa. Nora se mostrava educada e respeitosa, e parecia gostar de todo mundo. Quando elogiou o colar de Umm Osammah, ela o tirou do pescoço e insistiu que Nora ficasse com ele. As crianças de Nadia fizeram desenhos de Nora, Baba pintou um retrato dela e o pendurou na parede, e Mama a evitou tanto quanto possível.

* * *

— Isto é para você. — Nora entregou uma caixa a Mama.

Mama pegou a caixa e examinou com desconfiança:

— O que é?

— Um presente para você.

Eu não fazia ideia do que era. Mama abriu o pacote e sacou um vestido bordado com jardins de flores geométricas. Parecia tão jovial ao lado de Mama, cujo rosto era uma tapeçaria de rugas. Ela segurou o vestido no ar, de olhos fixos como se não pudesse acreditar em sua beleza.

— Mas esta é a estampa do meu povo — Mama disse, taxativa. — Como você conseguiu?

— Eu descrevi o lugar de onde você vinha para uma costureira palestina que conheci, e ela criou o vestido — explicou Nora. — Pedi que ela costurasse especialmente para você.

O agradecimento de Mama foi frio.
Nora se virou para Baba e lhe estendeu um embrulho:
— E isto é para você.
— Obrigado, filha. — Baba sorriu.
Era um livro de arte enorme, em árabe, sobre alguns mestres: Monet, Van Gogh, Gauguin e Picasso. Baba se pôs a folhear o livro com cuidado e depois o apertou contra o peito.
— Mil vezes obrigado. Este é o maior tesouro da minha biblioteca.
Sentou-se à mesa da sala e se pôs a passar as páginas, parando para se maravilhar com a *Noite estrelada* de Van Gogh.
Mama entrou carregando um vestido de noiva.
— Isto é para você usar. Não suje porque é só alugado. E, faça o que fizer, não conte a ninguém que você é judia.
Era um vestido tradicional de casamento com várias camadas bordadas em dourado, decoradas com uma grande quantidade de moedas e joias.

* * *

Depois da prece matinal, Nadia e mais algumas mulheres, com exceção de Mama, se reuniram no fundo da casa atrás da amendoeira para começar a preparar a comida. As mulheres se juntaram em volta de grandes frigideiras circulares e se puseram a cortar salsinha, tomates, tâmaras, queijo e nozes. Nadia preparou a massa, misturando, amassando e formando círculos de uns trinta e seis centímetros de diâmetro. Outras vagavam em volta dos cinco pequenos fogareiros, cozinhando arroz e iogurte de cabra, e trabalhando no forno externo. Madeira e esterco aqueciam a placa metálica sobre a qual rochas planas eram colocadas para cozinhar o pão. Nora sentou-se entre as mulheres e se pôs a misturar a massa.
Embaixo da amendoeira, havia caixas cheias de tomates, pepinos e laranjas. Ao me ver, as mulheres começaram a ulular. Mama trabalhava dentro de casa, sozinha.

Na frente da casa, Fadi e Hani carregavam um sofá de veludo até a ponta mais distante do pátio, perto de onde a banda se preparava. O restante da área estava aberta para a dança, exceto o perímetro onde lençóis brancos estendidos no chão serviam como mesas. Ao pé do morro, homens alinhavam grandes bancos de madeira ao lado da rua. Com todo mundo trabalhando pesado, Baba e eu ficaríamos na casa de chá tomando café e jogando gamão. Seria o único momento em que estaríamos a sós antes que eu me tornasse um homem casado.

No meio do caminho, Baba parou e olhou em volta.

— Filho, estou preocupado. Seu irmão, Abbas, está tão tomado pelo ódio que é impossível conversar com ele — Baba sussurrava as palavras em meu ouvido. — Tenho medo do que ele pode fazer.

— É culpa minha. — Ele acha que eu me aliei ao inimigo. Foi meu casamento que o impeliu a tomar essa posição.

— Ele está muito confuso. Não acho que ele pense que você se aliou ao inimigo; ele acredita que você é o inimigo. Foi difícil para ele crescer à sua sombra.

— Mama põe a culpa em Nora — falei.

Baba balançou a cabeça, confiante:

— Eu me acerto com ela.

Ouvindo passos atrás de nós, seguimos até a casa de chá.

À noite, convidados apareceram trazendo ovelhas, cabras e outros presentes. A pessoa que os recepcionava agradecia enfaticamente, enquanto meu primo Tareq registrava quem dera o quê.

* * *

Na casa do tio Kamal, fiquei nu no meio da sala, numa banheira metálica cheia de água com sabão. Os homens cantavam, batiam palmas e dançavam à minha volta, despejando na minha cabeça copos e jarras de água com sabão. Fadi encheu meu rosto de espuma e fez a minha barba, enquanto meus primos me lavavam com esponjas. Baba estava do lado de fora cumprimentando os convidados — eu me alegrava em saber que ele estaria lá para receber Menachem, Justice, Rafi e Motie. Mas meu coração pesava como um bloco de concreto.

Quando eu já estava limpo, os homens me secaram e me envolveram com um manto branco. Mama entrou segurando um incensário, que encheu o ar de olíbano, e abençoou meu casamento e a mim. Certamente Baba havia falado com ela.

— O cavalo chegou — anunciou o tio Kamal, e os homens me seguiram para fora aplaudindo com alegria.

— Nosso noivo subiu na égua — eles cantavam enquanto eu montava no cavalo branco, enfeitado com colares e lírios.

Partimos em direção à casa da minha família, os homens entoando "um cavalo de sangue árabe; o rosto do noivo é suave como uma flor". Enquanto eu subia a rua de terra até a casa dos meus pais, homens vestidos de branco, bronze ou cinza, de paletó e faixa na cintura, e outros de camisa de seda, se alinhavam na rua, dançando, batendo palmas e cantando. Olhei para trás e vi Mama e Nadia de vestido preto com estampa geométrica vermelha. As mulheres batiam palmas e cantavam atrás dos homens. Crianças de todas as idades corriam, riam e davam-se as mãos. Os meninos trajavam suas melhores roupas, camisas de algodão branco e calças de cintura elástica que as mães haviam confeccionado. As meninas usavam vestidos de renda coloridos e brilhantes.

Quando chegamos, os homens me cercaram enquanto eu desmontava. Menachem e Justice acenaram do meio da multidão. Dentro da casa, Nora estava sentada no sofá, o rosto coberto com um véu dourado bordado à mão, adornado com moedas douradas. Mama estava à esquerda dela, Nadia, à direita. Atrás de nós havia um lençol com flores de plástico costuradas. Baba me entregou uma espada e eu andei até Nora. Com a ponta da espada, ergui o véu dela.

As mulheres ululararam tão alto que eu mal conseguia ouvir meus próprios pensamentos.

— Você está linda — sussurrei no ouvido dela, que me olhou, os olhos arregalados de prazer.

Eu a escolhera em vez de escolher meu irmão? Pelo canto do olho, eu via Baba e Mama. Menachem estava num canto com Justice, Rafi, Motie e suas esposas. Nora e eu seguimos até o sofá de veludo com encosto em mogno talhado, ao fundo do pátio. Os convidados nos seguiam, batendo palmas e cantando em dois grupos. O primeiro entoava:

— Nosso noivo é o melhor jovem.

O segundo respondia:

— O melhor jovem é nosso noivo.

Nora e eu nos sentamos no sofá e os convidados dançaram à nossa frente. Mama e Baba vieram e me beijaram nas bochechas. Pegaram Nora pela mão e os três começaram a dançar juntos. Menachem, Justice, Motie, Rafi e suas esposas estavam de braços dados com os aldeões tentando aprender a *dabke*. E de repente me ocorreu que talvez a paz fosse possível. Eu queria que Abbas pudesse enxergar as coisas pelos meus olhos.

* * *

Baba tocou seu alaúde e cantou nossas preces acompanhado pelo violino, um tambor e um tamborim. Nossos vizinhos nos cercaram quando nos sentamos no sofá ao fundo do pátio, lado a lado, como rei e rainha. Dançaram de novo à nossa frente. Mama, Justice e Nadia deram as mãos e dançaram num círculo alegre. Apesar dos rostos sorridentes e dos risos, eu sabia que a ausência de Abbas pesava na família.

Todos os aldeões seguiram para o pé do morro. Nora estava numa cadeira de plástico especial na lateral da rua. Os homens formaram um círculo e dançaram na frente de Nora, saltando e torcendo os quadris, girando, batendo palmas e cantando. As mulheres se sentaram nos longos bancos de cada lado. A cada vez que alguém oferecia um presente, o anunciante gritava uma bênção de agradecimento: "Que Alá o abençoe e lhe garanta a paz!", "Que a paz esteja com você!", "Que o Divino lhe dê sua bênção!".

— Suba — disse Fadi.

Eu subi em seus ombros, e ele começou a dançar comigo no meio dos homens.

— Já chega — falei. — Devo estar esmagando você.
— Eu não posso parar.

Era como se ele estivesse carregando o peso por Abbas. Ele continuava dançando sem parar, seu corpo magro de vinte e quatro anos mais forte do que eu conseguia perceber.

Foi só depois da meia-noite que Nora e eu paramos na porta da frente da casa dos meus pais. Todos atrás de nós, no morro e na rua, seguravam velas. Mama entregou a Nora um pedaço de massa.

— Cole na padieira. — Mama apontou para um ponto perto da porta.

Nora me olhou.

— Vá em frente — falei.

— Vai lhe trazer riqueza e filhos — Mama explicou.

Os aldeões começaram a cantar:

Damos as boas-vindas para que entrem em sua casa
Como as rosas e os jasmins florescem
Nós rezamos para que o Todo-poderoso
Derrote nossos inimigos e os abençoe com muitos filhos
Que tudo o que fizemos por vocês seja abençoado
E a terra árida se faça verde aos nossos pés
Se eu não fosse tímido ante seus amigos e parentes
Eu me ajoelharia e beijaria o chão aos seus pés

Mama se curvou e, com uma agulha e um fio, frouxamente costurou a barra do vestido de Nora ao meu manto:

— Isto é para protegê-los dos maus espíritos — ela disse, e me beijou na bochecha.

Depois se virou para Nora e fez o mesmo. Todos a observavam. As mulheres nos cercaram ululando e batendo palmas, enquanto Nora e eu entrávamos na casa dos meus pais unidos pelo fio.

* * *

No dia seguinte, Nora e eu percorremos o vilarejo, para que eu mostrasse a ela cada um dos lugares que haviam tido um impacto na minha vida, a começar pela praça.

Nora parou no meio da rua poeirenta e se virou para mim:

— Onde está Abbas? De verdade.

Eu não conseguia olhá-la nos olhos.

— Ele está viajando.

— Claro, porque é tão fácil para um palestino sair de férias por Israel, no dia do casamento do irmão dele, apesar de mal conseguir andar.

— Isso realmente não lhe diz respeito, minha mulher.

Eu estava desconfortável, ali em público, mesmo que ninguém conseguisse ouvir a nossa conversa.

— Ele foi embora por minha causa. Porque você se casou comigo, não foi?

— Minha mãe falou alguma coisa para você?

Nora parecia decepcionada.

— Eu sabia. — Ela ergueu o olhar para o meu rosto. — Você precisa ir atrás dele agora mesmo.

Comecei a conduzi-la de volta à casa da minha família.

— Não posso. Não é tão fácil.

Ela parou:

— É seu dever.

Eu segui em frente, tropeçando morro acima.

— Aonde Abbas foi, eu não posso ir atrás. Ele entrou para a clandestinidade.

***

No fim da semana, peguei o ônibus para Jerusalém. Menachem e eu havíamos sido convidados a dar uma série de palestras sobre o nosso trabalho ao longo de três dias. Nora não queria deixar o vilarejo. Justice ficaria na casa dos meus pais com ela. Elas queriam praticar o árabe antes de partir para Gaza no fim do mês. Eu tentava convencer Nora a cancelar a viagem, argumentando que lá era muito perigoso, que ela devia ficar no vilarejo em vez disso, mas ela se recusava a escutar.

— Você sabe o que os israelenses estão fazendo com os habitantes de Gaza. O mundo os abandonou. Eu já lhe tinha dito, antes de nos casarmos, o que eu faria da minha vida.

— Você pode ajudar de outras maneiras — retruquei. — Use seu diploma de advogada. Arrecade dinheiro. Este não é o melhor jeito.

— Eu não seria capaz de viver em paz se não for até lá. Não posso viver em segurança nos Estados Unidos, levando uma vida de privilégios, enquanto eles sofrem e morrem.

O que eu podia dizer? Eu entrara naquele casamento ciente da pessoa que ela era, mas sempre pensei que fosse capaz de lhe transmitir certo bom senso. Ao menos eu tinha mais três semanas para convencê-la a não ir. Assim que eu retornasse de Jerusalém, tocaria de novo no assunto.

Capítulo 40

Ao descer na rodoviária central de Jerusalém, ouvi gritos:
— *Pitzizah*! — Bomba!

Um torvelinho de gente correu em todas as direções, fugindo da ameaça de uma mochila azul largada num banco do ônibus para Haifa.

Pessoas em fuga saltavam pelos trilhos. Uma criança pequena de vestido e gorro rosa caiu. Sua mãe a ergueu às pressas.

Um homem mais velho de bengala foi derrubado pela pressa da multidão. Do nada, dois soldados apareceram e o ergueram, colocando-o em segurança. Civis evacuavam o espaço, e soldados entravam aos montes. Eu fugi com os outros para a área indicada.

Um grupo de soldados explodiu a mochila. Pedaços de papel sujaram o ar.

* * *

Eu estava imerso num artigo do *Journal of Physics* sobre o desenvolvimento de um novo microscópio que examinaria a densidade do estado dos materiais usando uma corrente de tunelamento. Precisava entender como os pesquisadores da IBM tentavam desenvolver esse microscópio que observaria superfícies em nível atômico. Olhei o relógio da sala de Menachem. Eram só dez da manhã. Nossa próxima palestra seria apenas ao meio-dia. A palestra que demos na noite anterior tinha sido um sucesso.

— Quer mais chá? — Menachem ergueu a chaleira.

— Não, obrigado. Ainda tenho um pouco na xícara.

O telefone tocou. Menachem atendeu, e eu o ignorei. Sempre muito trabalho a fazer, e tempo insuficiente.

— Sim — disse Menachem.

Foi algo no jeito como ele disse esse "sim" que me fez erguer o olhar. As mãos de Menachem começaram a tremer. Ele quase deixou cair a xícara de chá, mas conseguiu segurar justo a tempo. Ele me olhou, e eu soube que aquela ligação era diferente. Lágrimas escorriam de seu rosto.

— Eu sinto muito — ele disse, e me passou o telefone.

Eu o peguei, preocupado que alguma coisa tivesse acontecido com Abbas.

Eu segurava o telefone junto à orelha.

Justice não conseguia soltar as palavras. Ela estava chorando.

— Ahmed, tenho a pior notícia imaginável para você. — Sua voz se partia. — Nós estávamos protegendo a casa da sua família. Os soldados vieram. Disseram que seu irmão estava envolvido com uma organização terrorista. A escavadeira atropelou Nora. Ela morreu a caminho do hospital. Eu sinto muito. Eu sinto muito.

Desliguei o telefone. Não conseguia ouvir mais. Olhei para Menachem.

— Nada na minha vida jamais vai voltar a ser certo — falei.

Capítulo 41

Mais tarde descobri os detalhes. Nora e Justice haviam se posicionado entre a escavadeira e a casa da minha família. Elas estavam usando coletes de cor laranja fluorescente com faixas brilhantes, o que claramente demonstrava que eram civis desarmadas; Justice sempre mantinha alguns coletes desses no carro. Minha família implorara para que Justice e Nora não se colocassem em perigo, mas elas insistiram que os israelenses não machucariam duas judias americanas. Haviam convencido a minha família de que estariam imunes. Baba tentou dissuadi-las, mas elas se recusaram a escutar.

Justice gritou em hebraico pelo megafone para que o motorista parasse. Sempre estava preparada para protestar contra a injustiça. Nora lançava os braços ao ar tão alto quanto podia. A escavadeira tinha um operador e um comandante. Nora e Justice mantiveram contato visual com o motorista o tempo todo. Também estava presente um comandante da operação, assistindo a partir de um tanque blindado.

A escavadeira continuou avançando. Empurrava a terra para a frente, forçando Justice e Nora morro acima. Elas estavam alto o bastante para ver o interior da cabine. A escavadeira continuou avançando. Justice conseguiu saltar e sair do caminho. Nora escorregou e foi parar embaixo da lâmina. A escavadeira continuou. Minha família e Justice bateram nas janelas da cabine. A escavadeira continuou avançando até que a lâmina tivesse passado completamente por cima de Nora, e então recuou.

Minha família e Justice correram até ela. Nora ainda estava viva, e disse algo sobre uma promessa. Não sei o quê. Era uma promessa para mim? Uma promessa ao povo palestino que tanto ela queria ajudar? Eu nunca descobri. Nora foi declarada morta na ambulância. Ela salvou a casa da minha família, pois a demolição foi cancelada.

Os pais de Nora vieram em seguida. Queriam levar o corpo para os Estados Unidos, mas eu os convenci a enterrar Nora em meu vilarejo, embaixo da amendoeira. A morte dela precisava ter um significado. Multidões que chegavam aos milhares, de palestinos e israelenses juntos, marcharam pelo vilarejo de mãos dadas gritando *"Shalom Achshav!"*, "Paz agora!". O corpo de Nora estava dilacerado demais para ser carregado numa tábua como fazíamos com os outros mártires. Nós a enterramos num caixão de pinho embaixo da amendoeira.

Disseram-me que eu repeti os detalhes do que acontecera a quem quer que perguntasse, amigos, familiares, estudantes, contando que a escavadeira destruíra seu corpo pequeno e perfeito. Depois do funeral de Nora, fui para a cama, sem nunca sair da casa dos meus pais. Fiquei na cama que pertencia a Abbas, a única cama de verdade, me lembrando constantemente de que eu trocara meu irmão por Nora e agora não tinha nenhum dos dois. Ao pé da cama coloquei o retrato que Baba tinha desenhado, Nora e eu sentados no sofá de veludo.

A comida parecia um desperdício. Mama me trazia refeições, preparando meus pratos favoritos, mas eu não tinha estômago para aquilo. Às vezes ela se sentava do meu lado, segurando um biscoito de tâmara ou um pedaço de pita na frente da minha boca, tentando me atiçar a vontade de comer, como fizera com Abbas depois do acidente.

— Mama, por favor, me deixe em paz. Eu não sou um bebê.

— Um filho é sempre um filho, mesmo que tenha construído uma cidade inteira. — Ela apertava meu rosto entre os dedos, suavemente. — Você não pode se juntar a Nora, filho. Seu lugar é aqui. Você precisa comer.

Eu dava uma mordida ou duas apenas para obter alguma tranquilidade.

Mesmo Baba era incapaz de me confortar. Eu sabia que tinha falhado com Nora. Eu devia tê-la protegido: ela era minha mulher. E, no entanto, ela era Nora, não queria proteção. O que eu podia ter feito?

Baba me escutava e dizia:

— Bata na água quanto for, e ela sempre voltará a se acalmar.

Os pais de Nora exigiram uma autópsia e uma investigação, mas nenhuma acusação foi formalizada. O governo israelense o classificou como um acidente fatal. Justice estava lá e dizia a todos que não havia sido acidente coisa nenhuma. Minha família dizia o mesmo. Minha mulher tinha sido assassinada a sangue-frio.

Quando chegamos ao vilarejo, Nora havia me feito prometer que um dia escreveria a minha história. Eu tentava lhe dizer que ninguém se interessaria, mas ela era inflexível. Seria a essa promessa que ela se referia?

Eu também queria morrer. Nada importava. Mas eu sabia que não podia fazer aquilo com Baba. Ele já sofrera o bastante.

Ao fim do mês, Menachem apareceu à porta. Pedi a Baba que dissesse que eu estava dormindo, mas em vez disso ele o acompanhou até o pequeno quarto.

— Quando a mulher de Einstein morreu, ele escreveu a um amigo que o trabalho intelectual o guiaria por todos os problemas da vida — contou Menachem. — Seria bom você seguir o conselho dele. — Eu me ergui lentamente. — Acredite em mim: o único jeito de superar as complexidades das emoções humanas é mergulhando na ciência e tentando explicar o inexplicável.

Embora quisesse ignorá-lo, eu sabia que aquelas palavras eram verdadeiras. Não podia ignorar o exemplo de Einstein. Ele era um grande cientista, o maior de todos.

— Não vou embora daqui sem você. — Menachem se sentou ao pé da cama como se estivesse disposto a plantar raízes ali.

Eu fiz a mala e nós partimos naquela noite.

Capítulo 42

De volta a Somerville, empacotei em caixas as memórias de Nora: suas fotos na África do Sul com um cartaz que pedia o fim do apartheid, Nora aos sete anos marchando por Washington ao lado dos pais com um cartaz do Movimento pelos Direitos Civis dos Negros, Nora em Los Angeles trajando o P do PAZ JÁ que ela e os amigos haviam estampado em suas camisetas.

Enchi duas caixas com fotos de antes de eu a conhecer. Aquelas pertenciam aos pais dela, de modo que as enviei à Califórnia. Mantive as fotos em que aparecíamos juntos: assinando o contrato de casamento, em seu quarto no alojamento, num banco do Harvard Yard e todas as fotos do nosso casamento no vilarejo. Essas, eu guardei num envelope na minha pasta. Assim, ela sempre estaria perto de mim. Também guardei a colher e a jarra de dois bicos.

No dia 17 de setembro de 1978, um ano depois da morte de Nora, Israel e Egito assinaram os Acordos de Camp David. Vários meses depois, eu estava assistindo às notícias do encontro da cúpula da Liga Árabe em Bagdá, que denunciava os Acordos, quando vi Abbas. Meu irmão aparecia na escadaria ao lado do prédio. Eu não conseguia acreditar nos meus olhos. Ninguém na minha família soube nada dele por mais de um ano. A comunicação com qualquer árabe que estivesse fora de Israel era ilegal, em especial com quem trabalhasse para George Habash. Minha família podia ser exilada, torturada ou presa por anos. E, mesmo que quiséssemos estabelecer contato com ele, como o encontraríamos? Ele vivia clandestino pelo mundo árabe, e nós nunca poderíamos ir até ele. Mas ao menos sabíamos agora que ele estava em Bagdá, e vivo.

Em fevereiro de 1979 deu-se a Revolução Islâmica no Irã e o xá foi afastado do poder. Então, no dia 26 de março daquele ano, Israel e Egito assinaram um tratado de paz na Casa Branca. Pensei em Abbas e na raiva que ele sentiria ao saber que o Egito assinara a paz com Israel, especialmente por tê-lo feito sem que o problema palestino fizesse parte do acordo. Nora também se revoltaria. Até eu sentia que o Egito havia traído meu povo.

A cada manhã eu me levantava, ia ao banheiro, escovava os dentes, tomava banho, me vestia e saía pela porta. E trabalhava. O trabalho era a única coisa que dava sentido à minha vida. No começo, minhas tentativas de me concentrar eram infrutíferas. Mas eu já conhecia o sofrimento. O trabalho seria minha única salvação, de modo que me joguei na pesquisa sem sobrar tempo para pensar em mais nada.

Li cada artigo que consegui encontrar sobre tunelamento quântico. Menachem e eu trabalhávamos dia e noite tentando observar as excitações de spin para determinar a orientação e a intensidade das anisotropias de átomos individuais de ferro sobre o cobre.

Esse tunelamento me intrigava. Era como atirar uma bola de beisebol num muro de tijolos de um quilômetro de altura e, em vez de bater e voltar, a bola atravessava para o outro lado do muro.

Antes que pudéssemos aplicar nossa teoria a qualquer coisa, tínhamos de decifrar como as coisas funcionavam em nível atômico. Uma vez que descobríssemos como manipular o átomo, as possibilidades seriam incríveis.

A tristeza vinha em ondas, mas, como um soldado endurecido, eu estava preparado. Sempre começava com um sentimento de vazio no estômago.

* * *

Menachem e Justice tentavam se assegurar de que eu comesse. No café da manhã, Justice mandava para a minha sala um sanduíche ou um bolinho. Preparava almoços para Menachem e para mim, e Menachem aquecia as refeições. Em geral ela tentava preparar comida do Oriente Médio — feijão-de-lima, arroz com lentilhas, arroz com ervilhas —, mas o coração dela era maior do que sua habilidade culinária.

Antes eu me perguntava como Menachem tinha conseguido perder tanto peso depois de se casar com Justice. Agora eu sabia.

De tarde, Menachem fazia um chá de menta, que íamos tomando enquanto trabalhávamos. Eu me envergonhava de deixar os dois cuidarem de mim, mas não conseguia recusar aquela bondade. Eu não conseguia cuidar de mim mesmo, mas Menachem estava contente com o meu trabalho. Progredíamos tremendamente. Nora, eu sabia, teria se orgulhado.

* * *

A Universidade de Nova York nos ofereceu empregos. Finalmente eu seria professor.

— Só vou se você for — disse Menachem.

Eu não estava pronto, mas sabia que precisava mudar alguma coisa — deixar o apartamento em que tinha morado com Nora.

— Você vai ser professor universitário — ele anunciou. — Vamos poder solicitar bolsas juntos.

— O que a Justice quer?

— O que for melhor para você.

Justice se culpava pela morte de Nora. Não havia sido culpa dela. Eu lhe dissera isso várias vezes, mas ela não conseguia enxergar. O trabalho de professor pagava quatro vezes mais do que eu recebia no MIT. Realmente não havia outra escolha. Eu mandaria esse dinheiro para a minha família. Fadi já não precisava trabalhar porque eu contratara o professor Mohammad como seu tutor: ele era estudante em tempo integral. Este ano se formaria no colégio e mostrava um grande interesse pela ciência. Queria estudar medicina na Itália, e eu desejava tornar aquilo possível.

Hani estava estudando questões do Oriente Médio na Universidade Hebraica.

Duas semanas depois, um homem de terno preto listrado veio buscar Menachem, Justice e a mim em frente ao Centro de Ciências da Universidade de Nova York, num reluzente Cadillac preto. Era o corretor que a universidade escolhera para me ajudar a conseguir um apartamento. Justice e Menachem já haviam conseguido o deles.

Apesar dos apartamentos luxuosos disponíveis para a faculdade, eu queria alugar o mais barato que pudesse encontrar. Eu não precisava de muito. Queria mandar para casa o máximo de dinheiro possível. Aluguei um pequeno apartamento de um quarto, parecido com aquele em que morara com Nora. A vista da janela dava para um estacionamento. A NYU pagou pela mudança do sofá preto, da mesa de fórmica, do colchão, das mesas e cadeiras dobráveis, junto com o restante das minhas posses. Eu ocupei uma sala em frente à de Menachem e continuei trabalhando.

Eu estava em Nova York, uma cidade que Nora amava. Ela teria me levado a leituras e filmes, a museus e shows na Broadway. Teria participado de protestos nas ruas, me levado a restaurantes, parado para ler no Washington Square Park. Ela teria adorado morar em Nova York.

Para mim não importava onde eu estivesse.

Capítulo 43

Bebês palestinos massacrados se acumulavam em pilhas de lixo ao lado de equipamentos militares israelenses e garrafas vazias de uísque. Os edifícios do campo de refugiados de Chatila haviam sido demolidos. A câmera de TV deu zoom nas cápsulas de sinalizadores israelenses ainda acoplados em seus pequenos paraquedas, que se acumulavam no solo.

Cadáveres de mulheres palestinas se deixavam entrever por cima de uma pilha de detritos. A câmera focou numa mulher caída de costas, de vestido rasgado, e numa garotinha presa embaixo dela. A menina tinha longos cabelos escuros e encaracolados. Seus olhos estavam abertos, mas ela estava morta. Outra criança se via ao lado dela como uma boneca descartada, seu vestido branco manchado de terra e sangue.

Justice gritava, e Menachem e eu apenas olhávamos a TV, incapazes de dizer qualquer coisa.

Dois meses antes, 90 mil soldados israelenses haviam invadido o Líbano para expulsar dali seiscentos integrantes da Organização para a Libertação da Palestina. Em agosto o Líbano já estava devastado, sua infraestrutura, destruída; 175 mil civis foram mortos, 40 mil feridos, 400 mil desabrigados.

— Os israelenses cometeram um genocídio — disse Justice, irrompendo em lágrimas.

Os Estados Unidos intermediaram um acordo de cessar-fogo. Os combatentes da OLP tinham se retirado, e Israel concordara em garantir a segurança dos civis palestinos deixados para trás nos campos, o que incluía Sabra e Chatila.

— Sharon é o responsável — disse Menachem.

Os israelenses, sob o comando do ministro da Defesa do país, Ariel Sharon, ficaram de guarda por três dias em Sabra e Chatila para garantir que os palestinos pudessem escapar enquanto a milícia da Falange Libanesa massacrava milhares de mulheres e crianças palestinas. Os israelenses tinham plena consciência do desejo dos falangistas de livrar o Líbano dos palestinos.

Eu só conseguia pensar em Abbas. Não sabia onde ele estava nem se estava vivo. Quando consegui minha cidadania americana, contratei investigadores privados, mas ninguém conseguiu qualquer informação sobre ele. Eu tinha o mau pressentimento de que ele estava no Líbano. Ele era um aleijado: teria sido abandonado com as mulheres, as crianças, os idosos. Homens como ele tinham sido assassinados, em francas execuções.

Nessa noite peguei um táxi de volta ao meu apartamento. Ali, me sentei no sofá preto, cercado pelas minhas coisas: periódicos científicos, revistas de física, livros didáticos sobre mecânica quântica, nanotecnologia e matemática para físicos, a colher de prata, a jarra de dois bicos. Enquanto esperava que meus pais atendessem o telefone, decidi que não mencionaria minha premonição de que Abbas estava morto. Afinal, era só um sentimento.

— Consegui uma esposa para você — disse Mama. — Ela é perfeita.

— Eu tenho uma esposa.

Eles não deviam ter ouvido falar do massacre, disse a mim mesmo. Torci para que nunca ficassem sabendo.

Baba pegou o telefone:

— Ahmed, por favor, pelo bem da sua mãe e pelo meu, pense no assunto. Nora partiu. Você não precisa parar de amá-la. Seu coração é grande o bastante para ser compartilhado. Por favor, filho, você ainda tem a vida inteira pela frente. Não a desperdice.

O que eu podia dizer? Eu devia aquilo aos meus pais. Eles esperavam netos de mim.

— O casamento arranjado é o caminho na nossa cultura — continuou Mama.

— Eu não moro mais no Oriente.

Mudei o canal da TV e tirei o som. Homens idosos se empilhavam, seus membros enroscados, os corpos cobertos de moscas. Eu tentava examinar os rostos. Abbas podia estar ali?

— Não importa onde você vive — disse Mama. — É a nossa tradição, passada de geração para geração.

— Baba escolheu você. — Desliguei a TV. Eu não queria ter nada a ver com o Oriente Médio.

— É a filha de Mohammad Abu Mohammad, o curandeiro do vilarejo.

— Mohammad, que estava três anos à minha frente na escola?

— Ele é respeitado por todo o vilarejo por suas capacidades curativas. As pessoas vêm de outras vilas para tomar os remédios dele e receber sua bênção. Ele concordou em lhe dar a mão da filha em casamento.

— Qual a idade dela?

— Vai se formar no colégio no fim do ano.

— O que isso pode parecer? Eu tenho trinta e quatro anos.

Aquilo era absurdo. O que teríamos em comum? Como ela se compararia a Nora, que tinha boa formação, era ocidental, tinha opiniões próprias?

— Por favor, filho — pediu Baba. — Faça isso por mim.

Pensei nele sendo agredido pela metralhadora. Sendo chutado quando já estava inconsciente. Deteriorando-se naquele inferno de prisão. Eu me casaria com a garota por ele. Não tinha escolha. Era o preço que eu pagaria pela absolvição.

— Está bem, arranjem tudo. Eu me caso quando ela se formar.

Com essas palavras, admiti para mim mesmo que Nora não voltaria.

— Obrigado, filho — disse Mama. — Fiquei muito feliz. Quer que eu lhe mande uma foto dela?

— Se vocês a consideram aceitável, é suficiente para mim.

Ao menos, quando soubessem do massacre, meu casamento iminente os confortaria.

Capítulo 44

Fadi, em casa durante as férias de seu curso de medicina na Itália, foi me buscar no aeroporto e me levou para casa no Nissan de quatro portas dos meus pais. Mama, Baba, Hani, Nadia, Ziad e seus filhos todos me esperavam no quintal. Senti um alívio ao encontrar a casa ainda de pé. E senti orgulho em ver que minha família vivia bem graças ao dinheiro que eu enviava.

Baba foi o primeiro a me abraçar. Mama veio em seguida. As mulheres começaram a ulular.

— Venha — Baba me chamou de lado.

Embora não conseguissem permissão para ampliar a casa, eles redecoraram tudo. Na sala havia um sofá de madeira talhada com almofadas vermelhas, além de cadeiras e poltronas em estilo semelhante. Mama tinha uma geladeira nova, máquina de lavar louça, máquina de lavar roupa, secadora. O chão era de mármore, as pias, de porcelana; o banheiro era tão bom quanto qualquer outro, com uma pia nova, um chuveiro, uma banheira. Mama deu a descarga, orgulhosa e feliz.

Sentamo-nos na cozinha, numa mesa de madeira escura com onze banquinhos em volta.

Quando terminamos de comer, Mama e Baba me levaram para ver o túmulo de Nora atrás da amendoeira. Eles tinham construído um banco embaixo de um arco treliçado com uma densa teia de buganvílias. Miosótis brancos haviam sido plantados ao redor do túmulo, assim como girassóis enormes e rosas de várias cores.

Mama me deu um beijo na bochecha, e eu abracei Baba.

No dia seguinte, meus pais e eu fomos à casa da família de Yasmine. Parecia muito a nossa antiga casa, aquela que os israelenses haviam dinamitado. Era uma pequena estrutura de barro com uma janela com persiana, uma porta de lata e um pequeno quintal na frente. Mohammad abriu a porta, nos recebendo com um amplo sorriso. Baba o contemplou com reverência.

— Entrem, por favor.

O pai da minha futura esposa trajava um longo manto branco e uma túnica árabe. A mãe da minha noiva apareceu, um véu preto a cobrir seus cabelos. De tão grande, ela parecia uma barraca em seu longo vestido bordado, com uma mão calosa e áspera que estendeu para me cumprimentar e um sorriso parcialmente desdentado. Pelos escuros cresciam em seu rosto como uma barba rala. Eu começava a questionar meu consentimento com o casamento arranjado. Por que eu não pedi uma foto antes?

— Bem-vindos, bem-vindos — disse minha futura sogra. — Sentem-se, por favor.

Eu estava quase passando mal. E se minha noiva se parecesse com ela? Eu podia voltar atrás? O que havia de errado comigo? Por que eu me importava com aquilo?

Meus pais e eu entramos na casa deles e nos sentamos no chão de terra. Minha futura sogra e algumas das minhas futuras cunhadas, todas elas de véu, depositaram pequenos pratos de comida no chão.

— O que você faz? — perguntou Mohammad.

Eu sabia que era apenas uma formalidade. Aquela família já sabia tudo sobre mim, senão eu não estaria lá.

— Sou professor na Universidade de Nova York, nos Estados Unidos.

— Onde minha filha iria morar?

— Tenho um apartamento de um quarto com banheiro plenamente equipado, uma cozinha, máquina de lavar roupa, de secar, de lavar louça.

— Quanto você já economizou?

Eu tinha esquecido quão direto meu povo podia ser. Falei um número que os silenciou por um tempo.

— Com que frequência ela vai voltar para casa?

— Todo verão e todo mês de dezembro por três semanas. — Eu dizia tudo o que Mama me preparou para dizer. Insistia para mim mesmo que estava entrando naquele casamento em nome dos meus pais. — Gostaria de pedir a mão da sua filha em casamento.

O corpo de Mohammad se enrijeceu. Provavelmente ele planejava fazer uma centena de perguntas, mas eu não tinha paciência para aquilo. Olhei para Baba e sorri.

— Eu aceito — disse Mohammad.

Suspirei de alívio.

As mulheres começaram a ulular e trouxeram chá.

— Vá chamar sua irmã na casa da sua avó — disse Mohammad para o irmão da noiva.

Tudo em minha noiva parecia indicar ignorância. O véu, as sobrancelhas grossas e selvagens, a roupa tradicional. Quis retirar meu pedido de imediato. Minha noiva, Yasmine, não era como Nora. Seus traços faciais não eram delicados como os de Nora: escondiam-se em camadas de uma gordura de bebê. Seus dentes eram amarelos e tortos, e ela era rechonchuda. Gordura era um traço de beleza em minha cultura, mas eu pegara gosto pelos corpos mais magros. Eu não conseguia ver seus cabelos porque ela estava de véu, mas imaginei que fossem escuros como as sobrancelhas. E ela era tão nova. Como eu podia levá-la aos Estados Unidos? Como ela poderia frequentar as festas da faculdade? O que Menachem pensaria?

Nora ainda estava muito presente em mim.

Yasmine sorriu com os olhos, e logo baixou a cabeça como se só pudesse me olhar de relance. Só por aquele olhar entendi que ela estava tentando transmitir tanto sexualidade quanto submissão. Eu queria me sentir atraído por ela.

— Esta é a sua noiva — disse meu futuro sogro.

Eu sorri, batalhando contra a imagem de Nora que retornava, contra seus cabelos dourados, sentindo uma dor no coração.

— Não é bonita? — Mama me perguntou na frente de todos.

Eu forcei um sorriso:

— Muito bonita.

Yasmine e eu assinamos o contrato de casamento e, simples assim, eu estava legalmente casado. Uma tristeza caiu sobre mim. Faríamos a cerimônia no dia seguinte.

Todos nos sentamos no chão, tal como minha família fazia antes que eu começasse a mandar mais dinheiro para casa. Yasmine e a mãe trouxeram mais pratinhos de tabule e uma variedade de saladas, feijão-verde, feijão-fradinho, feijão-de-lima, *baba ganoush* e homus. Elas deviam estar cozinhando desde o amanhecer para a ocasião.

Nenhum de nós comeu muito: a família de Yasmine por estar empolgada demais, eu pelo choque de me ver de súbito casado. Eu queria muito, pelo bem de Yasmine e dos meus pais, encontrar um jeito de amar aquela jovem. Sabia que o prazer de agradar Baba e Mama não devia deixar espaço em minha mente para distrações egoístas, mas não conseguia deixar de me perguntar como diabos conseguiria passar o resto da minha vida casado com aquela menina, cuja robustez e cujos cabelos escuros seriam uma lembrança constante da magreza loira de Nora. Eu me odiava por sentir aquilo.

* * *

Na manhã seguinte, Mama veio me buscar para o meu banho cerimonial.

— Está na hora — ela disse.

Senti um zumbido forte nos ouvidos. Seria um sinal? Esse casamento satisfaria Baba e Mama, só isso importava. Era meu dever como filho mais velho. Fiquei na banheira enquanto meus familiares e amigos dançavam à minha volta, me lavando e fazendo a minha barba. Meu corpo estava lá, mas minha mente estava em outro lugar. Eu pensava na noite em que conheci Nora, como ela parecia flutuar pela sala. O que eu estava fazendo? O que ela pensaria sobre esse novo casamento? Não iria querer que eu me casasse com Yasmine. Sacudi a cabeça. Era o dia do meu casamento, eu não me permitiria estragar tudo pensando em Nora. Não era justo com Yasmine. Em vez disso, comecei a pensar nas pequenas flutuações que alteravam as variáveis termodinâmicas que poderiam levar a mudanças características na estrutura e, assim, comprometer o meu trabalho.

Quando me declararam limpo, vesti meu manto branco e fui caminhando acompanhado dos homens até a casa de Yasmine. Se ela não estivesse de vestido de noiva, eu não a teria reconhecido, pela maquiagem pesada e pelo cabelo enorme.

* * *

Depois da cerimônia, levei Yasmine, minha noiva, para o quarto da casa dos meus pais — o mesmo que eu partilhara com Nora. Agradeci por alguém ter tirado de lá o retrato do nosso casamento. A última coisa que eu queria era ver Nora me olhando enquanto eu consumava meu novo enlace. Todos os aldeões esperavam do lado de fora que eu surgisse com o lençol.

Sem qualquer sobreaviso, lembranças da minha primeira vez com Nora me bombardearam. Eu me lembrei de como ela acariciou meu cabelo e me beijou. Ela sussurrou palavras em árabe, me provocando a continuar. Nada mais no mundo existia. Aquela noite eu a abracei, querendo que o momento durasse para sempre. Seu toque era elétrico em meu corpo, seu árabe me seduzia, sua beleza me cativava, seu corpo me excitava. Foi a minha primeira vez.

Olhei minha noiva e notei que ela estava tremendo.

— Não fique nervosa — falei. — Vai ficar tudo bem.

Peguei a mão de Yasmine e a guiei até a cama. Aquilo era por Baba.

— Pode tirar o vestido.

Ela era gorducha, com alguns rolos de gordura pelo corpo, mas não completamente feia. De olhos fechados, eu a puxei para perto e a beijei, e então pensei na primeira vez que Nora me beijou. Forcei-me a apagar da minha mente aqueles pensamentos: não era justo com Yasmine. E, no entanto, eu não conseguia evitar. Sabendo que aquilo era errado, fingi que Yasmine era Nora enquanto fazíamos amor.

    O choro de Yasmine me devolveu à realidade. Ela era virgem e estava sentindo dor. Abri os olhos e vi seu rosto jovem, redondo. Aquilo era terrivelmente estranho. Esta era a minha nova vida. Yasmine deitada na cama, imóvel, como carne morta. Ela não conhecia nenhum dos truques de uma mulher experiente. Era tão tímida que, quando pedi que mexesse os quadris, ela enrubesceu e chorou. Depois que terminamos, levei para fora o lençol manchado de sangue e os aldeões celebraram.

* * *

Naquela noite sonhei que era um pássaro que caíra numa armadilha, sendo preso numa gaiola, tentando escapar. Senti tanta pena de Yasmine. Ela merecia um marido que a amasse.

    Durante os dias que se seguiram, passei meu tempo com os homens, e Yasmine ficou com as mulheres. As refeições eram compartilhadas. De noite, Yasmine e eu nos retirávamos ao nosso quarto. Fazíamos sexo e em seguida íamos dormir como dois estranhos. De manhã nos juntávamos à minha família para a prece matinal e o café. Conversávamos pouco, pois tínhamos pouco em comum. Ela só falava quando alguém lhe dirigia a palavra, e eu raramente tinha algo a dizer.

    Duas semanas depois do casamento, Yasmine e eu embarcamos num avião para Nova York.

Capítulo 45

Durante a maior parte do voo, ficamos sentados em silêncio, Yasmine agarrada à poltrona como se estivesse prestes a ser atirada para fora do avião. Passadas oito horas, ela tomou a iniciativa e falou:

— Como é Nova York?
— O oposto do nosso vilarejo.
— Você já foi à Times Square?

Eu olhei para Yasmine, surpreso.

— Como você sabe da Times Square?

Ela deu de ombros, envergonhada.

— Você já foi ver a Estátua da Liberdade?

Fiz que não com a cabeça:

— Não tenho tempo para essas atividades, Yasmine. Meu trabalho me ocupa demais.

— Você tem muitos amigos lá?
— Meus melhores amigos, Menachem e sua mulher, Justice, moram lá. Você está animada de morar em Nova York? Parece estar.
— Estou nervosa. Vou sentir muita saudade da minha família. — Ela começou a chorar.

Eu queria confortá-la, mas não sabia como. Só voltamos a nos falar quando chegamos ao apartamento.

— É aqui. — Eu abri a porta.

Eu não fizera nenhuma melhoria nos anos em que vivera ali. Justice recomendou que eu comprasse uma mobília nova para minha noiva, mas eu não queria desperdiçar dinheiro. Eu era seu marido rico de Nova York e não tinha sequer uma cama decente. Era suficiente para mim, e mais do que ela jamais tivera, eu imaginava. Yasmine parou na porta e observou o carpete roxo já gasto, a mesa de fórmica diante do fogão, o forno, a pia e a geladeira, o sofá preto de vinil encostado na parede, de frente para a televisão: minha única melhoria.

A boca de Yasmine se abriu:

— É maravilhoso — ela disse, e eu sabia que estava sendo sincera. Estava acostumada ao chão de terra e ao banheiro externo. Ela baixou os olhos. — Nunca na vida sonhei que moraria num lugar assim.

Meu estômago se contraiu. Em que eu me metera?

Parei de trabalhar à noite no escritório. Embora continuasse trabalhando tanto quanto antes, preferi acrescentar uma escrivaninha em casa. Yasmine se sentava ao meu lado, no chão, como uma servente obediente a costurar lençóis para os bebês que nunca vinham. Raramente trocávamos palavras. Ela nunca saía do apartamento, a não ser quando acompanhada. O dia inteiro esperava sozinha pela minha volta e me seguia de um canto para o outro como se estivesse desesperada por contato humano.

— Em nome de Deus — eu lhe dizia. — Faça aulas de inglês. Você precisa sair do apartamento. Não é saudável. Uma esposa tem de fazer compras sozinha. Eu não posso ter esse fardo sobre mim. Preciso trabalhar.

Yasmine já tinha uma série de desculpas prontas: "eu tenho medo", "sinto saudade de casa", "não preciso de inglês".

Eu sentia como se ela esperasse que eu a divertisse. A cada dia que passava, eu a respeitava menos. Comecei a me perguntar se ela usava o véu para cobrir sua cabeça-dura. Todos os seus pensamentos eram sobre mim — e aquilo me sufocava.

De noite, ela esperava pacientemente na cama até que eu plantasse minha semente nela, mas todo mês sua menstruação descia. Fazer um bebê se tornara uma tarefa árdua. Eu detestava nossa vida sexual. Apagava a luz e rolava para o meu canto, implorando que ela me dispensasse das minhas responsabilidades: "Estou com dor de cabeça", "estou com dor nas costas", "estou sentindo uma câimbra na perna."

— Você está quebrado? — Ela finalmente perguntou.

Voltei a tentar plantar minha semente. Se ela dissesse ao pai que eu estava falhando em meus deveres como marido, toda a família estaria envolvida.

Na primeira vez que Yasmine me contou sua crença de que as preces e poções do pai a tornariam fértil, só olhei para ela, chocado. Como podia ser tão burra assim?

— Como você pode acreditar numa superstição dessas? — Minha voz transbordava de desgosto. — Precisamos falar com um especialista.

— Meu pai é especialista — Yasmine argumentou.

— Seu pai é um ignorante. Ele nem se formou no colégio.

Eu me odiava por ser cruel, mas não sabia de que outra maneira defender meu argumento.

— Tem muita gente que acredita no poder e nas bênçãos do meu pai. Ele já curou muitos, e eu acredito nos milagres dele.

— Milagres não existem.

Com essas palavras, um silêncio familiar tomou o apartamento.

— Você não tem fé.

Yasmine balançava a cabeça e cobria o rosto com as mãos. Ela não apenas acreditava nas preces do pai como fazia as suas próprias e me instruía em preces que eu também tinha de recitar. Eu sabia que Nora e eu teríamos feito bebês maravilhosos.

— Eu tenho fé na ciência — falei.

Minhas bochechas ardiam. Pensei que seria assim que um homem moderno se sentiria vivendo no período pré-islâmico, quando eles queimavam vivos os recém-nascidos do sexo feminino.

— Na ciência? — Yasmine tirou as mãos do rosto e pareceu me olhar com piedade.

— Precisamos procurar um especialista em fertilidade. — Eu estava agitado; não tinha nada a ver com o marido compassivo que eu queria ser. — Você vai ver, esse médico vai nos ajudar.

— Está certo, você é quem manda — encerrou Yasmine.

Eu sabia que ela não acreditava na medicina moderna, mas estava contente, ao menos, de ser objeto da minha atenção. Nós nunca saíamos juntos durante o dia. Eu ia para o meu escritório, ela ficava em casa, cozinhava e limpava.

Marquei uma consulta com o Dr. David Levy, especialista em fertilidade de Manhattan.

Yasmine e eu nos sentamos nas poltronas de couro do Dr. Levy, em frente à sua mesa de madeira. Diplomas cobriam as paredes. Um diploma da graduação de Yale, *summa cum laude*. Um diploma de medicina de Harvard, *summa cum laude*. Seu certificado era de especialista em endocrinologia reprodutiva e infertilidade. Sua pesquisa, docência e clínica haviam recebido muitos prêmios; o doutorado era em desenvolvimento do embrião.

Ele entrou na sala com os cabelos penteados para trás, seu aperto de mão firme, sua voz de locutor de rádio.

— Analisei os resultados de seus exames, Dr. Hamid. Sua contagem de esperma está normal.

Tentei reprimir um sorriso. Olhei para Yasmine, de véu e manto tradicional — ela se recusava a usar as roupas novas e modernas que eu tinha comprado para ela — e traduzi a revelação do médico.

— O que é esperma? — ela perguntou.

— Preciso examinar sua esposa — disse o médico.

Acompanhei Yasmine até a sala de exames.

A enfermeira lhe entregou uma camisola branca e disse que voltaria em um minuto.

A luz fluorescente não favorecia o corpo robusto de Yasmine. Ela se despiu devagar, cuidando o tempo inteiro para que o véu permanecesse no lugar. Sua calcinha era branca e larga, e o sutiã cobria tudo. Nora nunca usava sutiã.

Yasmine vestiu a camisola.

***

No táxi de volta para casa, Yasmine sentou-se quase em posição fetal ao meu lado.

— Seu muco cervical estava normal — falei, sabendo que ela não entenderia o que eu queria dizer.

Quanto mais daquilo eu conseguiria aguentar? Eu torcia para que ela aceitasse retornar sozinha para a próxima consulta, quando o médico verificaria se havia obstáculos em suas tubas uterinas, mas Yasmine não saía do apartamento sem mim. Eu me odiava por sentir tudo aquilo.

***

O Dr. Levy não encontrou obstáculos nas trompas de Yasmine. Todos os exames tiveram resultados normais, mas, três meses depois, ela ainda não estava grávida. Fizemos duas tentativas de inseminação intrauterina e ainda assim não deu em nada. O próximo passo era a fertilização in vitro. O custo era de dez mil dólares, o que meu seguro não cobria, de modo que decidi não ir em frente por enquanto.

Eu não queria voltar para o vilarejo, mas Baba pediu que eu comparecesse ao casamento de Fadi. Ele havia se formado em medicina na Itália e passado no exame israelense. Como primeiro médico do nosso vilarejo, abriu um consultório na praça e pediu em casamento Mayadah, a filha do tio Kamal. Hani estava no último ano do doutorado.

Baba também tinha certeza de que o pai de Yasmine podia curar nosso problema de infertilidade. Ele era um homem sábio, mas nisso eu sabia que ele estava errado. A cada vez que Mama ligava, a primeira pergunta era sempre: "Yasmine já está grávida?"

***

O pai de Yasmine nos esperava na casa dos meus pais, e todos insistiram que fôssemos direto para a casa dele. Eu não conseguia acreditar no que me metera. Mesmo antes de entrarmos na casa, senti o cheiro de olíbano; ele acendeu mais alguns incensos quando entramos. Depois de preparar um chá, virou-se e pegou nossas mãos.

— Por favor dê a eles uma criança — ele cantou seguidas vezes.

Yasmine começou a acompanhá-lo.

— Ahmed, você também tem de cantar — ela disse.

— Por favor, dê a nós uma criança — eu cantava junto com eles, pensando que sairia dali mais rápido se entrasse no jogo.

* * *

Um mês depois voltamos para Nova York. Como a menstruação de Yasmine estava atrasada, comprei um teste de gravidez na farmácia e expliquei a ela como funcionava. Quando ela saiu do banheiro, havia duas linhas rosa. Ela estava grávida.

Grávida.

Eu me lembrei de uma frase dita por Albert Einstein: "A ciência sem fé é cega."

Minha mulher sorriu para mim, e eu devolvi o sorriso. Nós teríamos um bebê.

* * *

Justice e Menachem nos convidavam para jantar incontáveis vezes, mas eu sempre encontrava uma desculpa: "Ela está cansada da viagem", "está resfriada", "está com dor de cabeça".

Já se passara um ano desde a chegada de Yasmine quando Justice entrou na minha sala. Eu estava corrigindo provas. Ela se sentou na cadeira do outro lado da escrivaninha e tirou os cabelos ruivos selvagens do rosto.

Eu a vinha evitando. Sabia que ela queria conhecer minha esposa, mas queria adiar o inevitável pelo máximo de tempo possível.

— Existe alguma razão para você não querer que a gente conheça a Yasmine? — Ela jogou a cabeça para o lado.

— Ela não é como a Nora.

— Eu não imaginaria que fosse.

Fiquei em silêncio por um instante tentando organizar meus pensamentos.

— Ela é jovem e inexperiente.

Quase podia ser minha filha. Sobre o que eles conversariam?

— Você é nosso melhor amigo. — Justice sorriu. — Tenho certeza de que vamos gostar dela. Hoje à noite, jantar na nossa casa. — Ela se levantou e me olhou. — E não vou aceitar um não como resposta.

Antes que eu pudesse responder, ela já tinha saído. Eu queria fugir do programa, mas percebi que não podia.

Ao chegar em casa, antes mesmo que pegasse a chave, Yasmine abriu a porta com força. Trajava um vestido preto com estampa geométrica vermelha — igual ao da minha mãe. Eu me perguntava se ela teria ficado ali esperando a minha chegada. Mas ela não ficou ociosa: o ar estava tomado pelo cheiro de pita fresco assado na máquina que eu comprei. A mesa estava posta com dois pratos grandes e uma porção de pratinhos: *baba ganoush*, homus, tabule, queijo de cabra e faláfel. No fogão ela estava preparando uma mussaca: ensopado de berinjela, tomate e grão-de-bico.

— Você poderia trocar de roupa, por favor? Menachem e Justice nos convidaram para jantar.

Eu teria ligado para avisar, mas ela nunca atendia o telefone.

— Mas, e toda a comida que eu preparei? — Ela parecia decepcionada.

— Guarde na geladeira.

Lágrimas se formaram no canto de seus olhos. Ela baixou a cabeça, virou-se e seguiu até a mesa. Estava grávida de dois meses e muito sensível.

— Espere um minuto. — Liguei para Justice, expliquei a situação e os convidei para a nossa casa em vez disso. — Por favor, Yasmine — tentei ao máximo ser educado —, você poderia vestir as roupas ocidentais que eu comprei para você? E, por favor, nada de véu.

— O que tem de errado com a minha roupa?
— Nós estamos no Ocidente agora. É preciso agir de acordo.

Yasmine vestiu uma saia florida e uma blusa solta. Quis fazer tranças nos cabelos, mas eu disse que assim ela pareceria juvenil demais. Ela deixou o cabelo solto, e me surpreendi em ver como estava bonita.

Quando Menachem e Justice chegaram, Yasmine se escondeu atrás de mim como uma criança. Justice foi direto até ela como se fossem amigas há anos, entregou-lhe um buquê de girassóis, pegou sua mão e a levou ao sofá. Falava sem parar, sem perceber que minha mulher mal falava inglês.

— Bela esposa — Menachem falou baixo. — Estou sentindo o cheiro de pão fresco?

Quando Menachem e Justice usaram todo o pita para devorar as pastas, Yasmine assou mais um pouco na frente deles. Ela sempre fazia tudo a partir do zero, passava os dias cortando salsinha, esmagando grão-de-bico, preparando a massa.

— Tenho de pegar a receita desse pão — Justice comentou.

Menachem sacou o caderno que sempre carregava consigo no bolso do paletó e anotou alguma coisa.

— Eu compro a máquina. Quem sabe você não faz algumas aulas com a Yasmine.

Tive de sorrir, entendendo seu entusiasmo com qualquer aprimoramento culinário.

Com os pratinhos já vazios, Yasmine limpou a mesa. Em seguida serviu a mussaca em quatro pratos e os colocou na nossa frente. Justice experimentou, fechando os olhos e saboreando:

— É o melhor ratatouille que eu já comi.

Eu não sabia o que era um ratatouille, mas sabia que aquilo era um elogio. Yasmine corou.

— Ahmed, fico surpreso que você consiga sair de casa — disse Menachem. — Que mulher talentosa.

Conversávamos pouco, pois a maior parte do tempo passávamos comendo. Yasmine terminou o jantar com sua baclavá caseira. Nem eu havia provado nada tão delicioso.

— Você precisa ensinar a Justice como preparar isso — disse Menachem antes de comer seu terceiro pedaço.

— Eu adoraria aprender — falou Justice. — Posso fazer na semana que vem. O pessoal do meu grupo pela paz vai jantar lá em casa.

— Sua mulher é maravilhosa — Menachem sussurrou no meu ouvido antes de partir, e eu sabia que ele estava sendo sincero.

Justice concordava. Uma vez por semana, Yasmine lhe ensinava a cozinhar, e Justice ensinava a Yasmine como se vestir, falar inglês e viver com mais independência.

Em março, Yasmine deu à luz nosso filho, Mahmud Hamid. Desde o primeiro instante em que o vi, entendi os sacrifícios que Baba fizera por mim. Agora eu sabia o que era amar alguém mais que a si próprio. Faria qualquer coisa para protegê-lo.

Yasmine não era tão esperta para as coisas do mundo, mas tinha o dom da maternidade. Dava banho no filho, o alimentava, acordava com ele no meio da noite, cantava para ele quando chorava e inventava histórias elaboradas. E algo nessa mudança de Yasmine, a mãe do meu filho, despertou em mim uma paixão genuína por ela. Nós agora estávamos unidos por um laço comum. A vida de Yasmine era preenchida pelo nosso filho e por mim. Eu começava a vê-la com outros olhos — eu a via como Baba e Mama a tinham visto quando me persuadiram a me casar com ela: era uma garota simples do meu vilarejo. Ela e eu éramos farinha do mesmo saco.

PARTE 4
2009

Capítulo 46

O ano de 2009 não começou bem. Durante a semana anterior, Israel vinha atacando Gaza. Yasmine e eu acabávamos de voltar para casa de uma festa de Ano-Novo quando peguei o controle remoto da TV e liguei, ansioso para ver as últimas notícias. Yasmine se aconchegou no sofá junto comigo.

"Hoje um jato F-16 soltou uma bomba de uma tonelada na casa de Nizar Rayan", informou o repórter. "Ele era um dos principais líderes do Hamas, e servia como ligação entre a liderança política e o setor militar. A bomba matou não apenas Rayan, mas também suas quatro esposas e seus onze filhos, cujas idades variavam de um a doze anos."

A reportagem mostrava uma imagem de Rayan antes de seu assassinato, e em seguida uma imagem dos destroços. O prédio de cinco andares em que Rayan e a família moravam se tornou uma ruína. Homens de colete amarelo retiravam os mortos do prédio. Cadáveres, fogo, fumaça, feridos, crianças ensanguentadas, tudo era captado pela câmera trêmula. Muitos vasculhavam os escombros procurando vítimas. Outra explosão causou pânico, e todos saíram correndo para se abrigar.

"De acordo com as nossas fontes, Rayan era um defensor dos atentados suicidas desde 1994, quando o colono judeu Baruch Goldstein entrou numa mesquita de Hebron durante o Ramadá e abriu fogo contra palestinos desarmados", disse o repórter. "Goldstein matou vinte e nove palestinos e feriu cento e vinte e cinco antes de sua munição acabar. Em

2001, Rayan apoiou seu filho de vinte e um anos em um atentado suicida em que ele morreu e matou dois israelenses."

A reportagem mostrou mais uma imagem de Rayan, um homem grande e barbado cercado de militantes com capuz preto e faixas verdes na cabeça. Eram guerrilheiros das Brigadas Al-Qassam.

Eu estava prestes a desligar a televisão quando reconheci um homem curvado e aleijado andando em direção a um aglomerado de microfones. Fazia muito tempo desde a última vez que eu vira Abbas, mas seu jeito de andar era inconfundível. Ele tinha agora sessenta e um anos, estava careca e a pele pendia do rosto como uma máscara grande demais.

Abbas se inclinou para a frente e disse:

— Vamos vingar o assassinato de nosso grande líder, Dr. Nizar Rayan.

Eu me ergui de súbito:

— É meu irmão Abbas!

Yasmine se inclinou para perto da imagem.

— Tantos investigadores que você contratou, e agora ele aparece na TV? Ele fazia parte das Brigadas Al-Qassam? Tornara-se um combatente clandestino? Ele era um aleijado, como poderia servir para a guerrilha?

— Seu irmão está sob sentença de morte?

Por que ele tinha de viver em Gaza, o lugar mais pobre e perigoso da Terra? Ele nunca deveria ter deixado o vilarejo. Nós podíamos não ter igualdade de condições, mas tínhamos uma vida melhor do que em Gaza.

— O que você acha que os israelenses vão fazer com a minha família? — Tirei os óculos e esfreguei os olhos. — Por que Abbas tinha de se envolver em política? — Gaza nunca conseguiria se contrapor a Israel, uma das forças militares mais poderosas do mundo e a única superpotência nuclear do Oriente Médio. — Eu preciso ajudar meu irmão.

— Agora a gente sabe onde ele está — disse Yasmine. — Vamos tentar entrar em contato.

Em meu escritório, Yasmine procurou pela internet o telefone de Abbas. Em Gaza, havia cinco Abbas Hamid, e eu contatei todos. Nenhum deles, contudo, sabia como eu podia encontrar meu irmão.

Telefonei para diferentes instituições governamentais, incluindo o gabinete presidencial. Deixei mensagens por toda parte, implorando para que Abbas me ligasse.

Todo o tempo que restava daquela guerra de vinte e três dias, passei vendo notícias na TV, na internet, nos jornais. Eu me comprometi mais do que nunca a tirar Abbas de Gaza quando encontrei um vídeo no YouTube que mostrava um especialista em fósforo branco explicando como os israelenses tinham empregado aquilo em Gaza.

Os militares israelenses vinham atirando bombas de fósforo branco, supostamente tentando criar uma cortina de fumaça perto do campo de Jabalia, o lugar mais densamente habitado do planeta. Mas o especialista explicou que, no dia em que eles atiraram as bombas, ventava tanto que foi impossível criar uma cortina de fumaça. Em vez disso, formara-se uma chuva de partículas em chamas exatamente em cima dessa área civil tão povoada. Isso era particularmente perigoso porque o fósforo podia ser absorvido pelas queimaduras, resultando em danos ao fígado, ao coração e aos rins, e, em alguns casos, falência múltipla de órgãos. Além disso, o fósforo branco continua queimando enquanto não for privado de oxigênio ou até se consumir por inteiro.

Como eu podia deixar meu irmão num lugar como aquele? E se o fósforo o queimasse? A dor seria insuportável. Eu me lembrava da queimadura terrível que meu filho Amir sofrera quando um pote de sopa escaldante caiu em seu braço. Como aquilo era pequeno se comparado à queimadura por fósforo. Pensava em Abbas em coma no hospital tantos anos antes, em como parecia indefeso.

Trabalhei dia e noite tentando entrar em contato com Abbas, sem sucesso. Então, uma semana depois do cessar-fogo, minha sorte mudou. Recebi um telefonema misterioso de uma mulher.

— Se você quer ver seu irmão Abbas, venha para Gaza.

Eu iria para Gaza e tentaria salvá-lo.

— Você está bem? — Yasmine parou na entrada do escritório vestida de roupão. — Ouvi o telefone tocar. Quem era?

A árvore que se via pela janela me fez lembrar como Abbas costumava subir na amendoeira para ver os judeus pelo meu telescópio.

— Tenho de ir para Gaza — falei.

Yasmine arregalou os olhos.

— Você não pode estar falando sério.

— Abbas está em perigo. Eu preciso falar com ele.

— Você vai estar em perigo.

— Ele é meu irmão.

— Você não pode ir — ela articulou cada palavra cuidadosamente.

— É a minha chance de me reparar. — Pensei em Baba algemado à maca. Pensei em Abbas caído no chão, uma poça de sangue embaixo da cabeça. — Quero dar a ele a chance que nunca teve.

Ela cruzou os braços:

— Por que você? Por que não pode pagar alguém para ir no seu lugar?

— Tem de ser eu.

— Você tem uma esposa, dois filhos, uma carreira. A Faixa de Gaza é perigosa. E se Israel voltar a abrir fogo contra Gaza enquanto você estiver lá? E se eles resolverem retaliar Israel? Você está disposto a arriscar tudo pelo seu irmão?

— Sim, estou.

Finalmente eu sentia que estava fazendo algo que precisava fazer.

Yasmine respirou fundo. Ela sabia que eu estava decidido.

— Eu vou com você.

E eu sabia que ela também estava decidida.

***

Fadi foi nos pegar no aeroporto e nos levou de volta para a casa dos meus pais. Não conversamos sobre Abbas no carro por medo de que estivesse grampeado. Depois da primeira transmissão, ninguém sabia quem era Abbas, mas poucos dias depois ele fora identificado como Abbas Hamid, ex-árabe israelense. Revelou-se então que trabalhava na inteligência das Brigadas Al-Qassam e estivera na clandestinidade, junto com os outros integrantes, até a morte de Nizar Rayan.

Fadi não parava de olhar pelo retrovisor. Sempre que mudava de faixa, o jipe militar que nos seguia mudava também. Vinha praticamente colado no nosso para-choque. Fadi resolveu atravessar Tel Aviv, talvez pensando que assim despistaria os soldados. Eu não conseguia acreditar na quantidade de novos arranha-céus de vidro e aço, condomínios e edifícios comerciais, e nos novos bulevares de quatro faixas, vias expressas, avenidas ajardinadas. Passamos pela praia com seus cafés elegantes, bares e lojas, e logo por avenidas cheias de palmeiras. Muito dinheiro foi investido naquela cidade. Passamos pela nova super-rodovia Kvish 6, com suas pontes e seus túneis elaborados. Em tempo recorde chegamos ao vilarejo, com o jipe ainda na nossa cola. Ele nos seguiu até o topo do morro.

Dois soldados estavam estacionados perto da nossa casa. Desta vez Fadi não buzinou ao se aproximar, e nenhum familiar ou amigo esperava ali para nos receber.

— Baba.

Eu queria abraçá-lo, mas ele não se moveu do sofá da sala, com a atenção voltada para o noticiário da TV. Ergueu os olhos vermelhos. Lentamente se levantou e nos abraçou. Parecia ter cem anos de idade.

— O que vamos fazer? — ele sussurrou no meu ouvido.

— Yasmine e eu vamos para Gaza. Vamos levá-lo conosco para os Estados Unidos — sussurrei de volta.

Estávamos parados no meio da sala, Yasmine ao meu lado.

— É perigoso demais — Baba disse no meu ouvido. — Não posso deixar vocês irem.

— Coisas boas dificultam as escolhas. Coisas ruins não deixam opção — sussurrei. — Como Mama está lidando com isso?

Baba sacudiu a cabeça:

— Ela é inacreditável. — Ele me puxou para mais perto. — Está orgulhosa de Abbas.

Como ela podia se orgulhar de que ele pertencesse a um partido que acreditava que a violência era necessária à libertação? Ela, que se mostrou tão contrária aos meus estudos, agora se orgulhava disso.

— Onde ela está?

Ela não tinha formação, falei a mim mesmo.

Baba se dirigiu à cozinha. Mama estava lá, cortando salsinha e cantarolando. Pela janela, dois soldados a observavam trabalhar. Mama acenou para eles e riu.

— Mama — chamei —, o que você está fazendo?

— Pela sua cara, parece que você mordeu um limão. — Ela riu. — Quando vocês chegaram? Me dê um abraço. — Ela me apertou forte, e em seguida fez o mesmo com Yasmine. — Estou tão orgulhosa do seu irmão — ela sussurrou. — Você acredita no que ele alcançou? E pensar que quase o mataram.

Fadi entrou com a mulher e os dois filhos.

— Como anda Roma? — perguntei a Abdullah, o filho mais velho de Fadi.

Ele estava no terceiro ano de medicina, estudando na Itália na mesma faculdade em que seu pai se formara.

Ele me abraçou forte:

— Obrigado, tio Ahmed. O carro é demais!

— Você é um Hamid! — brinquei. — Precisa viajar com estilo. Você gostou do apartamento?

— Muito obrigado, de novo.

— Como anda Paris? — perguntei a Hanza, o outro filho de Fadi.

— É o sonho de qualquer artista.

— Conseguiu ensinar alguma coisa ao seu avô? — Eu sorri para Baba.

— Ele já me superou faz tempo — disse Baba.

Nadia, que agora morava na mesma rua que meus pais, estava nos Estados Unidos visitando Hani. Com prazer eu me ofereci para pagar a universidade para seus dez filhos e seus sete enteados. Só duas das minhas sobrinhas haviam se casado logo depois de terminar o colégio. Entre os formados, havia dois cirurgiões cardíacos, um cirurgião ortopédico, uma radiologista, um engenheiro mecânico, uma arquiteta, uma professora de escrita criativa, uma advogada de direitos humanos, um professor de ensino básico, dois enfermeiros e uma bibliotecária. Dos meus irmãos, só Abbas e Nadia não haviam terminado o colégio.

Hani se mudou para a Califórnia com a esposa, que ele conheceu na Universidade Hebraica. Depois de terminar o doutorado em estudos do Oriente Médio, e de ela terminar seu bacharelado na mesma área, eles haviam se mudado para lá a fim de que ele se tornasse professor de Oriente Médio na Universidade da Califórnia.

De manhã, Yasmine e eu dirigimos até a Embaixada dos Estados Unidos em Jerusalém, a fim de pedir uma permissão de Israel para visitarmos Gaza.

Quando chegou a nossa vez, a secretária se mostrou menos receptiva:

— Vocês não sabem que é uma zona de guerra? — A mulher nos olhava como se acabássemos de revelar o plano de nos suicidarmos.

— Meu irmão está lá — informei. — Eu preciso vê-lo.

— Vou ser franca — ela respondeu. — Vocês estão perdendo tempo. Israel não dá esse tipo de permissão.

— É uma emergência — falei.

— Voltem para os Estados Unidos, esse é o meu conselho. — Ela olhou por cima da nossa cabeça e chamou: "Próximo!"

A fila era grande e ela estava sozinha ali.

— Podemos pelo menos fazer o pedido? — Yasmine perguntou.

— Não, não podem. É contrário às recomendações de viagem do meu governo.

Decepcionados, mas ainda determinados, Yasmine e eu voamos de volta aos Estados Unidos.

Capítulo 47

Yasmine colocou uma bandeja de *kallaj* em cima da mesa.

— Esse eu nunca vi — disse Menachem, transferindo um para o seu prato.

— É a nossa especialidade da semana — explicou Justice. — Tem vendido numa velocidade incrível.

Dez anos antes, Justice e Yasmine abriram uma padaria do Oriente Médio chamada "Fornadas da Paz". Agora ela se tornou uma rede, com vinte e três lojas por todo o país. Elas doavam todo o lucro para um programa que desenvolveram que garantia microcrédito a mulheres palestinas interessadas em abrir negócios.

Olhei para Abbas no retrato que Baba nos dera antes que partíssemos para os Estados Unidos: aquele com minhas irmãs mortas.

— Como sabem, meu irmão mais novo, Abbas, está com o Hamas — falei. — Ele teve uma vida dura. Um israelense o empurrou de um andaime quando ele tinha onze anos. Ele quebrou a coluna e é deficiente desde então. Meu pai estava na prisão. Nós morávamos numa barraca. Vocês podem me ajudar? Não tinha soado como eu ensaiei na minha cabeça.

Justice arregalava os olhos a cada palavra, mas o rosto de Menachem permaneceu impassível.

Afastei os óculos e pressionei meus olhos com os dedos. Yasmine passou o café, sentou-se ao meu lado e apertou minha outra mão. Eu precisava me controlar. Estava fazendo aquilo por Abbas. Estava disposto a implorar se fosse necessário.

Menachem ficou em silêncio por um momento. Depois pareceu ter entendido o que eu lhe dissera:

— O que posso fazer?

Eu me levantei e fui até a janela. Enfiando as mãos nos bolsos, me virei para encará-lo:

— Você conhece alguém? Yasmine e eu precisamos ir para Gaza.

— Você pode morrer lá — ele disse.

Dei de ombros.

Eu tinha sessenta e dois anos, mas Abbas ainda era meu irmão mais novo.

Capítulo 48

Seis meses depois, Yasmine e eu estávamos sentados no banco de trás de um táxi, indo de Jerusalém a Gaza. Passamos por bosques de oliveiras, amendoeiras e em seguida pelas famosas laranjeiras. Quando vi os campos de trigo, meu estômago se contraiu.

Nós tínhamos passado as últimas três semanas tentando atravessar o portão que levava à Faixa de Gaza. Todo dia gastávamos horas na Passagem de Erez, tentando convencer os oficiais israelenses a nos deixar entrar. Não importava que Menachem tivesse movido céu e terra para conseguir uma permissão para nós. Todo dia apresentávamos nosso caso aos oficiais de fronteira e todo dia eles alegavam que era preciso um papel diferente. Nós acordávamos às cinco da manhã para iniciar nossa jornada atrás desses papéis.

Eu levava cartas de Menachem e de dois judeus ganhadores do Prêmio Nobel que haviam trabalhado comigo no MIT. Tanto Yasmine quanto eu redigimos cartas de próprio punho assumindo a responsabilidade: não culparíamos o governo israelense pelo que nos acontecesse em Gaza, reconhecidamente uma zona de confronto. Nada funcionava. Todo dia a resposta dos guardiões do portão era a mesma: voltem amanhã com um papel diferente.

Nosso motorista árabe fumava sem parar com as janelas fechadas, criando uma neblina tóxica. Apesar das janelas fechadas, do meu suéter grosso e de um sobretudo pesado, eu ainda congelava no carro. Yasmine tremia visivelmente. Eu estava acostumado com o inverno, mas esse frio úmido era completamente diferente.

— Você pode ligar o aquecedor? — pedi ao motorista.

— Está quebrado. — Ele se virou e me olhou. — Eles estão cobrando mil shekels pelo conserto. Quem tem todo esse dinheiro?

Pus a mão no bolso e contei mil shekels.

— Para você. — E lhe entreguei as notas.

— O que você quer? — Ele apertou os olhos com desconfiança. — Eu já estive na prisão quatro vezes. Não vou voltar para lá.

— Só precisamos que você nos ajude a atravessar a Passagem de Erez.

— Por que vocês estão indo para Gaza?

— Para ver meu irmão.

— Boa sorte. — Ele deu um trago no cigarro e soltou a fumaça por cima do banco, no meu rosto. — Os israelenses nunca vão deixar vocês entrarem. Quando saíram de lá em 2005, trancaram o povo em Gaza e jogaram a chave fora. Sabe quantas vezes eu levei gente até a Passagem de Erez? Ninguém conseguiu entrar. Por que seria diferente com vocês?

— Nós temos os papéis certos — disse Yasmine, que sempre gostava de se mostrar otimista.

— Antes de Israel bloquear Gaza, uma horda de palestinos atravessava a Passagem para trabalhar aqui. Israel transformou Gaza numa fonte de mão de obra barata. Que escolha tinham aqueles moradores? Eles não tinham permissão para desenvolver a própria economia. — O motorista deu um longo trago no cigarro. — E, quando se tornaram completamente dependentes, Israel foi lá e bloqueou todos.

— Eu sei, eu entendo — respondi, mal conseguindo respirar.

A última coisa que eu queria era conversar sobre política.

Yasmine e eu descemos do táxi na frente de um prédio resplandecente. A Passagem de Erez era uma fortaleza. Quando enfim chegou nossa vez, abordamos o soldado israelense na cabine e lhe entregamos os papéis. Eu tinha idade para ser seu avô. Ele examinou nossas permissões.

— Esperem que eu chame vocês. — Ele indicou que nos sentássemos num canto.

— Ei! — Um homem chamou Yasmine e eu. Tentava combater o frio colado a outro homem. — Jake Crawford, sou da CRS, uma organização católica de assistência social. E este é meu colega, Ron King.

— Ahmed Hamid — me apresentei. — E esta é minha esposa, Yasmine.

A chuva nos fustigava. O frio penetrava os ossos.

— Não fiquem tão melancólicos — zombou Jake. — Podia ser pior. Vocês podiam estar na Passagem de Karni.

— O que tem lá? — perguntei.

— Um trânsito imenso — respondeu Jake. — Outro colega vem tentando há meses passar por lá com um caminhão cheio de água.

— As pessoas estão ficando doentes. — Ron sacudiu a cabeça. — O fornecimento de água e o sistema de esgoto estão entrando em colapso. Israel não tem permitido que entrem as peças necessárias para reparar esses sistemas. Os habitantes de Gaza não podem beber água, e os israelenses não deixam que entre água limpa.

— Você devia ver a quantidade de caminhões estacionados lá. — Jake suspirou. — Muitos deles vêm tentando entrar em Gaza há meses.

* * *

Horas se passaram antes que eu fosse informado de que nossos documentos estavam prontos. Nós os entregamos a um israelense através de um vidro blindado. Fomos revistados e nossas malas foram separadas, cada bolso e cada objeto analisados com cuidado. A próxima parada era o prédio reluzente de aço que parecia uma mistura de prisão com terminal aeroportuário. Devia ter custado um bilhão de dólares com todas as máquinas de raios X, as câmeras, o equipamento de monitoramento e outros aparelhos. Tinha sete cabines, mas apenas uma estava ativa. Passamos por um labirinto de portões, salas de espera e portas giratórias. Entrar no Centro de Detenção de Dror não era nada comparado com isso. O telefonema que Menachem deu no dia anterior para o chefe de gabinete do primeiro-ministro israelense havia finalmente funcionado.

Estava escuro quando começamos a seguir as placas indicando Gaza, ao longo de um extenso e árido túnel de concreto que me fazia lembrar o corredor do matadouro. Tivemos de carregar nossas malas por mais de um quilômetro de pedras, terra, poeira e cascalho, levando ao outro lado da fronteira. Quando emergimos, taxistas desesperados caíram como corvos em cima de uma carcaça.

— Aqui, eu levo vocês! — todos gritavam ao mesmo tempo.

Encharcados e trêmulos, nos sentamos no acolchoado rasgado de um táxi.

Algumas barreiras interrompiam a estrada.

— É um posto de controle do Hamas — explicou o motorista. — Só uma formalidade.

— Boa noite — disse o oficial do Hamas. Nós lhe entregamos os passaportes, ele deu uma olhada e os devolveu, sorrindo. — Bem-vindos a Gaza.

Como era tarde demais para procurar Abbas, fomos direto para o hotel.

No caminho, passamos por estruturas de cimento sem pintura, com buracos enormes. Plásticos cobriam a maior parte das janelas. Com a chuva que persistia, as ruas estavam cheias de pessoas molhadas de todas as idades, de veículos dilapidados e charretes puxadas por burros. Televisores quebrados, aquecedores de água, cabos e barras de ferro dobradas se sobressaíam das pilhas de entulho. Prédios residenciais agora inabitáveis se alinhavam nas ruas estreitas. Havia torres de vigília abandonadas em cada esquina. Crianças descalças chapinhavam na lama. Havia lixo por toda parte. Pelo que eu podia ver, todos em Gaza estavam em situação de vulnerabilidade. Yasmine arregalou os olhos, horrorizada.

— Por que não tem uma árvore? — perguntei ao taxista.

Baba havia me contado repetidamente sobre a abundância de bosques de laranjeiras em Gaza, que enchiam o ar de um cheiro doce. Nossas laranjas não conseguiam competir com as laranjas suculentas e quase sem sementes de Gaza. Ele descrevera Gaza como uma cidade nas margens do mar onde o comércio vicejava graças à sua localização estratégica.

— Israel arrancou todas as árvores desta área — disse o motorista. — Imagina só que risco à segurança deles aquelas árvores provocavam: uma laranja podia cair em cima de um dos tanques deles.

Viramos uma esquina e entramos num bairro cheio de prédios residenciais e casas que, em sua maior parte, ainda estavam intactos, exceto por um ou outro prédio deformado aqui e ali por vigas retorcidas até um limite impossível. O motorista virou de novo e passou a uma estrada pavimentada que ia até um palácio branco com arcos.

O porteiro nos recebeu com um cálido cumprimento de boas-vindas. O lugar tinha sido construído para autoridades e jornalistas visitantes, exalando um ar de privilégio mesmo nessas circunstâncias. Dentro, o pé-direito era alto, formando domos dos quais pendiam lustres metálicos. O saguão era branco, limpo e espaçoso, e me senti grato pelas acomodações luxuosas. Nosso quarto era cheio de arcos e fotos em preto e branco de Gaza em tempos melhores. Pela janela, Yasmine e eu ouvíamos as ondas quebrando na praia. Uma leve brisa marítima se misturava ao cheiro de sândalo do hotel.

— Repare como é forte esse mar — comentou Yasmine. — Nem você ia querer nadar ali.

Eu aprendera a nadar no Mediterrâneo, quando fui a uma conferência de física em Barcelona; eram as férias de verão, e Yasmine e os meninos me acompanharam. Quando a conferência terminou, todos fomos à Costa Brava e ficamos num hotel à beira-mar. Mahmud tinha nove anos e Amir não chegava aos oito. Nós acordávamos cedo para nadar em nossa praia particular.

— Não são como as ondas dos Hamptons, com certeza — brinquei. Meus filhos haviam me ensinado a surfar de peito ali, quando morávamos em Nova York.

— Essa água é envenenada — encerrou Yasmine.

Capítulo 49

Enquanto estávamos sentados sozinhos no salão de jantar, tomando um suco natural de morango, um homem de terno listrado veio até a nossa mesa.

— Bem-vindos, bem-vindos. Eu sou Sayeed El-Sayeed, proprietário do hotel.

— Por favor, junte-se a nós. — Apontei a cadeira à minha frente. — Eu sou Ahmed Hamid e esta é minha mulher, Yasmine. O seu hotel é lindo.

— Eu tinha grandes esperanças em relação a este hotel. — Ele balançou a cabeça. — Trabalhei como arquiteto na Arábia Saudita por vinte anos. Com todo o dinheiro que economizei, voltei para Gaza e construí o hotel.

— Você é daqui de Gaza? — perguntei.

— Não, de Jafa, mas fugimos de lá em 1948, antes da guerra, quando os judeus tomaram a nossa cidade.

— Não tem muitos turistas por aqui hoje em dia. — Olhei em volta, o restaurante vazio.

— Só vocês. Antes, pelo menos jornalistas e ajudantes humanitários tinham autorização para entrar.

— Onde você consegue a comida fresca e os suprimentos?

Ele apontou para o sul:

— Pelos túneis. Você sabe, o mercado clandestino.

— Vocês trazem toda a comida pelos túneis?

— Não, não. Os israelenses autorizam a entrada de alguns itens básicos. Estou falando dos ingredientes necessários para manter ativo um cardápio de hotel.

— O que você vai fazer? — perguntei.

Ele balançou a cabeça de um lado para o outro:

— Conhece alguém interessado em comprar um hotel cinco estrelas dentro de uma prisão?

Capítulo 50

Eu olhava pela janela do táxi.
— Onde é o palácio presidencial? — perguntei ao motorista.
— Era ali. — Ele apontou para uma pilha de destroços. — Agora é do lado. — Ele indicou um edifício parcialmente destruído coberto de plástico nas partes explodidas.
— Estamos procurando Abbas Hamid — falei à recepcionista.
— Seus nomes?
Ela tinha um olho vendado, e dois dedos faltavam na mão direita. Parecia raivosa debaixo do véu preto.
— Ahmed Hamid, irmão dele, e minha mulher, Yasmine Hamid.
Mostrei a ela nossos passaportes americanos.
Ela olhou com desdém para Yasmine, que vestia o sobretudo amarelo de colarinho aberto que comprara em Paris, além de uma calça justa. Graças ao pilates e à ioga, Yasmine continuava em forma.
A mulher virava as páginas de sua prancheta. Ergueu então o telefone e discou um número.
— Saiam — ela instruiu. — Ele ainda não chegou.
Do lado de fora, garoava, estava úmido e frio. Nós não tínhamos levado guarda-chuva. Do outro lado da rua, havia uma mesquita destruída. Um grupo de garotas se aproximou, algumas de uniforme, outras de roupa amassada e surrada. Algumas tinham mochilas nas costas,

enquanto outras carregavam sacos de lixo. Elas riram e cochicharam alguma coisa ao passar por nós.

Identifiquei o jeito de andar de Abbas quando ele se aproximou devagar com a ajuda de um garoto.

— Meu irmão. — Fui até ele. — Finalmente!

Eu o abracei, mas ele não me abraçou de volta.

Parecia querer me mandar embora, mas olhou o menino ao seu lado e segurou a língua.

— É seguro para você estar assim a céu aberto? — perguntei.

Eu havia lido que todos os militantes das Brigadas Al-Qassam viviam escondidos em túneis.

— Eu sou um velho aleijado. Como Nizar, gostaria de morrer lutando pelo meu país. Ele não tinha medo de mostrar o rosto. Eu me recuso a me esconder por mais tempo. Que o mundo veja os israelenses me matando.

— Por favor, não se ponha em perigo — pedi.

— Já é tarde demais para isso. — Tenho uma reunião agora.

— Onde?

Ele apontou para o prédio parcialmente destruído.

— Você pode tirar algum tempo? Viajei até aqui para ver você.

— Me perdoe por não largar tudo para tomar chá com você, mas tenho de ir a uma reunião. — Ele me olhava com desprezo. — Está quase na hora da escola do meu neto Majid. Por que você não vai com ele? Ele pode lhe apresentar a cidade no caminho. Quando ele terminar, aí conversamos.

— No fim do dia? — perguntei.

— Em Gaza, a escola tem turnos de quatro horas. — Abbas se virou para o menino que o acompanhava. — Este é meu irmão, seu tio Ahmed, dos Estados Unidos.

— Eu sou Yasmine, a mulher de Ahmed. — Yasmine sorriu ao se apresentar.

Abbas a cumprimentou com um movimento de cabeça e depois se virou de novo para o neto.

— Mostre a eles os arredores, apresente alguns de seus amigos, depois leve os dois para a escola com você.

Antes que eu pudesse dizer qualquer coisa, Majid já ajudava Abbas a subir as escadas.

Yasmine e eu esperamos até que Majid voltasse. Pelo menos Abbas aceitou me ver depois da escola.

— Em que série você está? — Yasmine perguntou enquanto andávamos ao lado dele.

— Na sexta. — Ele me olhou diretamente nos olhos. — Então vocês moram nos Estados Unidos?

— Moramos. — Sorri.

Ele parou, abriu a mochila, tirou uma cápsula vazia de uma bomba de gás lacrimogêneo e me entregou.

— Acho que foi um presente do seu país. — Majid sorriu.

Peguei a cápsula. Na lateral estava escrito *Produzido em Saltsburg, Pensilvânia*.

— Agradeça aos seus amigos. Nós ficamos com a bomba deles. — Ele guardou a cápsula de volta na mochila e tirou outro fragmento. — Este chegou na escola. É um pedaço de bomba de um ataque de fósforo branco.

Majid me mostrou a inscrição em seu tesouro: *Arsenal de Pine Bluff, Arkansas*.

— Você não tem nenhum livro aí dentro? — perguntei.

— Não, eles foram destruídos na guerra.

Eu franzi a testa.

— Então para que a mochila?

— A gente troca bombas e pedaços de armas. Meu amigo Bassam tem um pedaço legal de uma bomba Mark 82 de 250 gramas que eu quero.

Pensei nas crianças do lado de fora da barraca comparando cápsulas de munição, trocando pedaços de armas umas com as outras como meus filhos trocavam figurinhas de beisebol.

Majid apontou para um conjunto de barracas próximas à escola destruída.

— Essa era a minha escola no ano passado. — Alguns avós ou pais conversavam com as crianças junto às barracas, enquanto outras entravam rastejando. — Ei, Fadi — Majid chamou um menino de seu tamanho. A manga esquerda de seu moletom azul pendia solta ao lado do corpo. O garoto veio até nós, e Majid pôs um braço sobre seu ombro. — São meus tios dos Estados Unidos.

— Um prazer conhecer você. — A voz de Yasmine estava embargada.

— Um míssil de um jato F-16 arrancou o braço dele — Majid foi direto ao ponto.

— Se me derem um shekel, eu mostro o toco que sobrou — disse Fadi.

— Não precisa — respondi, e lhe dei um shekel.

— Por que você não falou que seu tio era tão fácil assim? — Com a mão que restava, Fadi deu um tapa jocoso na cabeça de Majid. — Eu teria pedido mais!

Majid e Fadi riram, mas então Majid tossiu e tentou recuperar o semblante sério. Olhou as barracas e viu um garotinho de uns seis ou sete anos.

— Amir! — ele chamou, e o menino veio. — Este é meu tio, ele é dos Estados Unidos.

Seu olho esquerdo nos examinou. O direito não se moveu.

— Mostre o olho para eles — pediu Majid.

O menino tirou com a mão o olho direito. Yasmine se assustou, e os meninos riram. O buraco rosa em seu rosto parecia em carne viva.

— Você está louco? — Fadi lançou seu braço no ar indignado. — Por que não pediu dinheiro antes? Você precisa ser um homem de negócios que nem eu.

Fadi tentou acertar de novo a cabeça de Majid, mas ele se esquivou.

* * *

Chegamos ao prédio que fora duramente alvejado. Partes estavam queimadas. A chuva começava a ressoar em seu telhado metálico. Esta era a escola.

A sala de aula de Majid não tinha porta nem janelas. Quarenta e seis meninos se amontoavam na sala, sentados no chão. Era escuro e frio, e não havia lâmpadas nos soquetes nem aquecedor. Alguns meninos tinham cicatrizes no rosto; a maioria tinha olheiras escuras. Na lousa rachada, via-se a imagem de um menino sorrindo, e percebi que se tratava de um mártir. Os alunos conversavam uns com os outros.

Um homem em cadeira de rodas entrou na sala e nos cumprimentou. Majid foi até ele:

— Eles são meus tios. Querem ficar com a gente hoje. — E se virou para nós. — Este é meu professor, Halim.

— Perdoem — disse o professor. — Eu ofereceria cadeiras, mas tivemos de queimá-las para produzir um pouco de calor.

— Sou professor de física — contei, um tanto sem jeito.

— Vamos começar com ciências, então.

Ele me passou uma folha de papel com buracos desiguais.

— O que aconteceu aqui? — Apontei para um buraco.

— Furou com a borracha. Nós temos de contrabandear papel pelos túneis. A qualidade é péssima.

Eu li a folha escrita à mão.

Transmissão de calor

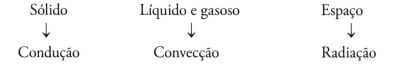

— Isso não é um pouco fácil para crianças de onze anos? — Olhei para o professor.

— Nestas circunstâncias... — ele baixou a voz.

Como isso era possível? Em comunidades de refugiados palestinos, a educação era sempre muito valorizada. Ao longo dos anos, conheci diversos refugiados palestinos fazendo pós-doutorado em universidades de alto nível.

— Eles pelo menos recebem cópias desta folha? — perguntei.
Ele negou com a cabeça:
— Não, o bloqueio, você sabe.
— Claro.
Yasmine e eu ficamos parados ao lado dele. Eu não conseguia acreditar no que estava vendo.
— Hoje temos visitas — o professor disse à turma. — São os tios de Majid. Ele é professor de física.
O som dos jatos lá em cima pareceu paralisar a turma. Um garoto mais próximo visivelmente contraiu o corpo. Quando os jatos passaram, o professor perguntou:
— Quem sabe alguma coisa sobre transmissão de calor?
Vários braços se ergueram. Ele apontou para um garotinho à minha frente.
— Ahmad.
— E-e-eu n-ã-ão s-s-se-ei — ele disse.
Quando a aula de ciências acabou, o professor passou para matemática. As crianças ainda estavam na tabuada do dois e do três.
— Onde é o banheiro? — perguntei.
Eu tomara suco demais no café da manhã.
— O balde fica ali fora, atrás do lençol — o professor apontou.
Do lado de fora, remexi os entulhos e enchi os bolsos de pedras.
Quando voltei, o professor ainda estava tentando passar a lição de matemática àqueles rostos impassíveis.
— Você se incomoda se eu tentar? — pedi.
Yasmine e eu nos sentamos no chão, cercados pelas crianças. Coloquei duas pedras no chão.
— Um grupo de dois é dois. — Usei uma pedra para escrever no chão de terra 1×2=2. Do lado, pus dois grupos de duas pedras. — Dois grupos de dois são um, dois, três, quatro. — Escrevi na terra 2×2=4. Pus então três grupos de duas pedras e daí em diante até dez. Os olhos deles se acenderam. — Quando forem para casa, quero que usem pedras e o chão de terra como papel para treinar essas contas.

Yasmine ensinou a eles algumas frases em inglês, da maneira como ela aprendera, e organizou os alunos para que utilizassem as frases em conversas. Quando nossos filhos eram novos, Yasmine começou a fazer cursos na universidade e não parou até terminar o mestrado em educação fundamental. Embora ela tivesse escolhido abrir o negócio com Justice, se soubesse o quanto ela era talentosa em sala de aula, eu a teria encorajado a se tornar professora.

* * *

Majid nos deixou na porta do escritório provisório de Abbas, que nos convidou à casa dele.
— Onde você estacionou? — perguntei.
Não podia ser muito perto porque eu o tinha visto subir a pé.
— Eu moro aqui perto. — Seu tom era frio. — O médico diz que eu preciso caminhar, para não terminar numa cadeira de rodas.
Andávamos devagar, o rosto de Abbas se contorcendo de dor. Fazia cinquenta anos que ele mostrava essa expressão enquanto andava. Em silêncio, passávamos pelas ruínas de prédios variados. Começou a cair uma chuva fria. Crianças corriam debaixo da chuva para chegar a tempo de seu turno de quatro horas na escola. Ninguém parecia ter casacos adequados ou guarda-chuvas, e ninguém parecia se importar.
Meu irmão abriu a porta de lata de sua casa de tijolos de barro.
— Construí a casa do jeito que a gente fazia no vilarejo — ele disse. — Tenho ensinado as pessoas abrigadas em barracas a construir casas assim.
Duas mulheres sentadas no chão tentavam ninar bebês chorosos, enquanto três crianças novinhas e maltrapilhas brincavam com uma bola, com alguém de costas que parecia ser um garoto um pouco mais velho. Ele se virou, e eu perdi o fôlego. Não era um garoto, era um jovem, e tinha exatamente a minha cara quando eu era da sua idade. Tinha até meu cabelo espesso, uma barba escassa e, em geral, uma aparência desarrumada. Ele beijou a mão de Abbas.

— Meu Deus, eu me sinto como se voltasse a ser um adolescente — comentei.

— É — disse Abbas. — Este é meu filho mais novo, Khaled. Ele não só tem a sua cara, mas também o seu dom para a matemática e a ciência. Mas tem princípios diferentes dos seus.

— Você é meu tio Ahmed? — Khaled perguntou, parecendo chocado.

Abbas falou para ele sobre mim? Eu olhei para Abbas, mas seu rosto era impassível.

Abbas balançou a cabeça de um lado para o outro:

— Como você sabe quem ele é?

Khaled engoliu em seco.

— Eu li todos os artigos dele que pude. Ele conseguiu calcular a anisotropia magnética de um átomo, sabia?

— Foi esse o trabalho que você fez com o israelense? — Abbas lançou um olhar ácido na minha direção, e em seguida se virou para Khaled. — Você sabia que seu tio passou os últimos quarenta anos colaborando com um israelense para alcançar esses resultados?

Khaled baixou a cabeça.

— Em que universidade você estuda? — perguntei.

— Eu estudava física na Universidade Islâmica.

Abbas interrompeu:

— Os israelenses explodiram os laboratórios científicos durante a ofensiva, assim como o departamento de registros.

— Eu li em algum lugar que o Hamas guardava armas lá — comentei.

— Você leu a propaganda israelense. Foi seu colega quem lhe passou essa reportagem?

— Não, eu li no jornal.

— Você devia ter lido o relatório das Nações Unidas — retrucou Abbas. — Eram prédios educacionais civis, e eles não encontraram qualquer evidência de uso como recinto militar que justificasse sua conversão em alvo legítimo aos olhos dos israelenses.

— Você estava estudando nanotecnologia na universidade? — Me virei para Khaled.

— Bem que eu queria — Khaled lamentou. — Eles não ensinam nanotecnologia em Gaza.

— Já pensou em estudar no exterior?

— O MIT me ofereceu uma bolsa, mas os israelenses não me deixam sair — contou Khaled. — Eu já pedi o visto várias vezes.

— Como eles podem impedir você de aceitar uma bolsa? Seria de pensar que eles quisessem uma população educada; são a ignorância e a superstição que promovem a violência.

Khaled abriu a boca para responder, mas seu pai respondeu antes:

— Não, são a pobreza, a tirania e o desespero. E negar às crianças uma educação e um futuro promove todas essas coisas.

— Talvez eu possa ajudar você. Eu tenho contatos.

Eu faria aquilo acontecer.

Khaled sorriu, mas seu pai entrou no meio de nós:

— Khaled não iria querer sujar as mãos colaborando com o inimigo.

— Abbas bateu no ombro de Khaled.

Olhei para Khaled:

— Me deixe apenas analisar as suas opções.

— Tem mais de oitocentos estudantes com bolsas no exterior que não conseguem sair — contou Abbas. — Nem os seus contatos conseguiriam tirar Khaled daqui. Os israelenses não querem palestinos educados. Faz parte da política deles de escolasticídio. Eles querem que fiquemos desesperados e não tenhamos mais motivo para viver. Querem nos transformar em terroristas para não terem de negociar a paz conosco e não precisarem devolver nossa terra.

Eu não acreditava na magnitude da paranoia de Abbas. Eu mostraria a ele, movendo céu e terra para conseguir o visto de Khaled. Conseguiria vistos para todos. Afinal, eu consegui entrar em Gaza, não é?

Procurando uma maneira de mudar de assunto, notei quatro retratos emoldurados: uma bela jovem de olhos indianos, dois meninos e uma menina. Pelas flores de plástico que decoravam a moldura, eu sabia que eram mártires.

Abbas me viu olhando os retratos.

— Esses são meus meninos, Riyad e Zakariyah.

Eles lembravam Abbas e meus irmãos nessa idade.

— Riyad tinha sete anos. Zakariyah tinha só seis. — Abbas apontou para a mulher ao lado deles. — Essa era a mãe deles, minha esposa, Malaikah. Eles ainda estavam morando em Chatila. Você soube dos massacres dos campos de refugiados de Sabra e Chatila, no Líbano?

— Sim, Abbas. Quando fiquei sabendo daquilo, tive um terrível pressentimento de que você tivesse morrido lá.

— Não, infelizmente eu não morri. Meus filhos e minha esposa morreram em meu lugar. Que Alá tenha piedade deles. — Ele respirou fundo. — Eu fui forçado a sair pouco antes naquele mês.

No dia em que meu irmão perdeu a esposa, eu aceitara me casar com Yasmine.

— Que os espíritos deles permaneçam na sua vida — falei. — Que Alá faça chover suas bênçãos no túmulo deles.

— Essa era a minha neta, Amal. Ela foi atingida por um míssil israelense quando voltava da escola para casa, alguns meses depois de Israel dizer ao mundo que tinha saído de Gaza. Foi Khaled quem encontrou o que restava dela.

Khaled virou a cabeça e secou os olhos, obviamente constrangido de que víssemos aquela demonstração de emoção.

Uma mulher de aparência castigada, coberta por um véu e um manto esfarrapado, apareceu com uma bandeja e três copos de chá. Ela apertou os ombros de Khaled ao passar por ele e disse:

— Eles eram muito próximos, Khaled e Amal. Foi muito duro para ele.

— Esta é minha mulher, Mayada. — Abbas pegou um copo e agradeceu.

Yasmine e eu fizemos o mesmo.

Abbas nos apresentou às noras e aos netos. Os outros dois filhos estavam fora procurando trabalho. Mayada, sua segunda mulher, os três filhos e os oito netos viviam todos juntos nessa casa de dois cômodos.

Eu levaria todos comigo para os Estados Unidos e transformaria a vida deles.

Capítulo 51

Abbas, Yasmine, Khaled e eu entramos no carro semidestruído de Abbas, azul com uma porta amarela. Yasmine e Khaled se sentaram no banco de trás. Eu achei que não fosse pegar, mas Abbas deu um jeito.

— Como você está? — perguntei.

— Ocupado. — A voz de Abbas era fria. — Tenho coisas importantes a fazer pelo meu povo.

Duas crianças brincavam no meio da lama e do entulho. Uma mulher surgiu de uma barraca improvisada ao lado de uma casa destruída e acenou para que entrassem.

— Eles pagam você? — perguntei.

— Por que você quer saber?

Ele tirou os olhos da estrada e me olhou.

Limpei a poeira da minha calça:

— Você está vivendo na miséria.

— Eu doo meu dinheiro para quem realmente precisa. — Abbas balançou a cabeça. — Não conseguiria aproveitar o dinheiro sabendo que outros estão sofrendo.

Cada prédio que víamos estava danificado ou destruído. No dia anterior, eu tinha visto áreas de Gaza ainda intactas: Abbas estaria deliberadamente tentando me transmitir uma falsa impressão da realidade?

— O que você tem feito todos esses anos?
— Consegui um emprego trabalhando na organização do Dr. Habash.
— Fazendo o quê?
Ele não tinha habilidades e mal conseguia andar.
— No serviço de inteligência. — Ele sorriu. — Eu traduzia para o árabe os jornais e as notícias israelenses. Você se lembra do rádio que fez para mim? Eu usava para ouvir as notícias em hebraico.
— Eu tentei encontrar você. — A poluição me fez espirrar. — Foi como se você tivesse desaparecido da face da terra.
Abbas dirigia devagar para evitar os buracos gigantes na rua.
— Eu vivia na clandestinidade. O Mossad estava atrás de mim. Eles já tinham matado vários colegas meus.
Eu não conseguia acreditar que, na frente do filho, ele se gabava de seu trabalho para uma conhecida organização terrorista. Eu precisava revelar o motivo da minha visita. Ele e sua família não mereciam sofrer nem mais um dia ali. Eu só queria que Abbas pudesse enxergar além da raiva que tinha de mim e, assim, fazer o que era certo.
— Viemos convidar vocês para ir para os Estados Unidos com a gente. Nós podemos garantir uma vida melhor para você e sua família.
Olhei para Khaled no banco de trás. Ele estava sentado na ponta do banco.
Yasmine permaneceu em silêncio, de olhos presos nos cartazes de mártires que se alinhavam naquelas ruas tristes.
— É, com certeza você adoraria que eu abandonasse o que estou fazendo. — A voz de Abbas estava carregada de amargura. — Quer que eu deserte para os Estados Unidos, onde posso sofrer um acidente fatal.
— Abbas, você é meu irmão...
— Eu tenho acompanhado a sua carreira. Sei que você e o israelense ainda estão colaborando. Foi ele que fez você vir aqui?
Eu estava chocado.

— Ninguém me fez vir. O ódio cegou você para o bem que ainda existe no mundo. Eu só quero compartilhar a minha sorte com você e com a sua família.

— Você nunca se importou nem um pouco comigo nem com nosso povo. Você passou para o lado dos israelenses há muito tempo.

— Eu cuidei sozinho da nossa família. Mama e Baba têm uma casa bonita, moderna, e eu garanti que Fadi, os filhos dele e os de Nadia completassem a escola e fizessem faculdade. E agora vim aqui buscar você e a sua família. Eu não estou do lado de ninguém.

— Como o bispo Desmond Tutu disse: "Se você é neutro em situações de injustiça, você escolheu o lado do opressor."

As palavras de Abbas me atingiram como um tapa. Se ele pudesse entender.

— Eu tentei alcançar a paz do meu próprio jeito.

— Você fez o que era bom para você. Esqueceu o seu povo. Você é um colaborador. Alguma vez pensou que nem todos nós temos capacidades que os israelenses podem explorar?

Eu não quis levantar a voz, mas saiu alto mesmo assim:

— Eu não trabalho para Israel, nunca trabalhei. Eu sou americano. Trabalho pela ciência, pelo mundo. — Como ele não disse nada, voltei a falar dele: — Você está arriscando sua vida.

— O bem-estar do meu povo é a minha vida.

— Pense em você, Abbas, pense na sua família. Eu posso dar a vocês uma vida boa, uma vida segura, sem sofrimento. Um futuro para a sua família. Seus filhos e netos podem ter a educação que merecem.

Ele parecia tão velho que podia ser meu pai. Eu tinha algumas rugas no rosto, mas meu corpo era firme e forte por anos de praticar corrida.

— Você é diferente de mim — retrucou Abbas. — Quero fazer alguma coisa pelo meu povo, mas você sabe tão bem quanto eu que Israel quer um Estado judeu apenas para judeus, em toda a Palestina histórica. E, no seu novo país, os judeus determinam a política do Oriente Médio.

Israel sabe que pode fazer o que bem entende porque os judeus dos Estados Unidos vão apoiar.

Revirei os olhos:

— Você está dando crédito demais aos judeus dos Estados Unidos. Tem também a direita cristã. Eles acreditam que os judeus precisam ficar aqui para a segunda vinda de Jesus ou coisa parecida.

— Então é por isso que eu devo abandonar meu povo e ir para os Estados Unidos, porque todo mundo lá quer nos destruir?

— Abbas, você não está sendo racional. O Hamas usa atentados suicidas.

— Israel não precisa usar atentados suicidas. — As feições de Abbas se contraíram. — Eles têm tanques e aviões. O atentado suicida é a arma do desespero. Os israelenses mataram muito mais gente do que nós. Eles vêm tentando nos erradicar da Palestina desde os anos 1940.

— Eu não iria tão longe. — Foquei o olhar na mancha de sujeira da manga da minha camisa de linho. — Por que se fixar no passado se podemos mirar no futuro?

— Que futuro? Olhe ao redor. Israel quer agora a mesma coisa que queria antes. Nossa terra sem nós.

— Escute, eu não sou um grande fã de Israel, mas não acredito nisso. Israel quer segurança antes de conceder a paz.

— Paz traz segurança. Segurança não traz paz.

Pensei nas palavras do Dalai Lama penduradas na sala de espera de Justice. Diziam algo como: "Se você quer experimentar a paz, ofereça a paz ao outro; e, se quer se sentir seguro, faça com que o outro se sinta seguro."

Abbas continuou:

— Israel disse que não iria negociar a paz conosco até ter segurança. Nós paramos nossos ataques: onde estão as conversas? Onde há opressão, haverá resistência.

— Você precisa se livrar de todo esse ódio, Abbas. Venha com a gente para os Estados Unidos. Você pode ajudar as pessoas de lá, onde vai estar seguro. Eu faço os arranjos para que toda a sua família possa vir.

— Mesmo que eu quisesse — Abbas parou o carro no semáforo para deixar passar um grupo de crianças —, Israel nunca permitiria que eu e minha família saíssemos. Seria mais fácil viajar para Júpiter do que sair de Gaza.

A luz ficou verde e Abbas voltou a acelerar.

— Aonde estamos indo?

— Nós não costumamos receber muitos turistas americanos aqui. — Abbas me olhou com superioridade. — Pensei em lhe mostrar a região.

— Nós somos tão palestinos quanto você.

— Você virou as costas para nós. — Ele olhou para trás pelo retrovisor. — Vocês dois viraram.

— Como você ousa? — Yasmine já não suportava o moralismo arrogante de Abbas. — Você não sabe nada de mim nem do que eu fiz pelo meu povo.

Eu me virei para Abbas.

— Como diabos você se envolveu com o Hamas? Você nem é religioso.

— Durante os Acordos de Oslo, nossa organização uniu forças com o Hamas e com o restante da frente de rejeição.

— Por que você rejeitaria Oslo? Você não quer a paz?

— Eles não ofereceram a paz. Israel queria governar nossa terra, nosso ar e nosso mar, criar uma prisão a céu aberto e manter os guardas no lugar. O Dr. Habash conseguiu enxergar isso. Ele era cristão, mas não importava: todos somos palestinos em primeiro lugar. — Abbas indicou com um gesto tudo o que havia ao redor. — Você acha que fomos libertados?

— Bom, não. Mas o Hamas força a barra. Eles estavam atirando foguetes contra Israel.

— Você é tão ingênuo. Você comprou a versão de Israel. Este bloqueio, esta prisão em que nos encarceraram, você realmente acha que fizeram tudo isso para deter alguns foguetes caseiros? Eles querem matar nossas esperanças e nossos sonhos, destruir nossa humanidade. A maioria de nós vive de doações: eles nos transformaram numa nação de pedintes. Nós éramos um povo trabalhador, orgulhoso, cheio de recursos. Agora nossos homens não têm comércio, nossas crianças não têm educação, ninguém tem esperança de um futuro melhor pela força do nosso trabalho duro. Eles estão fazendo pior do que matar nosso corpo; estão matando nosso espírito, tomando nossa alma. Eu quero que meus filhos e netos se tornem pedintes ou quero que morram de fome? É uma decisão salomônica.

Olhei Abbas nos olhos:

— O que você está sugerindo é impossível. O mundo inteiro está vendo.

— Israel está violando todas as leis concebíveis de direitos humanos e ninguém o impede. Nós somos retratados como extremistas impiedosos, perturbadores, sanguinários. É mais fácil matar extremistas ou simplesmente fechar os olhos para seu sofrimento interminável.

— Então você acredita que Israel vai matar todos vocês?

— As políticas deles são calculadas e sistemáticas.

— Então por que tantos votaram pelo Hamas, uma organização terrorista? Se isso é fazer o jogo deles, então por quê?

— O que você acha que aconteceu em 2005 quando Israel disse ao mundo que havia saído de Gaza? Eles nos deram nosso país? Não, eles removeram seus colonos para poder nos estrangular de outro jeito. Nós não tínhamos nenhuma chance. O Fatah não nos libertou. Nossa economia ruiu. Israel nunca permitiu que o Fatah desenvolvesse a infraestrutura necessária para o sucesso, mas permitiu por anos que a Irmandade Muçulmana, que se converteu no Hamas, desenvolvesse sua infraestrutura. Quando você não consegue alimentar seus filhos, aonde você vai? O Hamas nos deu comida, escolas, clínicas e meios de melhorar a vida. Quando o Fatah não pôde cumprir sua promessa, as massas se voltaram para o partido que podia. É uma questão de sobrevivência. E meu trabalho é representar as massas.

— Mas e os métodos do Hamas de atirar foguetes contra Israel? — indaguei. — Você não vê quanto eles são contraproducentes?

— O que você faria se você e sua família estivessem encarcerados numa prisão, passando fome, tremendo de frio numa barraca em pleno inverno, sem água potável nem nenhuma forma de ganhar dinheiro, e o mundo todo virasse as costas para a situação? De que outro jeito atrairíamos a atenção das pessoas?

— Não é a melhor forma de atenção, Abbas. Eu queria que você conseguisse enxergar isso.

Abbas parou o carro diante do hospital. As janelas de uma lateral estavam cobertas de plástico.

— Os israelenses não nos deixam trazer os materiais de que precisamos para reconstruir o hospital. Não se deixe enganar. A destruição causada durante a Operação Chumbo Fundido não era nada aleatória. Os israelenses queriam fazer Gaza retroceder décadas.

Pacientes chegavam em ambulâncias, táxis e carregados por parentes. Do lado de dentro, abrimos caminho entre pessoas com variados graus de lesões e doenças, ao lado de seus familiares: todos competindo por atenção. Abbas nos levou à ala pediátrica.

Dez camas se espremiam num quarto que deveria ter duas. Não havia enfermeira à vista. O garoto na primeira cama tinha bandagens brancas onde deviam estar as pernas. Outras bandagens cobriam seus braços e toda a lateral esquerda de seu rosto. Todos os outros garotos do quarto também eram amputados.

Yasmine empalideceu.

— Este é Salih — disse Abbas. — Ele só tem cinco anos. A única coisa que ele fez foi sair para beber água. Foi atingido por um míssil.

— E aí, rapaz? — Khaled falou para o garoto.

— Você trouxe o livro hoje? Não vejo a hora de saber o que aconteceu com Gulliver.

— Amanhã, amigo. — Khaled o cumprimentou e saiu.

Fomos andando de sala em sala.

A energia acabou. As luzes se apagaram, e as máquinas deixaram de funcionar. As pessoas se ajeitaram como se não fosse um grande problema. Abbas nos levou em seguida ao necrotério.

Um homem nos mostrou um bebê atrás do outro, o brilho de uma grande lanterna escolhendo um rosto pequenino depois do outro.

— Todos morreram da síndrome do bebê azul — Abbas informou. — Envenenamento por nitrato.

O rosto de Yasmine estava tão branco quanto minha camisa. Aonde Abbas nos levaria depois disso?

Capítulo 52

Abbas aproximou o carro o máximo que pôde dos muros que Israel erguera em volta de Gaza.

Pelo padrão de destruição, ficava claro que eles tinham arrasado metodicamente qualquer prédio que ficasse a menos de quinhentos metros da fronteira. Vizinhanças inteiras desabaram. Quanto mais longe dessa zona morta, mais prédios permaneciam de pé.

Visitamos o campo de Al-Shati, um aglomerado de barracas de concreto e esgoto a céu aberto perto de uma praia. Um navio israelense estava naquele instante atirando contra um barco pesqueiro.

— O que está acontecendo? — perguntei.

— Israel não deixa que ninguém conserte nosso sistema de esgotos, então ele está vazando e poluindo o oceano. Nossos pescadores ficam restritos a águas contaminadas. A pescaria aqui já foi farta, mas agora temos de comprar peixe congelado no mercado clandestino ou arriscar morrer na água.

Ninguém podia escapar de Gaza.

Fomos a Jabalia, o lugar aonde Nora e Justice planejavam ir. Passamos por ali a caminho do hotel. Mais de cem mil pessoas se amontoavam em pouco mais de meio quilômetro quadrado. Entulho, barracas, paredes alvejadas, crianças sujas e descalças por toda parte. Era como eu imaginava o inferno.

O carro de Abbas começou a fazer um barulho estranho, mas ele não pareceu notar.

— Israel não vai precisar negociar a paz conosco enquanto os Estados Unidos continuarem oferecendo ajuda a eles.

Meu irmão estacionou o carro em frente a uma enorme pilha de entulho, abriu o porta-luvas e nos mostrou as fotos dos assentamentos israelenses em Gaza, com suas casas de luxo, seus parquinhos e piscinas. Tempos atrás, nós havíamos ajudado a construir casas muito semelhantes àquelas.

— Era assim que eles viviam antes de serem realocados — continuou Abbas. — Os dólares dos impostos americanos ajudaram a construir esses assentamentos. — Ele apontou pela janela para a paisagem arrasada. — Demoliram tudo antes de partir.

Imaginei quantas famílias poderiam ter sido realocadas para cá, vindas das áreas de fronteira que os israelenses dizimaram. Não teria lhes custado nada...

Abbas voltou a dirigir, a atenção voltada para a estrada esburacada.

— Eu sei que você vai esquecer tudo isso amanhã, quando voltar para a sua vida confortável nos Estados Unidos.

— Eu não vou embora amanhã. — Eu me virei para Khaled. — Talvez você possa vir ao meu hotel, para eu explicar a minha pesquisa.

Seus olhos brilharam:

— Eu adoraria.

Abbas nos deixou em nosso hotel pomposo. Acabados, Yasmine e eu nos retiramos à nossa suíte. Cercados pelo luxo que pouco antes havíamos apreciado, éramos incapazes até de falar. Abbas tinha razão: eu era egoísta. Só me importava com o meu trabalho. Estava comprando Mercedes conversíveis para os meus sobrinhos enquanto outras crianças não tinham comida ou água. Pensava que mandar dinheiro para a minha família era suficiente, mas aquelas crianças não eram minha família também? Como minhas prioridades haviam se distorcido tanto? Eu ficara em paz esquecendo o meu povo. Sabia que eles estavam sofrendo e ainda assim os ignorava.

Fiquei acordado até a meia-noite para poder ligar para Menachem. Eram sete da manhã em Boston. Expliquei a situação de Khaled e ele prometeu que lhe conseguiria um visto.

Capítulo 53

Encontrei Khaled no restaurante na manhã seguinte. Expliquei a ele meu trabalho enquanto tomávamos um café da manhã farto e observávamos as ondas quebrando na praia. Ele absorvia cada palavra que eu lhe dizia. Ele se parecia tanto comigo.

— Você iria estudar nos Estados Unidos se eu conseguisse um visto? — perguntei.

— Você está brincando? — Seus olhos brilhavam de esperança. — É o meu sonho. — E em seguida baixou os ombros. — Você nunca vai conseguir me tirar daqui.

— O que você faria se eu conseguisse?

— Eu me tornaria seu escravo — ele respondeu com entusiasmo.

— E se seu pai discordar? — Eu não queria ser negativo, mas precisava ser realista. — Você sabe que ele não quer que você vá embora de Gaza.

— Se você me conseguir um visto... — Ele sorriu. — Eu consigo convencer meu pai a me deixar ir.

— Continuamos depois, então. Quero levar meus sobrinhos e sobrinhas ao zoológico. Foi muito recomendado pelo *concierge*.

A agência de aluguel nos trouxe uma van, e nós fomos buscar as crianças. Eu estava decidido a mostrar a eles como era uma vida melhor.

* * *

Majid viu seu amigo Fadi diante do zoológico e o chamou. Ele estava conversando com um grupo de crianças. Quando me viu, se apressou em nossa direção.

— Você devia vir conhecer nosso belo zoológico — ele disse. — Como você foi tão generoso comigo ontem, vou deixar todos vocês entrarem pelo preço baratíssimo de dez shekels cada. É realmente espetacular. Temos duas zebras sem igual. São conhecidas como as zebras de Gaza.

— As zebras não são originárias de Gaza — protestei.

Yasmine lhe pagou.

— Por favor, me sigam. — Fadi acenou com seu único braço e parou numa bilheteria, de costas para nós, dizendo em voz muito séria: — Entrem. Estou trabalhando agora. — Depois nos olhou por cima do ombro. — Por mais dez shekels posso fazer um tour do lugar.

Majid riu.

Yasmine lhe deu o dinheiro e Fadi sorriu e curvou as costas, apontando para a porta giratória. Eu o vi pagando as entradas com o dinheiro que tirou de outro bolso, e nós entramos.

Um gramado cercado por um anel de cimento e jaulas improvisadas estava cheio de crianças. Dois garotos montavam duas zebras estranhas no meio do gramado. Não conseguiam parar de rir. Eu nunca tinha visto nada como aquilo.

— As duas zebras originais morreram de fome durante a ofensiva — Fadi falava com autoridade, como se fosse o guarda do zoológico. Khaled e Yasmine entraram na fila com os netos de Abbas, que agora riam e apontavam. Só o que queriam fazer era montar nas zebras. Fadi e eu seguimos até a jaula do leão. — Ou talvez um leão que escapou tenha comido uma das zebras. — Ele apontou para a jaula com o leão dentro. — Por três semanas, era muito perigoso virmos aqui alimentar os animais ou ajudar os que haviam sido atingidos por tiros ou bombas, então só dez animais sobreviveram. — Ele apontou para as grandes jaulas vazias. A mais próxima tinha uma placa onde se lia: "Camelos". Ele continuou enquanto voltávamos para a área das zebras. — Conseguir mais uma só zebra custaria cem mil shekels. Nós teríamos de contrabandear o animal pelos túneis. Se você quiser comprar duas novas zebras para nós, converse comigo. Eu sou o responsável pela aquisição.

— Vou considerar o caso — falei.

Um grupo de crianças se reuniu atrás de Fadi para ver o que ele estava fazendo.

— Não são zebras de verdade, sabe — Fadi sussurrou para mim. — Só não conte às crianças.

— O que são? — sussurrei de volta.

— Pedi a dois dos meus trabalhadores que pegassem dois burros brancos e tingissem os pelos deles com faixas de tinta preta para cabelo.

Ele parecia orgulhoso, como se realmente fosse o autor dessa ideia tão engenhosa.

As falsas zebras pareciam esqueléticas sobre suas patas frágeis, mas os garotos não se importavam. Eu sentia como se tivéssemos entrado em outro mundo. Tanto os garotos quanto seus pais pareciam tão despreocupados. Crianças corriam de uma jaula para a outra, animadas, contentes. Outras se sentavam nos ombros dos pais e riam, apontando para todo lado.

Muitas das jaulas continham cães e gatos domésticos, e as crianças se reuniam em volta deles batendo palmas e gargalhando, jogando a cabeça para trás. Eu me alegrava de ver que a vida ainda podia ser boa, mesmo em Gaza.

— É tão bom ver todo mundo se divertindo — comentei com Khaled quando ele e as crianças se juntaram a nós.

Khaled negou com a cabeça:

— Você devia ter visto a carcaça carbonizada da camelo fêmea grávida. Sua boca estava aberta de dor. Nas costas havia um buraco, do tamanho de um pé, que um míssil tinha aberto.

— Bom, o pessoal do zoológico fez um ótimo trabalho restaurando o lugar — amenizei.

Yasmine se virou, apontando ao redor:

— As crianças estão se divertindo tanto.

Ao sairmos do zoológico, Khaled perguntou se podíamos fazer algumas paradas antes de voltar para casa. A van seria muito útil para algo que ele tinha de fazer. Na porta do zoológico, vários vendedores haviam montado uma feira de bairro. Um deles vendia mudas de plantas em vasos de turfa. Reconheci a maioria delas das muitas hortas de que Yasmine adorava cuidar, para depois dar plantas de presente aos vizinhos e colegas. Khaled tirou da mochila uma carteira surrada.

Eu o impedi com a mão.

— Seu dinheiro não serve aqui, filho. Do que você precisa?

— Algumas mudas de tomate, abobrinha, berinjela, pepino, menta e sálvia, por favor.

* * *

Quando voltamos para o carro, pedi indicações e Khaled me disse que era ali que sua tarefa começava. As mudas não eram para sua família.

Paramos na frente de um prédio nos arredores da cidade. As paredes tinham grandes cavidades no estuque.

— Durante a invasão, os soldados tomaram a casa desta família, destruíram a mobília, abriram buracos de artilharia nas paredes. — Khaled abriu o porta-malas da van. — Só o que deixaram foram cápsulas de munição e sacos de lixo fedidos: os banheiros portáteis da tropa.

Que menino bom Abbas havia criado. Mesmo com toda a sua raiva, para ter um filho assim, ele só podia ser um bom pai. Entramos no que restava da casa. Eles haviam limpado os despojos, mas deixado as inscrições nas paredes. Algumas estavam em hebraico, mas boa parte era em inglês: *Árabes têm de morrer*, gritava uma das paredes. *1 abatido, faltam 999.999 para abater*, lia-se em outra. E rabiscado no desenho de uma lápide: *Árabes 1948-2009*.

Cinco crianças moravam sozinhas ali, ao que parecia. Khaled e Yasmine puseram as plantas onde o mais velho, que parecia ter doze ou treze anos, lhes indicou, perto da porta de entrada.

***

A van de volta para casa foi silenciosa. Eu planejava convidar a família de Abbas para jantar no hotel. Queria mostrar que a vida tem mais do que sofrimento, mas por algum motivo senti naquele momento que aquilo não era completamente verdade. Por isso não interrompi o silêncio.

Capítulo 54

Naquela noite, Menachem ligou:
— Não consigo tirar seu sobrinho daí. Falei até com o primeiro-ministro.
— Por que não?
Eu sentia como se tivesse levado um soco no estômago.
— O pai dele trabalha para o Hamas. Acredite em mim. Você nunca vai conseguir tirá-lo daí.

* * *

Na manhã seguinte, Khaled me esperava no restaurante. Estava de calça jeans e um boné do time de beisebol Boston Red Sox. Podia ser um adolescente de qualquer lugar, tirando dos ouvidos os fones de seu walkman.
— O que você está ouvindo?
— Eminem. Eu adoro rap. Espero que não se importe de eu vir aqui. Eu queria saber mais da sua pesquisa. Tive um sonho em que você era meu orientador.
Yasmine e eu nos sentamos à mesa com ele. Seus olhos estavam cheios de esperança. Eu tinha de lhe contar.
— Tenho uma notícia muito ruim — falei. — Não consegui um visto para você. Sinto muito.

Ele murchou como se fosse um balão. Os olhos se encheram de lágrimas, que escorreram por suas bochechas.

Yasmine chegou perto dele e acariciou seus cabelos. Minha impotência me paralisava. Como eu podia tê-lo enchido de falsas esperanças? Quem eu pensava que era? Achava que era de alguma forma superior aos meus parentes daqui? Que poderia magicamente resolver os problemas deles? Até o momento eu só havia sido capaz de causar mais dor. Precisava encontrar uma solução.

— Vamos pensar nas possibilidades — falei. — Talvez haja uma saída. Bom, eles trazem comida e suprimentos clandestinamente para Gaza. Talvez a gente possa tirar você clandestinamente.

Assim que as palavras saíram da minha boca, tive vontade de sugá-las de volta.

Khaled secou os olhos e me olhou.

— Você quer dizer pelos túneis?

— Não saem pessoas pelos túneis também? — perguntei.

— Meu vizinho vai e volta por ali toda semana. Ele tem um câncer tratável, e não tem quimioterapia em Gaza.

— Por que não analisamos essa opção? Mas primeiro precisamos falar com o seu pai.

Khaled negou com a cabeça:

— Primeiro vamos descobrir se é possível; depois, se for, pedimos para ele.

Pensei em como esperei o fim do torneio que me deu a bolsa para contar a Mama. Se eu tivesse pedido antes, ela não teria me deixado ir.

— Parece razoável.

— Podemos ir lá agora, aos túneis? — ele pediu.

Yasmine, Khaled e eu entramos na van alugada e seguimos para Rafah.

* * *

As lojas de Rafah estavam cheias de produtos contrabandeados a preços exorbitantes: comida de bebê, remédios, computadores, garrafas d'água.

Na vitrine das lojas, havia fotos de mártires dos túneis portando pás e brocas. Parecia muito perigoso.

Olhei os preços.

— Como as pessoas conseguem pagar por essas coisas?

— Elas não têm escolha. — O dono da loja deu de ombros. — É tão caro contrabandear qualquer coisa para cá. Elas têm de pagar os egípcios, e tem também o custo do túnel.

— Vamos lá ver os túneis com os nossos próprios olhos — sugeriu Khaled.

Concordei, mas já tinha me decidido. Tantos homens mortos, eu não podia permitir que Khaled arriscasse sua vida.

Passamos a praça Nijma, no centro de Rafah. Viam-se mesas com televisores, geladeiras, ventiladores, liquidificadores e outros utensílios domésticos. Mais perto da fronteira, havia caixas de cigarro e pacotes enormes de batata frita. Antes de chegar às entradas, passamos pelo depósito que vendia as ferramentas usadas para construir os túneis: pás, cordas, fios elétricos, picaretas, martelos, parafusos e porcas de todos os tamanhos. Pessoas vendiam mercadorias em barris, nos abordando aos gritos.

Escondida sob um complexo arranjo de barracas e cabanas precárias ao longo de toda a fronteira entre Gaza e o Egito, ficava a fonte fundamental ao sustento de Gaza: uma rede de túneis.

Um homem me apresentou a seu chefe, que me mostrou os diferentes tipos de passagens. Variavam em tamanho, formato e propósito, e estavam construídas em vários níveis de sofisticação. Isso só confirmava o que eu já havia decidido: de forma alguma eu arriscaria ali a vida do meu sobrinho. Vimos túneis frágeis com aberturas estreitas, meros buracos na terra, e passagens largas reforçadas com madeira. Embora as últimas tivessem menos risco de desabar, ainda assim podiam ser bombardeadas.

— Por que a entrada desce gradualmente até o túnel? — Yasmine questionou.

— É para animais — disse o responsável. — É mais fácil para vacas e burros. Senão teriam de ser içados para fora por uma polia operada com gerador.

Khaled riu.

— Eu me visto de burro e vou por esse aqui mesmo! Minha mãe diz que sou teimoso feito uma mula.

Como não acompanhamos a brincadeira, ele percebeu que tinha alguma coisa acontecendo. Eu lhe disse que era perigoso demais, que eu me recusava a permitir que ele tentasse escapar pelos túneis. O brilho em seus olhos se apagou.

— Não posso colocar a sua vida em risco — afirmei.

— Que vida? — ele perguntou. — Eu já estou morto. — Ele me olhou, à procura de algum sinal de misericórdia. — Como você acha que sua vida teria sido se não lhe tivessem permitido estudar?

Recordei o momento em que fui expulso da Universidade Hebraica. Lembrei como tinha me sentido morto por dentro, aprisionado.

— Veja bem, a gente pode ficar mais tempo. — Eu tentava soar animado. — Eu posso tutorar você.

Ele seguiu até o muro sombrio que tínhamos à nossa frente, com vários pôsteres de mártires. Não disse uma palavra, só pressionou a mão contra a foto de um menino que sorria e parecia cheio de vida. Talvez fosse um retrato de aniversário. Todos sabíamos que ele estava morto, senão a foto não estaria ali. De certa forma, vê-lo como ele era quando estava vivo era pior. Naquele momento, o menino tinha esperança.

— Só me leve para casa. — Subitamente Khaled virou as costas para o pôster. Eu me impressionava de ver o quanto ele se parecia com o garoto da foto. — Por que isso importa? Às vezes eu acho que queria... eu queria ser corajoso como eles foram.

— Eles quem? — perguntou Yasmine.

— Os mártires. Os mártires se recusam a deixar que Israel faça sua morte ser tão insignificante quanto sua vida.

— Existem muitas maneiras pacíficas de lutar — disse Yasmine.

— Seu pai foi preso por ajudar um combatente. — Khaled olhou diretamente para mim. Afastou-se do muro e nós começamos a andar como grupo. Ele olhou de volta e depois não virou mais o rosto enquanto andávamos. — Tenho certeza de que você sentiu orgulho dele.

— Meu pai seria o primeiro a dizer que existem outras maneiras de manter a causa viva — falei. — Ele recomendaria que você focasse nos estudos e esquecesse a política.

— Eu sou um prisioneiro na minha própria cidade. Não posso fazer nada quanto a isso. O que eu preciso é de liberdade.

— O mundo está sempre mudando e só Deus sabe o que vai acontecer — falou Yasmine.

— Deus não existe — Khaled resmungou. — São os israelenses que controlam o nosso futuro.

Capítulo 55

Khaled ligou na manhã seguinte:
— Estava pensando se por acaso eu poderia levar minha família para almoçar no seu hotel. Eu queria comemorar. Acho que encontrei um jeito de sair de Gaza. Tenho uma entrevista hoje à tarde. Pensei que podia ser bom para a minha família ver que ainda existe alguma esperança. Eu senti isso quando estava no hotel.
— É claro que pode trazê-los — respondi. — Yasmine e eu adoraríamos. Com quem é a entrevista que você tem?
— Quero que seja uma surpresa. — Podemos comemorar quando eu tiver certeza. Você se incomodaria se eu chegasse um pouco antes? Eu queria saber um pouco mais da sua pesquisa. Talvez me ajude na entrevista.
— Pode vir agora.
— Ótimo. E, por favor, não conte ao meu pai. Não quero que ele fique chateado antes de ser oficial. Ele acha que eu vou a um casamento.
— Não vou dizer uma palavra — prometi.
Eu sentia todo o meu corpo relaxando. Yasmine e eu estávamos muito preocupados com ele desde a visita aos túneis. Finalmente, alguma coisa boa aconteceria.

* * *

Abbas, sua mulher, Yasmine, Khaled, quatro netos e eu nos reunimos em volta da maior mesa do restaurante e ficamos olhando as ondas quebrando na praia. Era estranho ver Abbas e a família em suas roupas gastas comendo em pratos de porcelana, talheres de prata e taças de cristal. Só Khaled cabia ali. Ele se transformou completamente para a entrevista. Vestia um terno preto com uma camisa branca e gravata. O cabelo estava bem penteado, a barba curta não estava mais lá e o corpo aparentava estar perfeitamente limpo. Parecia mesmo que um fardo havia sido tirado de suas costas. Eu rezava para que ele se saísse bem na entrevista.

Terminamos a refeição com bolo de amêndoas e café árabe.

— Deixe que eu leia sua borra — pedi a Khaled.

Eu leria seu futuro à maneira como Mama sempre lia o nosso. Olhei o fundo da xícara, mas todos os sinais que Mama me ensinara indicavam que seu futuro era pesado.

— Seu futuro é brilhante — menti.

Ele sorriu e de repente senti que havia esperança para ele. Eu era um homem da ciência, não acreditava em superstições. Khaled olhou para Abbas com amor.

* * *

O vídeo foi deixado no meio da noite. Abbas e a mulher correram para o hotel porque não tinham videocassete. Nós nos reunimos em volta da TV, sabendo que era a pior notícia que eu poderia imaginar, mas ainda assim torcendo sem palavras para que não fosse.

Uma imagem de Khaled apareceu. Ele trajava um *keffiyeh* branco e preto em volta do pescoço. Numa das mãos, tinha uma metralhadora apontada para cima, na outra, um manuscrito. Sua mão tremia.

Yasmine desabou na cadeira mais próxima, chocada. Mayada começou a chorar em silêncio.

— Estou fazendo isto não para entrar no paraíso ou ser cercado de virgens. Estou fazendo isto porque os israelenses não me deixaram escolha.

Mayada e Yasmine agora choravam copiosamente. Yasmine chegou mais perto da mãe que sofria, abraçando-a, chorando junto com ela.

— Estou fazendo isto pelo avanço da causa palestina. Estou fazendo isto para aprofundar nossa resistência. Prefiro morrer com esperança a viver uma vida aprisionada. Prefiro morrer lutando por uma causa justa a ser aprisionado no inferno da terra. Esta é minha única saída. Não há liberdade sem luta. Os israelenses têm de entender: se nos aprisionarem, pagarão um preço. Eu só posso controlar como vou morrer. Os crimes de Israel contra meu povo são incontáveis. Eles não apenas nos oprimem, mas convenceram o mundo de que são as vítimas. Israel tem um dos exércitos mais fortes do mundo; nós temos uns poucos foguetes miseráveis, e mesmo assim eles conseguiram convencer o mundo de que precisam se proteger de nós. O mundo não só acredita nas mentiras deles como as apoia. Como eles me proibiram de usar minha mente, tenho de usar meu corpo, a única arma que me resta.

O vídeo ficou turvo e eu pensei que tínhamos perdido a imagem, mas em alguns segundos ela se restabeleceu.

Ele baixou a arma.

— Baba, por favor, entregue a Ahmed meu caderno. Está na gaveta de baixo do meu guarda-roupa, embaixo das calças. Até que voltemos a nos ver, eu me despeço. — O vídeo ficou escuro.

— O que eu fiz? — Abbas afundou o rosto nas mãos, soluçando. — É culpa minha. Ele pensou que eu queria que ele fosse um mártir?

— É claro que não — tentei confortá-lo. — Ele sabia quanto você o amava. Ninguém tem a menor dúvida de que você preferiria levar uma punhalada no coração a ver seu filho ferido.

Eu abracei Abbas. Pela primeira vez em quinze anos, ele me abraçou de volta. Pobre Abbas. Ele estava se culpando, quando eu sabia que a culpa era minha. Eu dera a Khaled esperança em seu desespero, e aquilo tornou sua vida insuportável. Eu era tão ingênuo que pensava que podia ajudá-lo com meus contatos.

Eu matei o filho do meu irmão.

Capítulo 56

Quando meu celular tocou, acordei no susto, com o coração batendo forte contra as paredes do meu peito. A única luz no quarto vinha do relógio no criado-mudo: 3h32. Apalpei o espaço procurando o aparelho, mas ele escorregou da minha mão e foi parar no chão.

Mais alguém devia ter morrido.

Apenas uma semana tinha se passado desde o funeral de Khaled. Ele havia detonado o colete antes da hora. Disseram que foi um problema técnico, mas nós sabíamos que ele não tinha conseguido se forçar a levar vidas inocentes junto com a dele. É claro que conseguiu acabar com algumas: toda a sua família, inocente, sofria.

Agora, qualquer ligação no meio da madrugada era motivo para se alarmar.

— Rápido, atenda! — A voz de Yasmine beirava o pânico.

Nenhum de nós conseguia dormir o suficiente desde a morte de Khaled.

Agarrei o telefone. Abbas estava morto, eu tinha certeza. Sua morte partiria o coração de Mama.

— Alô — falei, um pouco alto demais. — O que aconteceu?

Yasmine acendeu o abajur. Ergueu o tronco e ficou sentada, de olhos arregalados, espelho do meu próprio medo.

— Estou falando com o professor Ahmed Hamid? — um homem perguntou com voz educada e um sotaque desconhecido.

— Sim — respondi, com medo na voz. — Quem é?

— Aqui é Alfred Edlund.

Meu coração desacelerou. Eu conhecia esse nome de algum lugar. Seria algum amigo de Yale do meu filho Mahmud? Isso não podia ser bom, não a essa hora.

— Quem é? — Yasmine quis saber.

— Mahmud está bem?

Eu estava prendendo a respiração.

Yasmine se fez ofegante e começou a balançar para a frente e para trás.

— Não entendi — disse o homem.

— Não é sobre meu filho?

— Não. Sou o secretário-geral da Academia Real das Ciências da Suécia.

Olhei para Yasmine e estendi a mão:

— Ninguém se machucou — sussurrei.

— Professor Hamid, o senhor está aí?

— Como o senhor me encontrou?

— O professor Sharon me passou seu telefone.

Eu me endireitei, começando a entender a importância daquela ligação.

— Estou ligando em nome da Academia Real das Ciências da Suécia.

Menachem e eu vínhamos sendo indicados para o Prêmio Nobel nos últimos dez anos. Mas quem ligaria a esta hora?

— Gostaria de informá-lo que — ele fez uma pausa —, em nome da Academia Real da Suécia, tenho o prazer de anunciar que o senhor e o professor Sharon são os ganhadores do Prêmio Nobel de Física deste ano.

Eu não tinha palavras.

— Seu trabalho em equipe para descobrir como medir a anisotropia magnética em átomos individuais foi um extraordinário avanço. Levou à descoberta de novos tipos de estruturas e dispositivos que terão um papel central no desenvolvimento de uma nova geração de aparelhos eletrônicos, computadores e satélites.

— Obrigado — foi o que pude dizer. — Me sinto honrado, é claro. — Eu ouvia a neutralidade da minha voz.

— O que está acontecendo? — Yasmine agarrou meu braço — Com quem você está falando?

— Vamos lhe entregar o Prêmio Nobel na Suécia, na Sala de Concertos de Estocolmo, no dia 10 de dezembro.

— Eu estou em Gaza no momento. Eu me sinto muito honrado, mas não conseguirei comparecer.

Eu não podia sair de Gaza, não tão pouco tempo depois da morte de Khaled.

— Como não vamos entregar os prêmios até dezembro, podemos conversar sobre suas opções antes disso.

— Que tipo de ligação é essa? — Yasmine puxou meu braço. — Quem é?

— Eu examinei o trabalho de sua vida e estou muito impressionado. O senhor contribuiu enormemente para o avanço da raça humana.

— Ahmed, me diga! — Yasmine implorou. — Eu preciso saber!

Eu desliguei.

— Eu ganhei o Prêmio Nobel

Faltava entusiasmo na minha voz.

O som do telefone tocando de novo me desconcertou.

— O que está acontecendo? Quem está ligando agora? — perguntou Yasmine.

— É sobre o prêmio — expliquei.

O telefone, eu sabia, não pararia de tocar até que eu atendesse.

— Eu ainda me lembro do dia em que você me disse que existia um jeito melhor. E pensar que quase ignorei você. — Era a voz embargada de Menachem.

Nós havíamos trabalhado tanto por aquilo. Eu não queria que minha dor pessoal diminuísse a felicidade dele. Ele vinha ligando todos os dias para saber como eu estava.

— Pensar quanto eu odiava...

— Você se arrepende de alguma coisa?

— Só de não ter enxergado a verdade desde o início.

Assim que desliguei, o telefone voltou a tocar.

— Olá. O professor Hamid está? — perguntou um homem com sotaque hispânico.

— Sou eu.

— Aqui é Jorge Deleon, do jornal *El Mundo*, de Madri, Espanha.

— Não são nem quatro da manhã.

— Me desculpe, professor Hamid. É que temos prazos.

O restante da manhã eu passei recebendo ligações de repórteres da Europa e do Oriente Médio.

Fiz uma videoconferência com a parte da família que ainda estava no Triângulo, utilizando um equipamento que havia sido contrabandeado pelos túneis. Desde os doze anos de idade, eu esperava o dia em que contaria ao meu pai que fizera algo da minha vida. Agora eu tinha ganhado o prêmio mais prestigioso do mundo. Minha voz atravessava a rede e chegava às caixas de som da minha família. Mama apareceu na janela do meu monitor.

— Chame Baba — pedi.

— O que aconteceu? — ela perguntou. — Más notícias?

— Não, pelo contrário, Mama. Boa notícia, a melhor notícia.

— Conte agora. Não posso esperar.

— Por favor.

Mama foi até a cozinha e voltou com Baba.

— Tenho um anúncio para fazer. — Forcei um sorriso.

Mama levou a mão ao coração. Baba esperou com paciência.

— Acabei de receber uma ligação da Suécia. Eu ganhei o Prêmio Nobel de Física, junto com Menachem.

Meus pais permaneceram em silêncio. Olharam-se e deram de ombros.

— O que é um Prêmio Nobel? — Baba enfim perguntou.

— O Prêmio Nobel é dado aos que conferiram os maiores benefícios à humanidade e fizeram as descobertas ou invenções mais importantes.

Normalmente eu não iria me vangloriar de um prêmio, mas eu queria ter certeza de que Baba tinha entendido que eu fizera algo de bom na minha vida.

Baba olhou para Mama.

— Ahmed ganhou um prêmio.

E os dois deram de ombros, como se eu não pudesse vê-los.

— Tem um químico sueco do fim do século XVIII que inventou a dinamite — expliquei. — Ele se preocupava com as muitas maneiras como a ciência podia impactar a humanidade.

— Ele sabia que a dinamite seria usada para explodir a nossa casa? — Mama ironizou. — Era a esse tipo de impacto que ele se referia?

Como eu podia explicar a Baba que eu havia conseguido cumprir a promessa que lhe fizera tantos anos antes? Tentei falar algo mais sobre o prêmio:

— Ele usou sua fortuna para instituir o Prêmio Nobel. Desde 1901, a cada ano, um comitê seleciona os homens e as mulheres que alcançaram os maiores feitos em vários campos, entre eles a física. É o prêmio mais importante que qualquer cientista pode receber.

Baba sorriu. Mama não pareceu se impressionar muito.

— Esqueci de dizer, nossa égua está grávida — Mama comentou.

Meu celular não parava de tocar.

— Bom, esperem até assistir ao vídeo. Aí vocês vão entender melhor Eu vou fazer um discurso.

Capítulo 57

— Obrigado a todos por terem vindo hoje — disse o apresentador. — A Academia Real das Ciências da Suécia tem o orgulho de entregar o Prêmio Nobel de Física deste ano ao professor Menachem Sharon e ao professor Ahmed Hamid pela pesquisa que ambos iniciaram quarenta anos atrás.

"No passado, o armazenamento de dados era limitado pelo tamanho. Até que conseguíssemos determinar a anisotropia magnética de um único átomo, a tecnologia não podia ser menor. A anisotropia magnética é relevante porque determina a capacidade de um átomo de armazenar informação. Sharon e Hamid descobriram como calcular a anisotropia magnética de um único átomo.

"Além de aumentar a capacidade de armazenamento e promover o avanço dos chips eletrônicos, a descoberta permitiu aprimorar sensores, satélites e muito mais. Eles abriram as portas para que novos tipos de estruturas e dispositivos fossem construídos a partir de átomos individuais. O armazenamento atômico que eles desenvolveram nos permite hoje guardar cinquenta mil longas-metragens e mais de um trilhão de bits de informação num dispositivo do tamanho de um iPod.

"Menachem Sharon e Ahmed Hamid começaram com uma ideia cujas aplicações eram desconhecidas na época. Isso exigiu visão e força para dar um salto de fé. É uma honra, para mim, estender as felicitações em nome de toda a Academia aos professores Menachem Sharon e Ahmed Hamid. Com a união de seus esforços, eles fizeram história."

Os aplausos foram estrondosos. Um silêncio tomou a sala quando aquela multidão com as mentes mais brilhantes do mundo voltou a atenção para Menachem e para mim. Vestindo camisas brancas e fraques pretos idênticos, ambos andamos até o palco em sincronia perfeita, tendo ensaiado cada passo no dia anterior. Paramos diante de Sua Majestade, o rei da Suécia, e do restante da família real. Menachem deu o passo à frente primeiro: estendeu a mão para que o rei a apertasse e lhe concedesse uma medalha e um diploma. Quando ele recuou, foi a minha vez de dar um passo à frente e receber meu prêmio.

A Filarmônica Real de Estocolmo tocava quando Menachem e eu andamos até o pódio no meio do hall enfeitado. Menachem se inclinou para a frente e se pôs a falar no microfone:

"O principal ímpeto para o nosso trabalho veio do professor Hamid. A primeira vez que notei sua genialidade, ele era meu aluno, em 1966. Tenho vergonha de dizer que, no início, eu via seu brilhantismo como uma ameaça. E, só depois de quase perder tudo, fui forçado a lhe dar uma chance. Lembro-me do dia em que ele veio ao meu escritório, um garoto maltrapilho, com sandálias feitas de tiras de pneus. Ele me disse que tinha um jeito melhor de fazer as coisas. Eu o rejeitei, mas não pelo mérito de sua ideia: eu não conseguia imaginar que esse garoto palestino tivesse alguma coisa a me oferecer. Ele provou que eu estava errado. Ele me deu a chance de uma vida. Levou quarenta anos, mas, trabalhando juntos, Hamid e eu conseguimos realizar mais do que jamais sonhamos. Ele também é meu amigo mais próximo. Espero que possamos ser uma lição para Israel, para os palestinos, para os Estados Unidos e para o mundo."

Menachem estava chorando. Eu também sentia as lágrimas tomando meus olhos.

Em seguida foi a minha vez. Cheguei ao microfone e comecei:

"Em primeiro lugar, e acima de tudo, gostaria de agradecer ao meu pai, que fez mais por mim do que qualquer outra pessoa." Olhei para aquele auditório cheio e para as muitas câmeras apontadas para mim. "Ele me ensinou o que significa fazer sacrifícios. Eu sou quem eu sou graças a ele. Gostaria de agradecer à minha mãe, que me criou para perseverar, e ao meu primeiro mestre, o professor Mohammad, por ter acreditado em mim. Agradeço ao professor Sharon, meu querido amigo e colega, por me julgar pela minha capacidade, não pela raça ou pela religião, por ter enxergado o que outros não enxergavam e por me apresentar ao professor Smart. Quero agradecer à minha família por ter suportado os desafios enquanto eu passava meu tempo estudando, e à minha esposa e aos meus filhos por me mostrar o que é o amor." Parei. "Eu digo aos meus filhos: sigam aquilo que os apaixona. Minha infância me ensinou que gotas firmes furam pedras. Eu aprendi que a vida não é o que acontece com você, mas como você escolhe reagir aos acontecimentos. A educação foi a minha saída, e assim eu fui capaz de me erguer acima das minhas circunstâncias. Mas agora percebo que, ao fazer isso, deixei muita gente para trás. Vim a entender que, quando uma pessoa sofre, todos sofremos. Devotei a vida até agora à minha família, minha formação e minha pesquisa; esta noite quero lhes transmitir o que está acontecendo em Gaza, onde eu estava quando recebi a ligação me informando sobre esta grande honra.

"A educação é um direito fundamental de toda criança. Gaza, como está agora, é um terreno fértil para futuros terroristas. As esperanças e os sonhos dessas crianças foram arrasados. A educação, a porta de saída para os oprimidos, tornou-se praticamente impossível. Os israelenses que controlam as fronteiras proibiram centenas de jovens que ganharam bolsas no Ocidente de sair de Gaza e chegar a essas universidades. Eles proíbem a entrada de material escolar, livros e até materiais de construção. Se eu vivesse lá, não teria alcançado o que alcancei. Não podemos permitir que esse escolasticídio continue. Ninguém pode viver em paz enquanto outros chafurdam na pobreza e na desigualdade. Se eu antes sonhava com a manipulação dos átomos, hoje sonho com um mundo em que possamos nos erguer acima da etnia, da religião e de todos os outros fatores de divisão, para chegar enfim a um propósito maior. Como Martin Luther King Jr. antes de mim, eu tenho a audácia de sonhar com a paz."

O público se levantou e aplaudiu de pé. Estendi a foto de Khaled, para que as câmeras dessem um close:

— Gostaria de dedicar este prêmio ao meu sobrinho Khaled, que escolheu a morte em vez de uma vida despojada de sonhos e de esperança. Nós criamos uma fundação em seu nome que vai fornecer material escolar, livros e oportunidades. Professores do MIT, de Harvard, Yale e Columbia assinaram uma parceria para pressionar Israel a fim de que conceda o visto aos estudantes que merecem, para que eles assumam seus lugares devidos nas faculdades de todo o planeta e deem a sua contribuição, assim como eu dei a minha. Convido todos a se unirem a nós.

Menachem deu um passo à frente e parou do meu lado, assumindo o microfone:

— Gostaria de conceder a minha metade do prêmio, quinhentos mil dólares, ao Fundo Escolar de Ciências Khaled Hamid para Palestinos. A cooperação entre palestinos e israelenses oferece a única esperança real para a paz. A história provou que um povo não pode viver em segurança à custa de outro. Um estado democrático secular por toda a Palestina histórica, com direitos iguais para todos os cidadãos, independentemente de suas crenças religiosas, é a única maneira de alcançar uma paz verdadeira. Uma pessoa, um voto. Precisamos parar de brigar e começar a construir.

O trovejar de aplausos e aclamações abafou minha resposta, mas nosso abraço disse tudo.

Capítulo 58

De volta ao vilarejo, pus minha medalha do Nobel na estante da sala dos meus pais e, pela janela que eles haviam instalado, tive uma visão do meu lugar favorito no mundo: a amendoeira. Em teoria ela só devia florescer em um mês, mas estava tomada de flores. Amal e Sa'adah, as duas oliveiras que haviam se postado atrás dela para testemunhar nosso sofrimento e nos proteger da fome, permaneciam fortes e viçosas.

Eu estava ali para buscar toda a minha família e levá-los para visitar Abbas em Gaza.

A morte de Khaled transformou Abbas. Quando eu lhe contei a respeito de minha ideia da fundação, ele chorou. Disse que torcia para que, um dia, seus netos pudessem estudar nos Estados Unidos. Agora, ele voltaria a encontrar a família. Estávamos começando a nos curar, juntos. Ainda era impossível tirar qualquer um deles dali, mas não era impossível que entrássemos todos por uma semana, usando minha recente notoriedade e força política. Era o sonho final dos meus pais nesta vida, e eu faria com que se realizasse.

Saí e me sentei no banco ao lado da amendoeira. Era um milagre, com certeza, que a árvore continuasse de pé. Lembrei-me de como eu me abrigava em seus galhos aos doze anos de idade, um garoto cheio de sonhos, completamente inocente quanto ao que estava por vir. Pensei em Nora, minha bela mulher, meu anjo judeu de cabelos dourados, em como eu a beijara embaixo daqueles galhos onde agora ela estava enterrada.

Pela janela da cozinha, eu via meus filhos, Mahmud e Amir, suas esposas e meus netos, sentados à mesa com meus pais, Yasmine, Fadi, Nadia e Hani. Eu ouvia as vozes graves dos meus filhos e o riso suave de Yasmine, que, como meus pais haviam antecipado, eu viera a amar profundamente.

— Estou pronto — falei a Nora, me lembrando da promessa que eu lhe tinha feito, promessa que finalmente eu estava pronto para cumprir. Vou contar minha história ao mundo.

Este livro foi composto na tipografia Adobe Garamond Pro,
em corpo 12/16, e impresso em papel off-white
no Sistema Cameron da Divisão Gráfica da
Distribuidora Record.